Luiza Berthoud

Para Rubens e Capitu, os que encontrei porque saí do porão.

Eu não teria escrito este livro sem a ajuda de muitos franciscanos e franciscanas que me emprestaram suas memórias, antigas senhas de e-mails, fotos e textos que um dia distribuímos pelas arcadas. Em particular Carolina Domingues, Leonardo Miranda, Lucas Megale, Luisa Paiva e Thaís Ortega, pela amizade de longa data e pelos tempos juntos na Velha Academia. Também agradeço a Rafael Prince por me emprestar seus textos antigos e pela sua tese sobre a similaridade entre magia e direito, que me ajudou a entender as minhas impressões nebulosas. Ainda, uma menção especial à minha antiga turma 181 e a todos os colegas de política acadêmica, tanto os sonhadores quanto os vigaristas, aos quais sou grata em igual medida.

Sou muito grata também à minha editora Adriana Maciel pela fé imediata e certa nesta história e à Mariana Coimbra, que fez a primeira revisão ortográfica deste texto. Às amigas Juliana Candido e Letícia Itho que desde nossa juventude apoiam-me e leem meus textos em fragmentos, enriquecendo-os e a mim.

Em especial, agradeço aos meus pais, Cristiana e Luiz, e aos irmãos, Lucas e Luiz Henrique. A minha avó Magda sempre quis registrar a sua história em um livro; pediu-me ajuda, recitou-me os fatos, mas eu demorei até que o tempo nos escapou. Dedico este livro a ela. E agradeço aos que mais sacrificaram para que eu pudesse ter tempo para escrever, Rubens, meu grande amor, e Capitu, nossa pequena e amada filha. Foram eles que me deram uma felicidade sólida e inabalável, ingrediente que me faltou onze anos atrás quando comecei e abandonei esta história.

Quando eu tinha 6 ou 7 anos eu proclamei que seria escritora, mas por anos faltou-me coragem. Só fui fortalecer o meu coração na Califórnia: nas ruas calmas de Berkeley e nas excitantes de São Francisco, onde encontrei arte, livros baratos, florestas indomadas, tempo para pensar e, por fim, a minha filha e o amor oceânico que ela gera. Eu saí do porão porque ansiava por outra vida e, uma semana depois da minha decisão, apaixonei-me pelo meu companheiro. Juntos, encontramos o que queríamos.

ARCADAS

Conta-se que no fim do século XIX um aluno do Largo de São Francisco, perturbado com a expectativa de publicação de algumas notas de provas que lhe seriam desfavoráveis, tacou fogo no prédio todo. A construção original do antigo convento, baixa e de taipa, ruiu-se ao pó. Durante a reconstrução, os trabalhadores encontraram diversos cadáveres presos dentro das paredes, supostamente frades que eram assim costumeiramente enterrados. Retiradas as ossadas dos velhos religiosos, o pó e o que sobrou dos livros e da madeira, mas não encontrado, por sorte, nenhum boletim de notas que perturbasse ainda mais o nosso criminoso, ergueu-se no local um prédio sob a concepção modernista de antropofagia, que engoliu o passado imperialista português para regurgitar um projeto arquitetônico neocolonial. Lustres ornamentais, piso de madeira vermelha e de ladrilhos, pedras claras e colunas gregas, vitrais que deliram uma história da nascença da pátria. No centro, o pièce de résistance, um pátio rodeado por arcadas, cópia fiel da Faculdade de Direito de Coimbra. Em uma dessas arcadas há uma placa, que reproduzo aqui, letra por letra: "Relembrando os dias incertos aqui vividos, a turma de 1946, com orgulho e emoção, reverencia estas arcadas, irmanando-se aos que, hoje, lhes guardam a alma imortal. Dezembro de 1996".

Esse tipo de homenagem está presente em várias outras placas acopladas às paredes, em tábuas de bronze fincadas no chão e em esculturas de maior ou menor sucesso estético. Cada turma de formandos faz campanha para criar a sua própria homenagem-objeto, proclamando um ou outro mérito que justifique o merecimento de registrar sua existência na história das pedras daquele prédio. A mim, as arcadas ofereciam sombras misericordiosas durante o verão e apoio às costas em dias longos, algum momento para respirar fora do porão e para conversar com alunos fora do círculo hipnótico do partido. Mas, estando nessa arquitetura, não fui imune ao florescimento de um outro sentimento, alguma outra coisa mais difícil de descrever, algo como a ideia de que as arcadas testemunhavam a mim. Uma testemunha que conferia e assegurava importância ao que fazíamos naquele pátio, ligando-nos aos outros estudantes que por ali passaram, que lideraram o movimento republicano e as Diretas Já, que lutaram contra a Ditadura Militar e que morreram em 1932 o que, automaticamente, por transferência direta e não reembolsável, nos conferia glória. Estar ali era se imaginar ombro a ombro dessa história. O problema era que não nos era exigido, por nós mesmos ou por mais ninguém, algum mérito, ou esforço, ou mesmo a crença nas ideologias que levaram àqueles momentos de coragem e revolução. Nós possuíamos o convite para habitar essas arcadas e isso era o suficiente para mim e para muitos outros, talvez para a maioria dos apoiadores do Salve. Infelizmente, tantos outros recebiam outro chamado, o chamado à luta, e infortunavam a maioria de nós que apenas queria uma existência de paz e contemplação, talvez um singelo prestígio, uma promessa de nirvana.

Também não fui imune ao florescer de outro sentimento: a vontade de tacar fogo em tudo, de sentir o calor escaldante e, depois, com o nascer do sol, observar as ruínas junto aos passantes. Deixar que outros, melhores, reconstruíssem algo novo sobre os escombros, algo pós-modernista ou futurista, ou talvez melhor, que decidissem, finalmente, não reconstruir nada. Por que as pedras haviam de sobreviver quando nenhum de nós sairia intacto?

Perambular

As paredes de pedras claras e retangulares passam por mim como visões em um carro em movimento e, como em um carro, ponho-me passiva. Os degraus de mármore, cheirando a desinfetante, elevam-me, um a um, numa escada dupla e elegante, mas que me cansa e entedia. Observo no topo da escadaria o mural de vidro que já cruzei tantas vezes, mas, mais uma vez não conseguiria descrever sua composição. Uma mulher com a tradicional balança da justiça? Alguns animais? Talvez um livro aberto, algum código da justiça que eu deveria reconhecer? Não sei dizer. Registro as cores, amarelo envelhecido, algum vermelho, algum verde, a maneira que a luz reflete aqui ou ali, mas não me transmite nenhuma mensagem. Sou tomada pelo desinteresse.

Eu perambulo pela minha antiga faculdade, Largo de São Francisco, sem a esperança de qualquer epifania. Eu sabia que essas pedras, murais e arcadas não viriam ao meu socorro, como não vieram muitos anos atrás. Na quina de um dos muitos corredores que dão para uma ou outra sala de aula, jaz uma barata, com o corpo desequilibrado, apoiando-se metade no mármore, metade na madeira. Quem sabe se finge de morta; certamente eu entendo o impulso. Não consigo evitar certo sentimento de repulsa. Nunca me acostumei com a degradação do centro de São Paulo, os símbolos de riqueza e de civilização que agora cheiram a mijo. Mas mantenho o rosto neutro, passivo, habilidade de disfarce que adquiri há muito.

Encontro os mesmos rostos neutros me olhando de volta, feições jovens que me desconhecem. Ninguém me nota. Muitos anos se passaram e os meus fantasmas vivem outras vidas, das quais pouco sei. Só sei que às vezes todos voltam a esses prédios, em pesadelos como os meus.

Saio em direção à Rua Riachuelo. Se apenas alguns passos eu virar à direita, darei com a escadaria que desce ao porão. Vozes e música ecoam na rua, ainda que seja só uma e meia da tarde. Digo-me: não vá. Os riscos de reencontrar ali um velho inimigo são grandes; os riscos de me reencontrar inimiga de mim mesma são maiores. Mas o calor infernal me amolece a mente: tomo os degraus.

Peço uma gelada no bar que me recebe logo ao pé da escada. Passo os dedos nos anéis de água que flutuam no balcão de madeira e me questiono: existe alguma beleza aqui? Sim, sim. Os pichos em todas as superfícies, as panturrilhas magras dos meninos, os braços firmes das meninas. Beleza, beleza. E eu? Possuí beleza, aqui, um dia? A sentimentalidade começa a me dominar. Mas logo me decepciono duplamente: o vendedor do bar não é mais o Russo que eu conheci e este estranho me informa, com repreensão, que ele não vende cigarro. A proibição de fumar em lugares fechados veio depois da minha época e me parece a maior diferença entre a minha e a nova geração. Não entendo quem é o estudante que não fuma, como se o idealismo e as paixões intransigentes dos meus jovens estivessem essencialmente ligadas a um pito incandescente. Faço essa anotação a este manuscrito, ideia pequena. Sem o fumo, a cerveja não me interessa, então largo a garrafa intacta no balcão. Mais uma vez esse lugar não me quer. Apenas de relance, noto que a sala do Centro Acadêmico está com as grades fechadas e as luzes apagadas. Agradeço em silêncio a esse bocado de sorte.

    Vou-me embora. Assim foi meu último encontro com o lugar que tanto me assombrou. Quão insignificante a nossa vida e quão poucas marcas deixamos no mundo, ainda que este nos triture a pó.

TROTE

Onze anos antes

Olho-me no espelho oval do meu novo quarto, tentando entender o que esse reflexo pode dizer. Dentre as manchas de oxidação na prata e as rachaduras que brotam como musgo nas bordas julgo-me aceitável. Um top de ginástica um pouco frouxo, por conforto. Camiseta branca e calça de ginástica preta que abraça meu estômago redondo de maneira prazerosa. Nenhuma joia. Os cabelos castanhos soltos nos ombros, alisados na noite anterior. Parece-me uma escolha minimalista e modesta. Mesmo tendo ganhado 15 quilos no último ano, eu não sou capaz de julgar meu rosto; para mim o espelho é um pouco hipnótico. Meu nariz, muito parecido com os de todas as mulheres Alvarengas, faz com que seja difícil me ver atrás dele. Só sou capaz de julgar minha aparência em fotos. Saio ignorante do meu rosto inchado, da calça justa demais e de como a camiseta se prende às minhas laterais salientes.

Eu divido o apartamento com outras cinco meninas, todas nós com 17, 18 anos. O prédio largo, plácido, postado no topo de um trecho inclinado da Rua Bela Cintra no bairro dos Jardins. É uma rosa no asfalto, último respiro residencial rodeado por novos comércios e bancos. De construção dos anos 70, nossa unidade no primeiro andar é linda: arrojada e opulente em tamanho, com piso de taco largo, portas arredondadas de madeira jacarandá e quatro suítes, posicionadas ao fim de uma sala dupla onde cabiam 20, 30 pessoas tranquilamente. As paredes haviam sido pintadas de branco, o cheiro de tinta ainda pungente. Menos uma: a parede angular no sul da sala de estar. Era óbvio que a dona do apartamento não tivera o coração de apagar um afresco bonito, contraditoriamente vibrante e rafado, um fundo verde pastel coalhado com flores amarelas que flutuavam inutilmente, uma desconectada da outra. Como nós.

Inicialmente eu só conheço a Isabela. Havíamos herdado a nossa amizade dos nossos pais, que se gostavam desde a época do grupo de jovens da igreja. A igreja ninguém frequentava mais, mas nós crescemos juntas nos fins de semana pontuados por churrascos e música, sussurrando segredos enquanto ajudávamos a preparar o vinagrete e o gorgonzola com azeite, ou olhando as nuvens juntas enquanto flutuávamos na piscina de mãos dadas. Passamos três dias em São Paulo visitando apartamentos, nós e nossas mães, discutindo se uma construção nova e moderna, mas pequena, era preferível a uma antiga, mas espaçosa. Elas argumentaram pela primeira, mas eu não resisti ao romantismo dos apartamentos antigos paulistanos. Isabela sempre concorda comigo. Assim acabamos tendo que achar outras ocupantes para dividir o custo alto que meu prazer estético requisitou. Apesar da encenação da entrevista, não rejeitamos ninguém, pois estávamos ansiosas para começar logo nossas vidas sem a presença das nossas famílias.

Todas as ocupantes chegam a São Paulo no mesmo fim

de semana, seguidas por uma carreata interminável de malas, caixas e sacos de lixo com pertences abarrotados. Colchões, almofadas, um sofá usado, uma geladeira emprestada e sacolinhas de alimentos pré-preparados nos foram organizados rapidamente pelos pais. A filosofia de nossas famílias parece ser semelhante, fruto de uma geração de pais ex-hippies que ademais adentraram os confortos da classe média: uma confiança liberal nos filhos, que não nos impunha nenhuma regra, nenhuma expectativa; e a certeza de que soluções materiais sempre estariam disponíveis para todos os nossos problemas. Nós os respondíamos com demonstrado amor e carinho, e com uma fileira de mentiras sobre todos os aspectos das nossas vidas.

Na manhã do trote, a minha curiosidade maior é com Morena, a única outra caloura da mesma faculdade de Direito que eu. Planejo sugerir que sigamos juntas ao primeiro dia. Quando emerjo pronta e ansiosa do meu quarto, ela não responde às minhas batidas em sua porta. Desapontada, tomo o metrô e vou sozinha.

O pandemônio eletrizante da Sé, como uma praça medieval, e a igreja matriz assistindo à miséria. O júbilo de atravessar o caos com passos apertados e deixá-lo para trás, mas também levá-lo dentro de si.

O caminho curto, alguns passos na Rua Senador Feijó e já se chega ao Largo. Penso no velho senador, em seus ossos sepultados na Catedral, no tropeço que quebrou seu crânio e quão longe eu certamente estou da morte.

Se eu não me sentisse tão observada, pelos passantes e

pela arquitetura, talvez eu olhasse para aquele prédio o dia todo. Às vezes ainda volto lá, em pensamento, e tento ver algum sinal do que viria. Algum pássaro cantou alto em aviso? Alguma brisa me endureceu a coluna, em pressentimento? Não, nada. Dedos cobertos de tinta guache me tocam à força e me pintam um bigode na cara. A tradição simboliza que toda mulher, para estar à altura daqueles homens franciscanos, há de ser bigoduda e feia. Inteligência e beleza sendo dois presentes que nenhuma mulher merece em par. Também escrevem na minha camiseta branca algumas outras ofensas. Todos os outros calouros ao meu redor recebem o mesmo tratamento, alguns também ganhando doses de bebida goela abaixo se assim quisessem. Naquele momento nenhuma dose me foi oferecida. Dois meninos musculosos me empurram portões adentro impacientemente, logo se apressando para importunar outra caloura, que de relance vejo que é bem mais bonita que eu.

Logo quem se atrai por outra beleza sou eu, quando me posto no saguão de entrada do Largo. Mármore e imponência como eu nunca havia visto antes, eu que nunca nem tinha colocado os pés dentro de um museu. Parecia de fato uma igreja católica, com vitrais apontados para os céus, que os retribuíam o louvor inundando o ar com luz solar. Parece-me magnífico aquele saguão vazio, grandioso, que não servia a nenhuma outra função senão nos dar boas-vindas. Não me escapa uma certa emoção.

Apesar do momento celebrativo e da sentimentalidade à

qual eu me entrego de bom grado, a arquitetura desperta em mim ainda outra ideia: seriedade. O que eu faria ali, enquanto estudante, seria sério e consequente; assim, eu deveria assumir uma postura grave.

Escapa-me, infelizmente, que no mundo há muito não existia mais tal seriedade; que o que me seduzia era na verdade cômico, irônico; que eu tomava o antiquado como moderno, o charlatão como sincero, o sistema como revolucionário.

Eventualmente, graças às ombradas e empurrões da multidão que passava por mim, baixo os olhos do teto e as ideias melodramáticas não me evolvem muito mais. Lembro-me de procurar por Cora e Zilá, minhas duas amigas de colégio que agora também passavam pelo ritual do trote para se assumirem franciscanas. Não as vejo em nenhum canto. Naquela época ainda não se carregava o celular o tempo todo junto de si e me resigno à solidão. Passo por alguns policiais, o que não me causa desconforto ou medo (por que me ocorreria que eles servissem a qualquer outra intenção a não ser me proteger?).

Era difícil saber para onde seguir, todos os calouros pareciam baratear tão perdidos quanto eu. Noto que vários deles estão acompanhados de suas famílias, o que parece absurdo, eu que tanto desejo não ser observada pelos meus pais ou por qualquer outra pessoa do meu passado. Sempre me senti em paz com desconhecidos e numa ansiosa aflição quando me olha qualquer pessoa que é íntima de mim. Aquele trote e promessa de vida nova eram a maior chance de escape que eu já havia recebido.

Por fim, decido-me por seguir o som de fanfarra que parece soar do caminho à minha direita. Uma boa escolha, pois logo me encontro em um pátio retangular delineado por arcadas de pedras sólidas, cinco a cada lado. O pátio central, o coração da São Francisco. Acima se vê três andares de janelas, todas abertas, observando o pátio e, enfim, o céu claro.

O Pátio das Arcadas está povoado principalmente por calouros como eu. Mas nos rodeiam algumas pessoas mais velhas, a grande maioria homens vestindo o uniforme de juristas, o terno ajustado, a gravata gorda, as olheiras poderosas.

Ainda, na face mais ao norte do pátio, uma fanfarra composta por cerca de vinte alunos e uma série de instrumentos de percussão e sopro toca com mais animação do que talento. O canto, em coral, emana em uníssono de todos os alunos. Antes que eu possa assimilar outro detalhe, sou eu assimilada pela festa. Logo me encontro dançando freneticamente, o som alto de vozes e tambores tomando meu corpo, e eu mais feliz do que já havia me sentido em qualquer outro momento da minha breve vida, entrego tudo o que sou e tenho a... A quê? Não sei. Ao todo.

A energia é carnavalesca, mesmo ainda sendo 9 ou 10 horas da manhã. Em pouco tempo eu estou coberta de suor, segurando nos ombros dos jovens ao meu lado, menos pela camaradagem e mais porque minhas pernas tremem pela adrenalina e exaustão. Suor e lágrimas nos jorram, nossos corpos e mentes como chalés em ebulição.

Tudo estonteante, insano, delicioso.

Nas janelas dos andares que flutuam sobre o pátio,

veem-se alguns homens sérios, que tomo como professores e administradores assistindo àquela massa de jovens. A maioria porta uma feição neutra e controlada. Não sei o que lhes ocorre, alguma saudade seria inevitável, mas creio que também vejo neles certa medida de reticência. Em suas posturas inclinadas em nossa direção, abraçavam as janelas como numa luta contra a força da gravidade que poética e literalmente os chamam a nós. Talvez eles só pensassem se esqueceram alguma luz ligada em casa, na mulher que haviam de telefonar logo, nos problemas dos filhos ou dos intestinos, ou qualquer aflição pessoal; e o que me fez achar que eles queriam a nós era sintoma do meu próprio ego que ali já começava a ser alimentado em demasia.

Quem sou eu hoje? Um dos observadores postados nas janelas, imóvel? Não. Sou um outro, um que tenta apagar a chama que vê florescer abaixo ou que pelo menos grita "o gás cheira forte, ninguém acenda o ebulidor!". Mas não fosse pela enorme derrota e decepção que eu eventualmente sofreria ali, hoje creio que eu estaria naquela nave acima do pátio, batendo com os pés no ritmo da bateria, deixando-me levar na inundação das memórias que eu teria me convencido de que, falaciosamente, haviam sido áureas.

A música que nos embala não é a banalidade dos gritos de guerra que se ouvem na maioria das universidades, mas sim as famosas trovas da São Francisco. Eu já as conhecia de cor, tendo devorado todos os livros sobre a faculdade há anos. Recitamos aos gritos, com nossos corpos sacudindo como raios num céu límpido:

> Quando se sente bater,
> No peito heroica pancada,
> Deixa-se a folha dobrada
> Enquanto se vai morrer...
>
> Onde é que mora a amizade
> onde é que mora a alegria
> no Largo de São Francisco
> na Velha Academia!
>
> Coloco nestas Arcadas
> As cordas do meu violão,
> O vento inventa a poesia
> E o pátio vira canção!
>
> O território que eu amo,
> o coração da cidade;
> livre como a esperança
> E bom como a mocidade!
>
> Quem entra na São Francisco
> Tem mais amor à verdade,
> Pois leva sempre no peito
> A chama da liberdade!
>
> Passou-se um século e meio
> Cobriu-se o Largo de glória,
> E a História da Faculdade
> É a faculdade da História!

Memórias da São Francisco
Que eu canto com emoção,
Em cada canto do Largo
Eu largo meu coração!

E assim por diante. Cantamos louvores àquela faculdade, às estátuas e pedras e ao tempo, a nós mesmos, às portas de ferro que a nós se abriram garantindo que nenhuma outra porta nos receberia fechada. Um hosana ao nosso futuro. A fanfarra tocou aquele dia demarcando a nossa glória e, por todos os dias em diante, soariam os ecos da celebração do nosso poderio, da nossa retórica e inteligência, da nossa felicidade.

Quase impossível, eventualmente descubro, desgrudar-se daquela massa de celebrantes. Quando o cansaço me toma, com uma sede rasgando, luto para me dirigir a uma das arcadas. Tocar a pedra gelada é como uma reza, e deixo meu corpo se esfriar lentamente na sombra. A tinta já seca na minha cara agora faz escamas na minha pele, as quais, sem perceber, arranco com o dedo. Mas minha paz é momentânea. Logo um veterano me toma a mão e me guia de volta ao centro do pátio e, segurando meus ombros com força, posta-me ao lado de outro jovem, um menino decorado com tinta e palavrões. Noto que ele parece estrangeiro, loiríssimo e com um nariz esguio que imita o resto de seus membros; quero lhe perguntar alguma coisa, já estou sedenta de um amigo, um indivíduo que eu saiba distinguir da massa, mas penso que a minha pele deve estar vermelha por eu tê-la cutucado e, envergonhada, fico quieta.

Outros calouros são trazidos a nós e, um a um, vamos sendo amarrados ao sofredor do lado, nossos pulsos paralisados e unidos por barbante branco. Rapidamente nos transformam em uma parede de subordinados e não há o que fazer senão se resignar, o que a maioria parece fazer de bom grado. Eu, no entanto, estou ansiosa. Não consigo parar de me contorcer procurando por Cora ou Zilá, ou por meu irmão mais velho, também aluno da São Francisco, dois anos a minha frente. Em pensamento, começo a organizar uma revolta, mas não encontro um plano ou as palavras certas para incitar meus colegas. Eu não aguento mais o sol escaldante e as amarras, estou pilhada. Mexo-me tanto que o meu vizinho loiro me dá nas costelas de leve e, em sotaque gaúcho, ele me manda aquietar antes que eu chame atenção dos veteranos e nos traga alguma penalidade mais severa. Relaxa, medroso, respondo-lhe, e continuo a pensar no que posso fazer, mas agora sabendo que eu não vou fazer nada, não vou arriscar.

Vejo um veterano passar e tento puxar um papo, que ele finge não ouvir. Eu sei que a tortura é parte da festa, mas quando vai começar a *festa*, digo-lhe, finalmente incitando alguma reação. Pros veteranos já começou, caloura, ele me diz, exibindo uma garrafa de pinga no ar. Poxa, amigo, compartilha uma dose, eu vos suplico, respondo. Para meu alívio, ele me atende. Segura a garrafa contra meus lábios por alguns segundos e depois de novo. Parcimônia, a festa será longa, ele aconselha. Mas eu me sinto intransigente e abro a boca esperando o próximo gole. Feliz com a minha pequena vitória, fecho os olhos esperando a bebida diluir meus sentidos.

Quando volto a mim, com a visão ainda um pouco embaçada, vejo uma menina de cabelos castanhos e rosto redondo pontuado por óculos finos de armação azul-piscina, que não lhes cai bem. Ela é magra, mas parruda, com as pernas grossas e anda de um jeito masculino, estranho. E não canta como os outros, nem parece extasiada como os outros. Decididamente, dirige-se à minha direção. Seu rosto me parece vagamente familiar, como se eu a tivesse visto em alguma fotografia, mas não a reconheço.

Você é a Zula?

Seus lábios finos se abrem na horizontal forçando um sorriso, como se ela tentasse me mostrar alguma ironia, alguma acidez. Que clichê, penso, sorrir enquanto se fala alguma maldade. Tento pegar alguma pista. A roupa dela está limpa, então só pode ser veterana. Ocorre-me que a acho feia, o que é raro para mim, eu que geralmente acho todo mundo bonito à primeira vista, pelo menos toda mulher. Por que desgosto dela assim, imediatamente? De qualquer maneira, o desgosto é mútuo.

Noto que ela segura um pote aberto de guache vermelho na mão esquerda. Eu não quero responder antes de lembrar de onde eu a conheço, mas não há para onde fugir, eu estou literalmente amarrada. Com a coragem quente da pinga na garganta eu respondo:

Meu nome não é Zula. Quem quer saber?

Mentir pra mim é uma mania, como roer as unhas, ou melhor, um reflexo, do qual não me envergonho. Sempre fui assim, minto sobre coisas pequenas, às vezes grandes, para melhorar a cadência de uma fala, para facilitar a narrativa de uma história, para forçar humor no mundano. As palavras me escapam os lábios como água em um copo furado. Durante a minha fase muito católica, dos 6 aos 11 anos, eu rezava para ser curada do vício de mentir, imaginando todas as punições que me seriam afligidas na morte, mas também na vida, quando alguém me pegasse mentindo. Mas ninguém nunca me pegava. A culpa foi se apaziguando com o fim da fé e aceitei que a mentira acalenta em mim, e em todos nós, alguma fragilidade que necessita do acalento, e saber disso é suficientemente exculpatório para mim.

Naquele momento com a veterana, no entanto, a mentira não me salva. A menina roda o pescoço para o lado, procurando por alguém na multidão que eu não consigo ver. Arqueia as sobrancelhas como uma indagação. Com certeza recebe uma resposta afirmativa de volta, porque quando volta os olhos pra mim, seus dedos estão cobertos de tinta. Enfia o indicador e o dedo do meio no meu ouvido direito, bem fundo, pega mais tinta enquanto segura meu queixo, força minha cara 180 graus e enfia mais tinta no ouvido esquerdo. Um bocado de tinta espirra nos meus olhos e o ardor estonteante me tira a vista por vários segundos.

O ato assim descrito pode parecer pequeno, mas acredito que tenha sido a minha primeira experiência com violência física. As brigas na minha casa sempre foram com argumentos difíceis, intelectuais, muitas vezes cruéis, mas eu nunca sequer levei um soco de um irmão ou um tapa de um pai. Ser tocada por essa menina me deixa paralisada.

Ela não sorri mais. Vira o resto da tinta dentro do meu decote. É naquele momento em que ela abre a gola da minha blusa e passa os olhos rápidos pelo meu corpo enquanto a tinta cai, é naquele momento que eu percebo que eu havia engordado. Não sei se por instinto ou insegurança, mas eu vejo que lhe ocorre o pensamento, o pensamento de que eu sou gorda. No último ano, eu não só não havia notado que as roupas estavam mais justas como também não havia sido tocada por quase ninguém depois de um longo relacionamento platônico com um professor de história, que pelo menos me isolou da necessidade de julgar minha aparência. Aquilo me dói mais do que a tinta.

Ela se afasta rapidamente, sem nenhuma explicação. Os calouros amarrados perto de mim olham para frente tentando não me encontrar os olhos. Quando penso em escanear a multidão, a minha agressora já havia se misturado à massa de alunos.

O resto do trote não é desagradável. No ritmo da excitação e da embriaguez, eu vou esquecendo o episódio com a menina. Levam-nos para o famoso banho da Sé, onde os meninos entram em uma fonte de água e se banham. Os mendigos se irritam, pois estamos sujando a água que eles usam. Depois somos conduzidos pelos quarteirões ao arredor da faculdade, no centro da cidade de São Paulo, pedindo dinheiro aos carros parados no semáforo. Quase todos os motoristas que abordamos são bastante solícitos e logo eu tinha em mãos muito dinheiro. São Francisco? Parabéns! Crânio. Vai ser juíza um dia! Etc. etc. É o que eu ouço o dia todo, enquanto a grana voa. Sinto-me à altura dos elogios.

Em algum momento encosto numa parede suja para contar minhas notas. Um mendigo, moleque de não mais que 9 ou 10 anos, me olha. Penso que devo esconder o dinheiro e, finalmente, que eu devo oferecer uma nota de vinte reais a ele. Enquanto eu hesito na decisão, um veterano toma toda a bolada de dinheiro da minha mão. Eu me assusto, não o vi chegar. Ele é alto, mas não muito mais que eu, com uma pele morena-clara que naquele dia o sol transformou em dourada. Seu cabelo ondula contra a gravidade e lhe dá os ares de exuberância e juventude.

Você quer um protetor?

Eu não posso senão me meter em silêncio. Você quer um protetor. Ele parece notar a minha estupefação.

Protetor solar. Está muito sol.

Acho que é uma piada, preparo-me para ele jogar mais tinta em mim. Mas ele alcança o bolso de trás de sua calça jeans e retira um tubo de protetor. Ao puxar o tubo, o tecido da calça marca seu pênis e, imediatamente, imagino-me tocando naquele inchaço. Com as palmas das mãos, o menino passa um pouco nas minhas bochechas, na testa e, colocando um pouco mais do creme no dedo mindinho, traça a ponte do meu nariz romano.

Eu estou - estava - sedenta por gentileza.

Agora minhas mãos estão vermelhas, olha. Isso que dá ajudar uma caloura.

Ele diz. Sorrindo. Estende as palmas assim pra cima, para me mostrar como estava sujo de mim. Eu ofereço a ponta da minha camiseta. Ele se abaixa um pouco e se limpa nela, mas há pouco pano em mim sem tinta e o esforço é inútil.

Qual seu nome?
Zula.
Zu-lá. Zu-lá! Haha! Que nome é esse?
Meus pais acham que inventaram, mas vem de uma música dos anos 20. Uma cantiga de carnaval. Eles deviam estar bêbados quando ouviram ou brisando em lança-perfume. Não tenho coragem de contar que descobri a música. Esse foi o maior ato criativo deles; gostam mais do nome do que de mim.
A melhor risada que eu já vi alguém dar, com a cabeça pra trás, a boca grande aberta, dentes brancos como suspiro.
Zula, eu te vejo no porão. Fica para a festa da noite?
Vai aguentar?
Treinei a vida toda para este momento.
Vamos ver como você se sai na primeira competição profissional.
Ele sai sorrindo, aponta pra mim enquanto vira a esquina. Uns músculos dos braços visíveis, um pouco do sovaco.
Aquela pele, aquele corpo.
O asfalto morno onde nos sentamos para descansar e comer.
A fumaça que plana no ar, estática e densa, como num sonho colorindo a visão.
A multidão de mulheres fazendo compras na 25 de Março, cheirando a sabonete, puxando suas crianças de chinelos pelos braços.
O plástico e as vozes e os evangélicos pregando aos interessados.

O cheiro das carnes cozinhadas em rodas, do óleo quente, do limão espremido, todos nós fritando juntos.

No fim da tarde somos libertados dos barbantes e do calendário de atividades. Alguns de nós cambaleiam para a entrada cavernosa do metrô da Sé, segurando com as duas mãos as escadas rolantes, com o pensamento já no abrigo que suas camas ofereceriam. Eu e mais tantos outros descemos outras escadas, as que perfuram as paredes da fachada esquerda do prédio da faculdade, e adentramos o porão. A música toca alto, as lâmpadas minguadas não provêm muita iluminação e a multidão de jovens combinada com a pouca ventilação dá a sensação imediata de se estar em uma sauna.

O único jeito de andar é com a massa, segurando nas costas da pessoa à frente, alguns se abraçando e se empurrando juntos. Eventualmente, avisto uma porta de madeira coberta de picho e adesivos e ali me enfio, precisando de um pouco de ar. Por sorte é um banheiro. Um alívio esvaziar a bexiga. Fecho os olhos em agradecimento enquanto o líquido sai de mim. Sem papel higiênico, sacudo o quadril duas ou três vezes e subo as calças. Volto estonteada em direção à escuridão do corredor. A embriaguez e o cansaço são prazerosos, sinto-me abundante e corajosa. É irresistível não fechar as pálpebras novamente, convencer-me de que estou em um sonho, deixar-me levar.

Quando finalmente consigo chegar ao cômodo principal, um espaço pequeno onde vejo um bar comprido e lotado na parede oeste, em um palco de madeira baixo e improvisado toca uma banda de rock, cinco homens vestindo camisetas com o nome do grupo, Desacato Civil. Ali perto finalmente encontro minhas amigas Cora e Zilá, banhadas pela luz vermelho neon piscante que ilumina a banda e que as deixam com aparência surreal. Abraço-as pelo cangote, com alívio e amor.

    Pelo resto da noite andamos as três de mãos dadas. Navegamos a multidão, compartilhamos muitas cervejas geladas, umas doses de tequila, muitos cigarros e um baseado, minha primeira vez fumando maconha. Eu poderia ter ficado naquela noite para sempre. Depois de algumas horas, vomito num canto. Como sair da pista parece impossível, Zilá passa as suas mãos em uma garrafa de vidro gelada, por fora, e esfrega aquela umidade na minha cara e nuca para refrescar. Um pouco depois eu faço o mesmo por ela. Cora está menos bêbada, mas mais chapada, e dança com os olhos para o teto, os braços abertos, seu abdômen exposto, úmido, reto.

    Difícil conversar, mas falando alto com a boca diretamente no ouvido uma da outra, elas conseguem me contar como foram seus trotes. Zilá havia sido trancada em uma das salas de aula com outros 30 ou 40 calouros. Os veteranos, a maioria homens, escolheram cinco meninas e as colocaram em cima da mesa longa de madeira do professor, erguendo-as pela cintura. Entre trovas e gritos, mandaram as meninas passar uma moeda entre si, usando os lábios, como se encenassem beijos. Uma delas, a mais bonita, protestou, mas os veteranos responderam aumentando o tom dos gritos e das piadas. Ela cedeu, passou a moeda para a do lado, que fez o mesmo adiante. Aplausos e tesão floriam entre os homens. A maior parte deles vestia terno e gravata, tendo tirado algumas horas de seus estágios em escritórios e juizados para participar do trote. Alguns pareciam bem mais velhos, disse Zilá, provavelmente ex-alunos, agora juízes, promotores e professores. A tradição no Largo era dizer "Antigo Aluno" ao invés de "ex", porque aparentemente a nenhum de nós é conferida a chance de deixar para trás a faculdade. Zilá se empurrou até a frente da sala e ofereceu sua mão para que as meninas descessem da mesa. Nenhuma delas a tomou.

Ela me contou isso com uma revolta engasgada, doída.

É fácil ver que Zilá está certa, que sua indignação é adequada, mas me acomete uma reação estranha: em face desta pessoa justa discorrendo com razão, sinto-me constrangida e tomo a posição contrária. Não em voz alta, pois há muito sei que discutir com Zilá demanda muita energia, mas em pensamento medito que talvez ela esteja exagerando, que talvez a brincadeira tivesse sido inocente. Sinto confessar isso hoje, mas naquela hora penso até que Zilá pudesse ter ciúmes das meninas escolhidas.

Anos depois, encontrei on-line um vídeo daquele momento, compartilhado por um médico de 60 e poucos anos que fazia Direito como segunda ou terceira faculdade. Ele mantinha um blog no qual exaltava a faculdade com argumentos abertamente fascistas e registrava as tradições, como o trote, como se fossem parte de uma grande história nacional na qual a São Francisco era o epicentro. O título do vídeo era "Trote Turma CLXXXI - As (Raras) Gatas Franciscanas". Nas imagens de baixa qualidade, provavelmente feitas por uma câmera digital barata como era popular na época, as meninas em cima da mesa parecem encurraladas. Elas sorriem nervosas, estão claramente coagidas, humilhadas. Uma delas faz "não" com o dedo indicador quando lhe tentam dar a moeda. Ela tenta descer da mesa. O homem que faz o vídeo, o dono do blog, estica a mão ao estômago dela, impedindo seu movimento. Ela estica as costas, resignada, e mais uma vez recebe e passa a moeda, seca os lábios com as costas da mão. Mais aplausos. Tudo como Zilá descreveu. Assistindo ao vídeo senti uma raiva quente e a pergunta óbvia: por que essa quentura me escapou anos antes?

Cora também havia sido levada pelas ruas como eu, mas nenhuma infelicidade ou injustiça a acometeu. O veterano de seu grupo usou o dinheiro arrecadado para levar os calouros para almoçar. A comida estava boa. Para Cora as coisas eram assim, leves e fáceis, e parte do que eu gostava em nossa amizade era ser tocada momentaneamente pela agradabilidade que a envolvia. Zilá me lança um olhar irônico, como era seu costume quando se tratava de Cora. A história do trote passa por Cora como uma brisa gélida. Diferente de mim, ela aceita a indignação de Zilá e concorda veementemente. Mas como uma brisa, para ela a infelicidade há de ser sempre passageira. Rapidamente ela volta a dançar, fala de outra coisa e nos faz rir.

Eu não relato o caso da tinta no ouvido. Ele agora me parece menos violento e mais banal, como se eu tivesse exagerado a minha reação. Começo a duvidar que eu conhecia a menina feia dos óculos azuis, começo a duvidar que tenha sido um ato além do trote normal.

Não revejo o menino do protetor solar, apesar de tê-lo procurado muitas vezes. Passo alguns momentos com um rapaz mais baixo do que eu, com o rosto coberto por pequenas espinhas e uma franja longa lateral que o faz piscar. Seus beijos são lânguidos e fora do meu ritmo, mas me agrada a enorme gratidão que ele demonstra por estar comigo. Desço suas mãos para a minha bunda, quase como por caridade. Quando o vejo na faculdade muitas noites depois, ignoro-o, envergonhada de quão feio ele é à luz do dia.

No espelho oval do meu apartamento, com o sol já nascendo e a respiração das outras meninas audíveis pelas paredes da república, desta vez me vejo com a pele rosa queimada de sol, pontilhada com borrões multicolores de tinta. Durmo nua e suja. Eu que sempre me acanho na posição fetal para suplicar o sono, naquela noite me posto com o abdômen para cima e as pernas abertas e, banhada de potencialidade, de futuro, apago imediatamente. Sonho que estou numa loja de atacado, com brinquedos de plástico, vassouras e frutas sendo vendidos lado a lado. No sistema de som, uma voz masculina radialista anuncia: "Dobre a folha! Dobre a sua folha! E vá Morrer!", mas com o entusiasmo caricato de um vendedor: Dobre a SUUUUUA folha! E Vá MORREEEEER!

Recrutamento

Você pode pensar na catraca como algo que divide quem passa e quem não passa por ela. Mas também como algo que une, une as pessoas que passaram: elas têm algo que as garantiu passagem. Algo em comum. Agora são uma comunidade, os deste lado, os daquele lado.

Eric nos diz. A mim e à Cora.

Eu penso que soa como uma boa ideia, pelo menos boa o suficiente para uma redação da Fuvest, que é o que discutimos. Um ângulo original sempre tira nota alta, não importa se certo ou errado.

Só que os "daquele lado" não estão unidos. Eles não são uma comunidade, são só os do lado de fora. Você está idealizando a privação deles.

Cora retruca. Ela não gesticula as aspas com as mãos no ar como algumas pessoas fazem, apenas passa dois dedos na mesa de madeira, um gesto pequeno que só eu noto. Ela é bela, indiscutivelmente bela, e o conforto da beleza a deixara assim, sutil, com pouco ou nada a provar aos outros. Nós éramos amigas há pouco mais de um ano e havíamos ingressado na Universidade de São Paulo juntas e, nesse tempo, eu nunca a vi exagerar em nada ou ficar demasiadamente excitada.

Naquela mesa eu estou por causa dela: Eric havia lhe convidado para um chopp. Eu vou porque ela me segura a mão e leva, em um gesto de desprezo ao Eric que ele ainda não aceitou. Ela é gentil demais para rejeitá-lo abertamente e espera que, se se fizesse necessário, eu o farei por ela. Dar o fora, como se diz.

Obviamente me posiciono ao lado dela, na mesa e no debate:

E o que não estamos discutindo é porque existe a tal catraca pra começar. Quem decidiu por essa divisória, quais forças econômicas, de poder? A maioria das pessoas está consumida com a ideia de passar na catraca e nem percebe que talvez ela não precisasse existir.

Hã!

Soa a garganta dele. Mais um gole da cerveja. Os olhos nela. Quantas vezes eu já havia vivido essa cena, um homem tentando não me engajar.

Os olhos de Cora inquisitivos nos meus. Eu só tinha de contar alguma mentira sobre como precisávamos ir embora e ela estaria do meu lado. Por que não podíamos simplesmente dizer que ir embora era o que desejávamos? Por que existia essa catraca para começar? Não me ocorre perguntar, não por muitos anos.

―――――

Eu só tinha que contar uma mentira.

E iríamos embora.

Nós duas caminharíamos juntas os três blocos curtos até a faculdade. As ruas de pedras arredondadas. O suor nos braços dados, a luz amarela dos poucos postes funcionantes. O cheiro de carne e fumaça dos bares, a música cacofônica. A brisa da noite gelando a face como uma reza. Os mendigos. O passo apertado. A exaltação de sermos duas meninas sozinhas na rua, passando perigo. A chacota com o rapaz que deixamos no bar, com a conta aberta. O cigarro compartilhado, a cada troca mais molhado de saliva. A pinga pedida no último bar, ideia minha, sempre disposta a forçar um momento romântico, cinematográfico, uma pinga para admirar a vista. A vista do imponente prédio, a primeira universidade do País, iluminado por holofotes, com a bandeira de São Paulo hasteada e mais outras dos alunos, improvisadas, penduradas nas janelas que eles conseguiam escalar durante a noite. "Direito = Fascismo", "Aqui Não Entra Polícia", etc. O sentimento de poder, nós duas membras da mais tradicional Universidade de Direito da América Latina. A euforia no pressentimento do poder que agora nos era acessível.

Poder de quem, sobre o quê, sobre quem?

Onde estava esse poder, o que ele seria, como se manifestaria?

Não sabíamos. Mas o sentíamos, com clareza, como um flash de câmera em olhos desavisados, que deixa manchas na visão, pequenos seres voando sobre o mundo. Dez mil pessoas se inscrevem no vestibular para essa faculdade todo ano, 390 são aprovadas. Todos os bacharéis de Direito do Brasil sonham com essa admissão. Sonham com passar por essa catraca. Esse era um aspecto do poder que eu entendia. Mas o que me inebriava aquela noite - e por muitas outras noites - era um poder muito maior e menos sólido.

A euforia no pressentimento do poder que agora nos era acessível.

A euforia.

Comunistas? Vocês? De esquerda?

Indaga Eric, antes que eu pudesse decidir como responder ao olhar de Cora. Ela só dá de ombros. Eu sei, conversas políticas a entediam, muito calorosas para o seu temperamento. Não que ela não tenha opiniões bem embasadas e inteligentes, mas ela simplesmente não sente a necessidade de debatê-las com a maioria das pessoas. Mas eu amo essas conversas. Ou melhor, eu as odeio, mas sou atraída a elas como mosca à luz.

De esquerda. Só infeliz é de direita enquanto jovem. Eu retruco. Ignoro a designação de comunista, torcendo para que ele não pressionasse o ponto.

Ele solta outro Hã, uma risada. Penso em confessar que eu estava parafraseando alguém de quem eu não me lembrava, talvez FHC? Churchill? Mas decido tomar o crédito.

Gosta do Lula?

Dessa vez a pergunta é pra mim, talvez a primeira vez que ele me deu atenção aquela noite. Ele enche meu copo, estende a mão com um cigarro. Eu acendo, trago demoradamente, e solto fumaça pelas narinas. A resposta errada nesse momento e a conversa ficará acalorada. Eu gosto de brigas políticas, não se engane, mas ali eu sou só uma caloura, tomando cerveja com um veterano que eu ainda não decidi se é bonito ou feio e, acima de tudo, eu não quero perder um debate no meu primeiro dia de faculdade.

Claro, muito, eu respondo, a imagem das lágrimas do meu pai no dia da eleição de 2002 me vindo à mente. Pisco rapidamente para conter demonstrar mais emoção, sinto que já disse demais.

Hum. Claro.
Ele fala pra si mesmo.
Tudo o que eu não soube ler naquela inflexão. E tudo o que ele soube ler em mim.

―――――――

A questão Lula era, à época, a métrica mais significante da política, real ou acadêmica. As classes sociais mais altas, das quais a grande maioria dos alunos do Largo certamente fazia parte, odiavam o Lula irracionalmente. Apesar do grande desenvolvimento econômico que já estava consolidado no seu segundo mandato, quando eu me encontrava naquela conversa com Eric, as classes altas nunca conseguiriam aceitar os trejeitos obviamente pobres de Lula. Analfabeto, ignorante e sindicalista, era sempre onde qualquer debate terminava com essas pessoas. Com o terno e a gravata e o paz e amor, Lula conseguiu votos suficientes da classe média para finalmente se eleger duas vezes, mas o ódio entre classes só aumentou durante aqueles oito anos e, principalmente, entre os jovens ricos que herdaram política e dinheiro de seus pais. Rico não gosta de pobre em aeroporto, como dizia Lula.

Naquela noite eu não tive certeza se Eric enquadrava-se na categoria acima. Alguma coisa em seus gestos moderados, em sua pouca reação à minha declaração me disse que não, ele não odiava Lula. Mas também não o amava, como eu.

Havia, claro, outras duas categorias de respostas à pergunta Lula: os que o amavam, como eu, mas interpretavam a sua política menos como conciliação de classes e mais como um esquerdismo progressista. Eles eram os jovens, de todas as classes, alguns, não todos, virariam comunistas na faculdade. A outra categoria era dos que não aceitavam Lula por ele não ser radical demais. Seriam também comunistas, mas dos tipos que apoiavam PSOL, Partido Verde, e nunca o PT. Por que eu não era como eles, os comunistas? Compartilhava com eles a maior parte de sua ideologia, acreditava no Bolsa Família, no fortalecimento dos bens públicos, etc., etc. Mas, talvez, sem saber ou sem querer admitir a mim mesma, eu tenha sido conquistada por Lula somente quando veio o "paz e amor" e o que eu idealizava sobre suas origens pobres e sindicalistas era somente sua evolução para além dessas raízes. Uma versão mais The West Wing, mais Obamizada da esquerda era o que me atraía verdadeiramente, com grandes discursos idealistas e pouca ação necessária. Novamente, eu tomava o conservador como radical, o neoliberalismo como revolucionário, o centrismo paralisado como progresso.

De qualquer maneira, o foco do Eric agora sou eu. E eu mergulho em tudo o que ele começa a me revelar. Cora, cansada de esperar que eu subisse para tomar um ar, despede-se em algum momento da noite, fazendo a caminhada de volta sozinha. Sem o cigarro e os braços dados, sem o momento cinematográfico. Trajeto perdido para nós duas.

A cena, de acordo com Eric, é a seguinte: já há alguns anos dois partidos protagonizam a disputa pelo Centro Acadêmico XI de Agosto, o "Conclave da Esquerda" e o "Salve Arcadas". Alguns outros partidos coadjuvantes fazem barulho, mas há algum tempo não angariam votos suficientes para vencer. Eric é do Salve, gestão atualmente no poder. Não se deixe convencer que a diferença entre o Conclave e o Salve é uma dicotomia entre esquerda e direita, Eric me adverte. A diferença ideológica é outra: o Conclave acredita que a política acadêmica deve ser atuante na política nacional, com programas sociais e pautas de justiça social sendo implementados também na faculdade, queiram os alunos ou não, e grande participação do movimento estudantil, liderado pelo XI de Agosto, na política; e o Salve se posiciona nem à esquerda e nem à direita, preterindo participação fora das arcadas, a não ser quando essa seja a vontade da maioria. Em um golpe militar, o Salve se posicionaria nacionalmente, como antagonista e defensor da democracia, obviamente. Em questões menos dicotômicas e que não caibam ao Judiciário se pronunciar, eles acreditam em organizar referendos e fóruns públicos para decidir se alguma ação é necessária e que lado defender. O foco maior do Salve é gerir as necessidades internas da administração da faculdade e do dia a dia dos alunos.

Entendo que soa prepotente supor que a política dos alunos do Largo interessasse ao País, mas Eric me conta, com voz solene: na noite das eleições do Centro Acadêmico, a primeira ligação que o presidente eleito do XI recebe é a do presidente do Brasil.

Eu, com 15 ou 16 anos, fazia caminhadas no bairro onde morávamos, morro acima e abaixo, em uma tentativa de emagrecer. E sempre emagrecia rápido, com ajuda de alguns atos esporádicos de bulimia, e depois ganhava peso de novo, quando as caminhadas não me atraíam mais. Em uma dessas, meu pai me acompanhou. Era raro passarmos tempos juntos, mas ele devia estar em uma das suas dietas também. Ademais, ele gostava de mim durante meus períodos magros.

Meu pai era delegado concursado, mas trabalhava para políticos em campanhas, às vezes assumindo algum cargo temporário na gestão. Mas do que ele gostava mesmo era da briga da eleição: quando se entediava do incrementalismo da governança, voltava para a briga da polícia. Ele havia trabalhado na campanha da eleição do primeiro prefeito de esquerda de Taubaté, cidade interiorana que herdou, entre tantos outros clichês, o da oligarquia conservadora: homens da mesma família geriam a cidade, por gerações, herdando, um a um, os votos do povo e também as riquezas dos cofres públicos.

A estratégia vencedora que ele implementou para o tal prefeito era uma história famosa na cidade. Um dia meu pai se encontrou na posse de uma fotografia da casa do ancião da família do prefeito. A imagem era de composição clássica, retratista, essencialista: colunas gregas na aba esquerda, gloriosas em sua brancura e inutilidade; uma porta dupla de dimensões inumanas, feitas de vidro e metal, escancaradas como duas pernas em split; e, ao fundo, em foco perfeito, após uma longa sala de chão de mármore, o detalhe principal, o mamilo exposto da nossa imagem obscena: um heliporto. Quem foi que escancarou as portas, com ódio e brutidão, para bater aquela foto? Como ela chegou ao meu pai? Os métodos nunca foram esclarecidos para mim.

Meu pai imprimiu milhares de santinhos com a imagem e

os dizeres "trabalhador sem comida, prefeito com helicóptero", e distribuiu no semáforo, ao mesmo tempo em que tentava vender chinelos pros motoristas, atividade que fazia para custear as mensalidades da faculdade. A honestidade que lhe era conferida, tanto pelo trabalho modesto quanto pela família paupérrima, mas cristã e caridosa, talvez também pela sua beleza e inteligência naturais, ajudaram a difundir os santinhos como fogo em mato seco. Logo o grupo de esquerda o chamou para liderar as comunicações da campanha, depois as estratégias políticas, depois o que ele quisesse. Venceram, para surpresa e escárnio da família tradicional. Meu pai começou a andar de revólver na cintura, com medo de retaliação, mas também como sinal de seu novo poderio. Ainda era estudante de direito, mas também já foi nomeado Secretário Municipal de Segurança. Quatro anos depois, eles foram derrotados na reeleição, mas meu pai virou um certo herói-menor da cidade. Passou a consultar em quase toda campanha política da região, eventualmente trabalhando até pra família que ele expôs anos antes. Lembro-me de visitar o tal palacete algumas vezes, e o achei menos imponente do que a minha imaginação havia formulado ao ouvir a história do meu pai. As colunas da entrada eram cicatrizadas por rachaduras cinza, a piscina cheia de insetos mortos, mesmo nas vezes que os adultos nos forçavam a nadar nela para deixá-los conversando em paz. O tal do heliporto continuava lá, apesar de que nunca vi um helicóptero voando na região. Nunca perguntei como meu pai havia conseguido a tal fotografia, nem por que agora ele era convidado dessa família, ou como agora nós morávamos no mesmo condomínio fechado de luxo.

Naquele dia, caminhando, eu confessei um segredo a ele, uma das muitas ocasiões na minha vida em que eu proclamei uma ambição hiperbólica e absurda: eu queria ser presidente da República. Perguntei: como uma vida culmina nisso? Ele não riu, como alguns fariam, mas também não se estendeu no assunto. Apenas disse: há de se ter muita sorte. Não me fez nenhuma pergunta de volta.

Minha reação foi dupla: faz-se lógico que poucas pessoas tenham a tal sorte, o que é desapontador; nenhum plano de vida ou de carreira poderia garantir que eu atingiria esse objetivo; e, uma segunda reação, mais profunda no meu coração, que eu só admitia a mim mesma: eu tenho a sorte. Eu sei que tenho.

Eric me conta muitas outras coisas. Sobre o Salve, usa termos como pluralidade, democracia participativa, gestão descamisada. Focar nos problemas da faculdade. Sobre o Conclave: politicagem, radicalismo, esquerdalha.

Eu sempre me entendi como alguém de esquerda. Mas, naquela noite, penso que o que o Eric me explica soa como uma boa ideia. Gosto principalmente do termo "gestão descamisada". À época, e talvez até hoje, eu me atraía por uma boa retórica mais do que por uma boa ideia.

Conversamos por três ou quatro horas. Cada vez mais inebriados pela cerveja e pela ideologia. Em algum momento eu soube que ele flertava comigo. Em algum momento ele me aponta os membros da oposição, do Conclave, que passam pelo bar. Eles vão tentar te recrutar, ele diz. Estranho como naquele momento eu os rejeito, alinho-me com Eric, mesmo sem quase nenhuma informação. Talvez porque eu nunca havia me sentido tão desejada. Eric é alto, esguio, mas com uma má postura que evidencia o seu meio um pouco cheio. Noto seus dedos das mãos chatos, como os dedos dos meninos que jogam muito videogame. Na realidade, ele é especialista em computadores, que usa principalmente para investir na bolsa de valores e cometer pequenos hacks amadores, testando suas habilidades. Ele me confessa aquela noite que uma vez hackeou o sistema de sua escola do Ensino Médio e alterou as notas de alguns amigos. Fez outros hacks pequenos, a maioria para ajudar alguém conhecido. Deixava marcas em sites que ele invadia, ele me diz, como uma criança que rabisca seu nome na mesa da escola. Faz-me pensar em todas as escrivaninhas que continham a minha assinatura, Zula A, em lápis cinza. Mas na verdade nenhuma assinatura assim devia existir mais. Nunca tive coragem de usar a agulha de um compasso, como meus colegas, ou ainda uma tesoura, para deixar uma marca permanente. Minhas transgressões sempre foram tímidas.

Ele me confessa muitas outras coisas. Ele não se imagina advogando no futuro, mas não consegue decidir o que mais poderia estudar. Seus amigos são todos do partido, mas ele ressente que não é do círculo mais íntimo do grupo. Ele tem depressão e, periodicamente, episódios de intensa aversão à comida. Como antídoto, ele se dedica a aprender a cozinhar bem e sabe fazer várias iguarias que eu nunca tinha experimentado, como bolinho de carne seca, pastel de banana com canela, costela regada a cerveja.

Ele fala por toda a nossa caminhada até seu apartamento. Um prédio idêntico a tantos outros do centro de São Paulo, legado modernista de padronização: uma monstruosidade de concreto pintado de branco com duas faixas amarelas na face, como uma rodovia. Grades de ferro encaixadas envolta de toda estrutura, como uma armadura, ou um espartilho. Dezenas de janelas pequenas, idênticas, davam a aparência de dentes, cariados pelos pichos negros indecifráveis.

Ele abre o primeiro dos três portões da entrada, manuseando um molho de chaves pesado. Como sempre, os detalhes me puxam e me dominam. O barulho de metal das chaves, o arranhão do portão no chão. A voz dele, molhada, com gotas de baba voando na noite escura e um pouco de língua presa que suaviza os erres. A luz automática do saguão, um branco fosforescente como todos adotavam na época, resquícios do apagão da era FHC, que acendia por dois ou três segundos e depois apagava. Os dois ou três segundos para ver aquele lugar novo, seguidos de uma caminhada pelo lobby comprido banhado na escuridão. Eu não consigo pensar.

Na verdade, meu único pensamento é que eu mesma não tenho nada para confessar, certamente nada como Eric parece ter. Suas dores jorram-no e eu sou o recipiente. Naquela época isso acontecia bastante comigo, amigos me depositavam seus maiores segredos sem esperar muito em troca. Talvez eu fosse uma boa ouvinte, talvez eu simplesmente não falasse muito em resposta, e talvez gostavam de mim porque nada me chocava. A única coisa que eu ouvia realmente era o som que ecoava da minha própria vida em resposta, uma caverna vazia, isolada, deparando-se com visitantes pela primeira vez. Eu não havia vivido, eu mal tinha pecados ou histórias para contar. Então, em silêncio, eu observava passar a vida dos outros, tão cheias contra o meu breu.

Até hoje, enquanto corro ou lavo louça, me vem ao pensamento aquele apartamento do Eric. A qualidade têxtil do chão de taco trançado, o sofá velho, baixo, quase no chão, cheirando a suor; as estantes de livros lotadas, com copos de plástico largados aqui e ali. A bicicleta apoiada na parede, a pequena varanda com uma samambaia morta. É meu primeiro encontro com esse tipo de ambiente e me é difícil abandonar o prazer que ainda me dá pensar nessa estética, que ainda associo a uma vida intelectual, paulistana e jovem.

Eric certamente é intelectual, cerebral, ou quer que eu o veja como sendo. Eu entendo esse impulso e o aceito sem julgamento. Falamos de Kafka, algum Machado, um pouco de Guimarães Rosa. Confesso que eu não consigo amar Lispector, apesar de todo mundo achar que eu escrevo com um tom parecido com o dela. Você escreve? Um pouco, um pouco, nada até o fim, nada bom. É assim que eu falo da minha escrita naquela época, eu preciso citá-la para ganhar algum respeito ou para apaziguar meu ego, mas logo me envergonho e a denuncio. Qual impressão de mim fica nos outros, de arrogância ao citar a escrita? De inteligência? Ou a modéstia da confissão de que eu ainda não sou boa? Na época eu achava que era a modéstia que ficava, misturada com inteligência e potencial; hoje eu acredito que a maioria me tinha como arrogante, pretensiosa.

Eric me oferece mais cervejas, uma vodca, coloca um Chico pra tocar. Ele tem a mania infeliz de explicar a arte e segue interrompendo a música com factoides. É difícil a essa altura controlar a leseira que a embriaguez me traz, então me estico numa cama de colchão fino e tento me concentrar no som das ruas que penetram pela janela aberta. Ele tira a camiseta e se deita ao meu lado, segurando-me a mão, cheirando meu pescoço. Fecho os olhos e tento respirar pela boca, pois dele vem um bafo forte, mofado. Ele me beija por algum tempo. Não sinto nada, nem tesão nem aversão, e eventualmente ele se cansa de tentar aguçar alguma coisa em mim. Pegamos no sono.

    Desde criança, quando eu durmo na casa de uma amiga ou prima, eu sempre sou a primeira a acordar. Já passei muitas horas em certa agonia esperando o resto da casa despertar, segurando um xixi sem saber se eu podia usar o banheiro, ansiosa para poder me pentear, comer, voltar à minha própria casa. Tive a mesma experiência naquela manhã com Eric, que dorme de costas para mim. Mas depois de alguma espera, levanto, mijo e saio sem me despedir. Que prazer lançar-se à rua cedo, andar por São Paulo sem companhia, gritar por um ônibus que passa e ser atendida, a enorme máquina rugindo o freio para parar por mim. Acredito que foi a primeira vez que me senti em uma nova vida, com outras regras.

    Dou um pulo na república para me trocar. Logo decido sair novamente, me sinto acelerada. Caminho até a Avenida Paulista, tomo um pingado numa padaria, fumo uns cigarros. Penso em andar por toda a avenida, ir até ao Paraíso, onde meu irmão mais velho mora. Penso que eu podia levar um pão quente pra ele, talvez pedir para me dar uma carona até Taubaté para almoçarmos com nossos pais. Um bate e volta, ver os cachorros, os irmãos caçulas, jogar um baralho. Mas eu já cheirava forte a cigarro, meus dois dedos da mão direita com as pontas amareladas. E alguma outra coisa já mudava em mim, talvez por ter dormido na casa de um menino que eu mal conhecia, talvez as ideias que ele me contara. Constrange-me o pensamento do meu irmão me olhando, dos meus pais. Sempre que alguém me olha me sinto em uma performance. Tomo à esquerda na Rua Augusta.

A única ideia que me ocorre é ir à faculdade, mesmo sendo uma manhã de sábado. Caminho por quase uma hora. Para minha surpresa, encontro o pátio cheio de alunos. Alguns leem deitados nos bancos de madeira, a maioria em grupos, conversando. Na sala da Atlética, que dá para o pátio, garotos sujos já tomam cervejas, emanando o cheiro e energia de uma partida de futebol. Mais ao lado, seguindo em direção às salas de aula do andar térreo, vejo uma pequena porta entreaberta. Bato na parede e uma moça me atende. Ela usa uma camiseta roxa com o rosto de alguém, imitando aquela do Che, mas a feição era de uma mulher, que não reconheço.

Licença, desculpa, eu sou caloura, só queria saber o que é essa sala.

Quem é você?

Zula. Sou caloura. Do diurno.

Ah, a alusão casual ao diurno, a turma dos mais inteligentes... Ela diz, sem me olhar nos olhos, enquanto digita em um teclado duro. Téc-téc-téc.

Oi?

Claro que eu sei que o diurno é o período mais concorrido, foi o que ditou minha escolha mesmo reconhecendo que eu sou mesmo um ser de disposição noturna.
Ai, ai. Aqui é o Dandara.
Eu não computo o significado, ela percebe. Dan-da-ra. Toma aqui um panfleto, teremos encontro em duas semanas, você vem, tá bom?
Vou ver.
Vai ver? Você é feminista?
Huuum.
Olha aqui, leva esses livros, vai lendo e vem, ok? Eu tenho que ir, quer ficar aqui na sala? Usar o computador? Só bater que a porta tranca.
Antes que eu responda ela vai saindo, e eu ficando. Eu me considerava bem-informada em matérias de política e ainda mais em literatura. Mas os livros que ela me passa eu não conheço. A Mulher Eunuco, Política 15...
Eu explico o que aconteceu. Ele quer saber o nome da menina com quem eu conversei, mas eu não me lembro. Vai na reunião, depois me conta, e aí eu te explico quem são elas aqui na faculdade, ele diz. Não, não vou falar agora pra não te influenciar, você tem que decidir por si mesma. Haha. Estou indo almoçar com o pessoal do Salve, eu te chamaria, mas é uma reunião da diretoria, vem hoje à tarde no porão que eu te apresento, pode ser? Vou ver, eu retruco. Mas já vou saindo com ele, batendo a porta, acompanhando-o até a rua. Ele beija meu rosto e segue sem mim para os seus planos de gestão, me deixando na calçada. Os livros eu esqueci na

sala, agora trancados a mim, e não procuro depois continuar a leitura. Primeira vez que eu abandono um livro.

─────────

Volto ao pátio e me sento sob uma das arcadas. Sem livro ou alguém com quem conversar, leio a cena ao meu redor. O céu da manhã, transparente, vai-se iluminando até entrar em ebulição e nos sufocar com o cobertor de quentura do sol central. Os jovens se espreguiçam e falam suave, por horas que passam devagar. Eu os amo assim, com suas vidas cheias de tempo.

Ao meio-dia, a fervura me atiçando, começo a crer que todas as conversas que eu observo são conspiratórias. Noto que a maioria daqueles jovens são parte de um grupo. Abundam camisetas de partidos políticos: do Salve, em laranja com escrito preto, e do Conclave, em vermelho com branco, e também de outros, azul para um grupo que parecia chamar Escumalha, e camisetas cinza com o dizer Honorários em outro tom de cinza, difícil de ler, o que lhes dão um ar misterioso. Algumas meninas vestem roxo, como a do grupo feminista que eu acabara de conhecer.

Sinto-me paranoica e começo a bolar respostas que eu daria se eu fizesse parte das conversas deles. Logo me entrego a um sonho acordado, em que sou capaz de uma retórica heroica, em que ganho a admiração de todos esses jovens, em que minha honestidade é comovente e a inteligência estupefica a todos.

Volto do sonho quando noto que algumas pequenas janelas no térreo se encontram abertas. Ando até elas para espiar dentro. Vejo uma pequena biblioteca, sem muito esplendor, apenas umas colunas de alumínio móveis, duas mesas de estudos apertadas entre os livros, capas uniformes com títulos jurídicos entediantes. Desapontador. Eu esperava uma biblioteca como uma catedral, com arcos de madeira, longas mesas comunais, quadros clássicos nas paredes, livros misteriosos abarrotados até os céus, um lugar onde eu iria passar a maior parte dos dias e noites consumindo filosofia e poesia, até eu mesma ser senhora daquele espaço, saber a posição de cada livro sem precisar consultar referência, onde eu iria encontrar volumes pesados que antes estavam perdidos, iria achar anotações de um poeta ou escritor famoso que por ali passou, iria eu mesma escrever livros sinceros e famosos.

Essa biblioteca que parece mais um cartório do interior. Um ventilador, daqueles de plástico que ficam baixos no chão, solta uma brisa empoeirada e insuficiente. Ninguém parece estar ali estudando. Está claro que quem movimenta a faculdade no período "não comercial" são os alunos que se envolvem com a política acadêmica e com a atlética. Os estudiosos não parecem sentir o impulso de retornar aos fins de semana.

Como Eric havia previsto, dois membros de Conclave vêm falar comigo. Um menino de pele jambo e sotaque pernambucano, bonito, e uma gaúcha loira, que veste uma saia curta que mostra suas pernas longas, cobertas por pêlos lisos e compridos. Eu nunca havia visto ao vivo uma dessas meninas que não se depilam. O princípio me era atraente, eu que suava frio e às vezes chorava nas sessões de depilação com cera quente que minha mãe me levava desde que eu tinha 11 anos. E a ideologia era sólida: um ato de mutilação que causa dor, custa tempo e dinheiro das mulheres. Mas frente a essa menina justa, mais uma vez me dá uma reação contrária. Penso com carinho no salão de depilação, que na verdade era menos um salão e mais um puxadinho construído no fundo de uma casa do bairro pobre da cidade, e na minha mãe, em como ela dizia não sentir mais dor quando a cera era arrancada com força, mesmo eu vendo seu estômago contrair. Penso em como ela conversava com intimidade com a depiladora, a quem ela chamava de "bem", o que na época me parecia condescendente e rude, mas que agora me soa como doce. Penso no pote de cera dura que ficava reservado com o seu nome e que ela compartilhava só comigo, na plasticidade caramelizada do material, no cheiro de talco. Penso na pele lisa dela, em como ela se sentia bonita, em como eu a achava bonita. Penso que aquilo não era tão mal, afinal, que era higiênico, e que os pelos dessa menina pareciam me afrontar e me julgar, que eram tolos, ideológicos, radicais.

 O rapaz, Silas, tem uma fala cadenciada que estende as vogais de um jeito prazeroso. Seu sotaque, que eu nunca havia ouvido ao vivo, dá a ele um ar de inteligência, mas também, e principalmente, de estrangeiro. Os dois certamente têm um estratagema e sua apresentação política é mais sofisticada que a de Eric. Eles falam juntos e se alternando como dois bailarinos, o menino preenchendo as lacunas dos movimentos dela:

 "Existe uma... responsabilidade? Responsabilidade em ser franciscano. O XI é o Centro Acadêmico mais forte do Brasil, com muito dinheiro, com o contato de todos os políticos e... e dos movimentos sociais... e dos movimentos sociais. O que você faz aqui, sai no jornal... no jornal, na televisão, se você quiser dar um discurso pro Jornal Nacional, é só ligar que eles vêm... E a história do XI é de luta, pessoas morreram aqui, pelo XI... na ditadura os estudantes barricaram o pátio e o porão, em resistência... Os jornais da época estão guardados no XI, é só olhar... E claro que a ditadura acabou... a ditadura política, talvez, mas não a econômica, e a qual é a nossa luta? Da nossa geração? Não há de ser por justiça contra exclusão social, econômica?... Pelo meio ambiente, pelos desfavorecidos?... O XI não pode ser divorciado da realidade do País... do centro! Aqui onde estamos, o centro, está cheio de moradores de rua, de crianças nos semáforos, não podemos fechar os olhos... não podemos deixar que essas arcadas nos isolem do que está logo ali fora... e o movimento negro, o movimento feminista, dos gays, eles precisam ser representados pelo XI, por nós...". Etc. etc. etc.

Eles se dedicam contra as mazelas do mundo em inúmeros congressos: congresso para a luta negra, congresso para a luta pelo aborto, congresso para gays negros, congresso para a luta do movimento sem terra, congresso para os índios... Etc., etc., etc. O que exatamente era feito nesses congressos eu não pergunto, mas imagino algo como grupos de milícias opositoras, que geram ações chocantes, radicais, criativas, como os jovens parisienses tacando bombas em... em o quê, exatamente? A questão da utilidade imediata do que eles fazem paira no ar como um cheiro desagradável.

Eventualmente, eles mesmos aludem ao problema. Seus congressos geram mais congressos, dessa vez dentro de movimentos sociais, muitos dos quais eu era apoiadora, como os do MST ou de várias células ambientalistas. Mais reuniões então eram tidas nos partidos políticos de esquerda. Não me ocorre questionar de quais das muitas facções da esquerda brasileira eles fazem parte. De qualquer maneira, eles parecem enamorados com a ideia de que uma reação em cadeia importante para a política nacional era iniciada por eles, os estudantes.

Durante a minha adolescência, ler Malcolm X ou Martin Luther King Jr. ou Paulo Freire me pareceu um ato de preparação para um futuro no qual eu seria parte de uma revolução. Mas ver esses dois jovens usarem a mesma fraseologia revolucionária me fez parecer obsoleta, ilusória, há muito morta para a história. Senti nas ideias e na formulação uma atmosfera de juventude, de Ideia de Juventude, ou seja, de um estado passageiro, inconsequente, enfim, juvenil.

No fim, o que eu senti por esses dois jovens, naquele momento, foi um embaraço, uma vergonha nua de sua sinceridade. E ainda uma repulsa intensa, tanto da sua aparência quanto também da hierarquia moral que eles proclamam para si. Seguro-me para não gritar que se calem. Minha vontade era dar-lhes um tapa, de rir, de zombar de suas roupas praianas fantasiosas, seus chinelos, seus pelos.

Deixo-os falando enquanto eu volto para os meus sonhos acordada, onde eu ganho discussões filosóficas com outros franciscanos. Não sei se eles tomam meu silêncio como atenção e concordância ou como desinteresse. Pouco me importa. Eu não tive ali nenhum desejo de impressioná-los nem de contestá-los.

"O Salve é um grupo de meninos que se acham gênios e

que usam toda a sua inteligência para lutar... por festas mais bem administradas. Hahaha".

À frente de uma causa justa, eu...

———

Com uma fome lascada, atravesso o pátio, pego a direita em direção às salinhas da Atlética e do Dandara, dobro a esquerda em direção às salas de aula, à direita novamente para o atrium e corredor que terminam na majestosa Sala dos Estudantes, e sigo em frente até a Rua Riachuelo. Finalmente, quebro para a direita até os degraus do porão. Um portão de ferro, trancado, nega a minha passagem. Desorientada, pergunto-me pela primeira, mas não última vez: há vida na cidade para além da Academia?

Eu conheço o centro de São Paulo só na teoria. Para suportar a espera até a vida adulta que eu já planejava desde criança, devorei a literatura, primeiro sobre o Largo e, quando essa rapidamente se esgotou, sobre os entornos do prédio. Talvez foi essa ordem de leitura que me deixou a impressão inarticulada de que a cidade veio depois da Faculdade. Não só depois, mas como produto da Academia, como se da São Francisco houvesse populado São Paulo. Nesse delírio, o Estudante era a figura germinadora, que chegou a uma São Paulo rural e, com suas ideias e jornais e poesia, gerou o calçamento, os prédios públicos, os casarões e, enfim, a malha urbana, das quais seguiram a literatura nacional, a ciência, a democracia. Um delírio teleológico, que certamente eu não admitiria em voz alta, mas que era por fim o que eu carregava comigo.

E quem era o Estudante? Enquanto ando vou pensando em Castro Alves, Álvares de Azevedo e Monteiro Lobato, e naquelas ruas eu os via, vivos. Rostos límpidos, olhos inteligentes, homens. Em meu arquétipo, o pênis era tão essencial quanto o cigarro clássico. Tomado por um certo *ennui*, o Estudante era um *flâneur* genial e incorruptível. O Estudante vinha sempre de uma cidade longínqua, pequena, como a minha, que não tinha estrutura para conter tamanha inteligência, tamanho ímpeto. Atraía-me, é claro, a boemia, mas era uma boemia tímida, de classe alta, sem riscos reais, a mesma que eu fazia desde os 14 anos de idade.

O Estudante, certamente, não era como aqueles dois jovens do Conclave da Esquerda. Mais uma vez sou tomada pela vontade de ironizá-los. Eric, com as suas neuroses, era para mim mais próximo. A conversa com ele, sobre a sua vida e problemas, o sexo frustrado, enfim, a narrativa mais pessoal e envolvida comigo, misturou-se também, para mim, com o que ele representava politicamente. Dá-me uma vontade urgente de retornar à faculdade, de compartilhar com Eric e, assim, alimentar a minha raiva contra o Conclave. Dou meia-volta, eu ainda estou há somente 3 ou 4 quarteirões do XI; mas logo me viro de novo, voltando para a direção que seguia, indecisa. O que eu faria, bateria no portão do porão, interrompendo a reunião? Para falar o quê? E eu ainda tinha fome.

Envergonho-me de que alguém pudesse ter me visto girando na calçada igual uma louca, então faço com as mãos como se tivesse me lembrado de alguma coisa que me fizesse hesitar no caminho, toco minha testa e rio, uma pequena performance teatral para me justificar. Ninguém se interessa.

Bolo um plano. A jornada para uma mulher sozinha só é tranquilizante quando se caminha a um destino seguro. Vou andando até o Teatro Municipal. Vou escolher uma padaria ou restaurante antigo, com vista para o prédio, assim terei para onde olhar enquanto como, e com o que sonhar. Quem sabe até ver uma performance, um ensaio aberto? Depois voltarei pelo mesmo exato caminho, com segurança saberei o trajeto, retornarei ao Largo como alguém que sabe do centro, que fez alguma coisa com seu sábado.

Faz-me necessário interagir com algo sólido. Um homem numa cadeira na calçada, daquelas dobráveis de metal fino, com o logo de cervejaria. Pontuando toda a agitação de São Paulo sempre há essas pessoas paradas, olhando para o nada. Ocorre-me agora a palavra alemã, betrofenheit, estado de consternação, perplexidade. Frente ao horror, uma pausa.

Talvez ele apenas descansasse em sua hora de almoço. Peço direções. Sobe as escadas da ponte, atravessa, você vai ver, responde-me o homem, com dois dedos esticados à sua frente enquanto fala. Sigo os dedos com meus olhos, mas não vejo ponte alguma. Onde, eu pergunto, qual ponte? Ele continua apontando para alguma coisa que me era invisível. Ao invés de duvidar da lucidez dele, duvido da minha. Decido seguir para a direção misteriosa que ele aponta. O paisagismo de São Paulo é tão caótico, penso, a ponte pode estar logo atrás de um dos milhares de outdoors, oculta por essa ou aquela violência.

Ando um quarteirão, dois, nada das escadas ou da ponte. Para quem recorrer agora? Dois policiais conversam, um deles era uma mulher. Sempre um abrigadouro achar outra mulher a quem se possa falar. Pergunto novamente, como chegar no Municipal, o teatro? Só atravessar a ponte, ela diz. Para não parecer idiota, não digo "qual ponte?", pois a ponte havia de ser óbvia a todos nesse momento; disse apenas, onde é o acesso à ponte? A escada logo ali, ela retruca com uma mão apontando para a direita. Sem mais tempo para mim, saem os dois para quebrar uma briga que começa à frente.

A briga fica feia e está bem no caminho que ela me apontou, então decido virar à esquerda e abandonar o trajeto. Inexplicavelmente, dou de cara com a escadaria da tal ponte. Sinto uma tontura labiríntica, surreal, mas vou subindo os degraus e o mundo vai se solidificando novamente. Em alguns instantes me esqueço do ocorrido como quem se esquece de um sonho nos momentos após o despertar. Mas o mesmo me acometeria ainda muitas vezes naquela cidade, naquela vida.

A vista do Teatro não é, enfim, um grande refolgo. Ele é menor do que imaginei, e as paredes são de um rosa-claro envelhecido e não brancas. Terrivelmente abandonado, parece mais um corpo em decomposição do que a construção magnífica que os livros me prometeram. Era impossível pensar em Mário de Andrade. Dezenas de mendigos encobrem a porta de entrada, e depois deles dezenas e dezenas de pombos. Dá-me uma aflição ver aquela abundância de pássaros sujos, piolhentos. Certamente não quero comer ali. Um shopping à direita prometeu um abrigo mais confortável, então sigo a ele. Almoço um fast-food olhando para as fachadas neons das lojas. Passo horas e horas andando no shopping, experimentando roupas, tomando cafés, fazendo nada.

Recepção

Depois da decepção da minha visita ao Largo no sábado, passo o domingo sem sair de casa, a maior parte do tempo na cama de Isabela. As outras moradoras nos parecem intrusas à nossa intimidade. Ou pelo menos assim parecem a mim. Isabela é por natureza mais acolhedora e amigável. No fim da tarde, ela finalmente sai do quarto para ir buscar a pizza que havíamos pedido. Espero que ela volte com a caixa para a cama, boto um DVD. Quando ela demora demais, encontro-a na sala, colocando a mesa, com pratos para todas. "Já estava indo te chamar", ela diz para mim, e depois grita alto: "tá na mesa!"

Uma a uma, aquelas meninas estranhas saem de suas tocas. Eu sinto a obrigação de fazer uma irmandade com elas, mas também uma enorme preguiça. O que elas falam sobre suas faculdades é banal para mim, simplório. Todas, inclusive Isabela, começavam faculdades particulares, e nenhuma era remotamente tradicional ou importante como a São Francisco.

A exceção é obviamente Morena, que foi a primeira a se sentar para comer. Ela é curvilínea e extremamente feminina, como se nela a puberdade tivesse vindo em dose tripla, quádrupla. Seios enormes, facilmente maiores que crânios humanos, a pele muito clara, os lábios rosa pink. Eu sempre tive pequenos amores por meninas, mas não por ela. Os seios a engordavam demais, mesmo que ela não fosse exatamente gorda. Eu gostava de meninas bem magras, peitinhos feitos só mamilo, tudo duro em todo lugar. Obviamente eu desejava que assim fosse meu corpo, mas nunca seria. Desde criança tenho estômago inchado, laterais como duas alças para fora da cintura, e nem nas fases magras eu podia deixar de encolher a barriga.

Ocorre-me dificuldade em associar Morena com a intelectualidade da São Francisco. Ela é ampla e extrovertida demais, não me parece o tipo de mulher a quem aflora a inteligência. Falta-lhe alguma amarra, alguma infelicidade e privação. Mas o fato é que ela passou na mesma seleção que eu e, pela sua descrição, com muito mais facilidade. Conto do quanto eu estudei, 14 horas por dia, por um ano, que comecei a dormir uma noite sim e uma noite não para estudar ainda mais. Ela acha um absurdo, vestibular é decoreba, estudar tanto pra quê? Pergunto-lhe se já tem uma área do Direito preferida. Ela diz que qualquer área que ela tiver que decorar para passar em um concurso e ser rica. Pergunto qual sua preferência política. Ela ri da minha seriedade, dispensa-me.

Ignoro o resto da conversa do jantar. Morena materializa duas garrafas de vinho não sei de onde. As meninas tentam celebrar, mas bebem e conversam timidamente. Encho um copo até o bico e me vou para a janela ampla da sala, onde duas cadeiras e um copo de requeijão servindo como cinzeiro já estão arranjados. A vista é restrita, só vejo outros apartamentos, dezenas de luzes acesas e salas de televisão visíveis a mim. Procuro alguma cena pornográfica a que eu possa assistir de longe, mas nenhum vizinho me provém nada interessante para espiar.

Zula? Ei, Zula? Essas meninas são amadoras! Mas você vai comigo!

Vou nada, respondo sem olhar para a mesa.

Morena senta-se na cadeira à minha frente e toma o cigarro da minha mão. Vaaaaaaamos, ela diz, e passa as mãos nos meus antebraços e ri. Vamos achar uns caras para pagar nossas cervejas! Ela sacode meus ombros. Va-aaamos! Eu tenho uma blusa decotada pra você, ela diz, segurando seus seios para cima, fazendo um decote gigante. Se fica decotada em mim, imagina em você, você vai parecer uma prostituta, haha.

Escassamente envolta pela tal blusa, saio com ela para o bar que eu nem havia reparado existir no nosso quarteirão. Ela me pergunta se está bonita e digo que o cinto que ela colocou na cintura a faz parecer magra. Parecer magra, ela repete, rindo. Não é o que quis dizer, você é magra, o cinto deixa em evidência. Ela ri de novo e retruca, quem quer ser magra?

O bar é fuleira. Mesas de madeira e cadeiras de plástico abarrotadas na calçada, azulejos brancos cobrindo os chãos e paredes. A cerveja é barata, mas Morena recusa-se a pagar; rapidamente acha um grupo de homens que nos compram uma e depois outra rodada. Ela os faz rir, e também aos garçons, e a mim, e logo me sinto mais feliz do que estive em meses. Ela beija algum cara, eu, outro, mas estamos mesmo interessadas uma na outra. Saímos caminhando pelo bairro, achando outros bares, outras rodadas e outros caras. Conto-lhe dos partidos que me recrutaram, da broxada que dei com Eric, que fiquei perdida no centro. Conto que quero ser política e escritora e aumento os meus feitos, digo que já publiquei uns contos, mentira. Parece que eu falo e falo e ela ri e ri. Ela diz que consegue ver que eu sou mesmo escritora, tenho jeito. Proclama que vai comigo pro partido que eu escolher.

Tenho jeito, tenho jeito, tenho jeito.

Eu descubro um apartamento térreo qualquer onde rola uma festa, gritamos da rua até alguém nos convidar para subir. Morena rouba de alguém um baseado gordo, que fumamos por horas. Ela some com um cara musculoso por alguns minutos, eu fico num canto, sonhando acordada.

Acordo no sofá da república, com Morena no chão ao meu lado e nossas mãos entrelaçadas. A ressaca é de matar. Morena me empurra pro banho, espera sentada na privada enquanto eu tento me segurar de pé. Como cresci com irmãos, nunca me acostumei com a intimidade nua entre meninas e tento, em vão, esconder meu corpo enquanto me banho. No embalo feroz da água pelando, Morena reconta as histórias heroicas da noite anterior. A ânsia e a tontura só fazem aumentar nosso regozijo. Você foi incrível, ela diz, achou aquela festa! Uma escritora boêmia, você é a melhor companhia!

Escritora, escritora, escritora. Ela me chama de escritora.

―――

Culpando o calor e a ressaca, decidimos dividir um táxi para a faculdade. O dinheiro que meus pais me deram pra durar o mês desaparece com uma rapidez chocante. Uso o cartão que me foi dado para emergências e tiro mais grana pra pagar a corrida; a máquina de saque cospe notas com tanta destreza e ordem que minha leve culpa logo se dissipa.

Logo que chegamos, Morena reconhece vários dos calouros por quem passamos e assim me apresenta a uma carreata de rostos que eu me esforço para memorizar. Dois deles, dois meninos de alguma cidade pequena do Nordeste que eu não reconheço, seguem com a gente. Eles já são íntimos de Morena, aparentemente no dia do trote eles beberam e festejaram juntos.

Contam-me suas histórias do dia, eu conto as minhas e, por transferência do agrado de Morena, eles rapidamente se tornam íntimos comigo. Um deles, Jorge, ou Jorginho, como ele diz preferir, mulato e baixo, com os braços e coxas bombados e uns dentes brancos perfeitamente retos. Ele cheira a perfume forte, o que me enjoa, e sua em abundância, tanto que sua camiseta está encharcada. Sua fala e jeito de se mexer também são, assim, jorrantes, cheios, e ele anda na nossa frente, de costas para a direção que vamos, e não para de falar um minuto. Nos conta da viagem até São Paulo (três dias em vários ônibus), do alívio em deixar de morar perto do pai (mas da mainha ele vai sentir falta), da expectativa de estudar menos na faculdade (ele fez colégio federal e a rotina era pesada) e que já comprou ingressos para a festa do próximo sábado, a Calourada. Tudo isso ele fala enquanto cumprimenta diversos garotos que nos passam, veteranos e calouros. Pergunto-lhe da mochila enorme que ele carrega e ele diz que ainda não achou onde morar, está dormindo de favor no sofá de um veterano que conheceu no trote. Ofereço nossa república para que ele fique uns dias e ele me dá um abraço pelo pescoço; a partir de então começa a me chamar de

Zulalá, o que me faz lembrar da música do Lula, "Lula-lá, brilha uma estrela..." Vou assobiando o ritmo até o fim do dia.

    Se a mim e à Morena, e, aparentemente, a vários outros franciscanos que passam, Jorginho esbanja carinho, com Tomé, o outro garoto do Nordeste que nos acompanha, Jorginho é mais ríspido. Existe entre eles alguma coisa que eu ainda não entendo. Tomé também é mulato e tem o sotaque cantante típico, mas é mais alto e fino que Jorginho. Também é mais fechado e irônico. Noto que a expansão do colega o incomoda e, quando vê Jorginho cumprimentar mais um garoto, eu acho que ele sussurra: mas é uma puta. Mas não tenho certeza e não falo nada. Tomé parece-me mais classe média e ele diz que estudou na mesma franquia de colégios particulares que eu, que eu sei que são razoavelmente caros. Seus pais são advogados e ele já sabe o que vai estudar, Direito Financeiro, e emendará um mestrado logo com o bacharelado antes de voltar para a sua cidade natal. A liberdade que Jorginho parece sentir estando longe da família, e no Sudeste, a Tomé não impressiona.

    Após seguir algumas setas feitas de fita adesiva que nos foram colocadas como guia no chão, chegamos à Sala dos Estudantes. Achamos quatro lugares juntos, em uns bancos de madeira grossa a arredondada confortáveis. Finalmente Jorginho e Tomé param de falar e eu posso apreciar onde estou, pela primeira vez. O ponto focal da sala está à nossa frente, um palco de madeira escura coberto com um tapete vermelho desgastado, o qual se acessa por uma pequena escada na ponta esquerda, perto da porta de entrada. No palco, uma bancada longa de madeira entalhada com vinis sutis e quatro pés de leão, onde cabem 10 ou 12 lugares. Por fim, posicionada contra a parede, uma lousa negra de giz com a inscrição "Semana do Calouro, 2008". A bancada é supervisionada acima por um quadro enorme, quase de tamanho real, uma pintura com moldura dourada de um homem sério que nos encara. Ele se posta de pé, vestindo uma toga preta decorada com uma enorme gola vermelha, uma representação tradicional e ilustre, rodeada por um fundo negro um pouco rarefeito e morto. Imagino que a pintura seja do professor Francisco Morato, que dá o nome oficial à Sala e que, pelas minhas leituras, fora um jurista condecorado e famoso, a quem devemos alguns códigos e reformas políticas que me escapam. O que me lembro claramente é de um detalhe cômico: após ter sido um arquiteto da Aliança Liberal, durante a Revolução de 1930 em São Paulo, que prosperou em impedir a posse do presidente da República eleito, Júlio Prestes, em favor de elevar, com apoio dos militares, a chapa perdedora de Getúlio Vargas, Francisco de Morato foi premiado com o cargo de governador do Estado de São Paulo. Tomado por uma retidão moral (após o golpe bem dado), Morato resolveu esperar a visita do novo presidente Vargas para receber a posse oficial de seu novo posto, certamente se preparando para a cerimônia honrosa e pomposa que lhe cabia. Vargas, quando finalmente chegou a São Paulo, infelizmente já havia se esquecido de Morato, e deu o cargo para um tenente provindo de outras plagas. Morato perdeu o Estado, mas ficou com a Sala na qual eu, naquele dia, me encontro maravilhada.

Noto demoradamente os padrões do chão de madeira trançada que agora me parecem um marco paulistano que me dão e dariam para sempre enorme prazer estético. As paredes brancas são todas cobertas por cortinas espessas de cor vinho, seu peso e pó conferindo ao recinto gravidade e um cheiro bem específico. As cortinas da parede da direita encontram-se abertas revelando enormes janelas semicirculares, enfeitadas com vitrais coloridos. Além do palco, o restante da Sala é encoberto pelos muitos assentos, que são posicionados de maneira ascendente em largos degraus, na configuração clássica de auditório. Claro que isso é feito para melhorar a visão da plateia, mas imagino também alguma metáfora sobre a ordem democrática dos que veem e os que são vistos, os que escutam e os que falam, sendo posicionados, no fim, na mesma altura. Uma tolice minha, afinal é uma estrutura comum, simples, mas no momento várias ideias idealistas e esotéricas tomam minha imaginação.

De qualquer maneira, a Sala é de fato histórica e famosa. Se o Pátio das Arcadas é o coração do Largo, a Sala dos Estudantes é o cérebro, por ser o espaço destinado aos debates políticos. Suas chaves não pertencem ao Diretor da Faculdade de Direito ou ao Reitor da Universidade de São Paulo, mas aos estudantes gestores do Centro Acadêmico XI de Agosto.

Após as centenas de novos e velhos alunos adentrarem a Sala, muitos sentando-se no chão, vejo entrar um grupo de três senhores, todos vestindo a mesma toga da pintura de Morato. Só que ao invés da gola vermelha, usam um cinto grosso da mesma cor, um toque de modernidade. São seguidos por um jovem de terno e gravata azuis e barba recém-aparada, que corre para a frente da procissão para guiar onde cada um deve se sentar. O jovem ainda se ajoelha atrás do balcão e um ruído de microfone mal ajustado zumbe alto. Ele diz alguma coisa que faz os velhos rirem; retira, então, um molho de chaves do bolso frontal, segue em direção à parede atrás da bancada, a mesma onde está a grande pintura que descrevi e, puxando com certa força o tecido vermelho da cortina, revela uma porta de madeira escondida. Abre-a e some, voltando alguns segundos depois com novos microfones. Após sofrer outros minutos tentando instalar a aparelhagem, vejo-o dar um sinal para alguém que chegava agora na Sala: Eric. Ele sobe as escadas do palco em passos largos e, um pouco ansioso, começa a mexer com os microfones até que um som normal começa a soar. O jovem de terno aperta os ombros de Eric em agradecimento, mas também em dispensa irritada. Finalmente ele se senta no centro da bancada e começa a falar:

"Senhoras e Senhores, Calouros e Veteranos e, acima de tudo, Moças e Moços da Faculdade de Direito do Largo de São Francisco (rodada de aplausos). Bem-vinda turma 181! (mais aplausos). Eu sou o Tarso, presidente do Centro Acadêmico XI de Agosto (alguns aplausos de veteranos). É minha honra introduzir vocês à companhia ilustre que hoje vai iniciar vocês nas tradições da São Francisco, ou da *sanfran*, o nome carinhoso que a vocês agora cabe o privilégio de usar. Eles vão lhes falar sobre as trovas, sobre as histórias revolucionárias, sobre o espírito da Justiça e Democracia que cabe a nós, acima de todos, defender. A mim cabe outra honra, uma que na minha opinião imparcial é a maior de todas, que é falar sobre o XI de Agosto (muitos aplausos). Na Primeira República do Brasil, foi em volta do XI que a nação gravitou. Dos bancos da nossa Velha Academia e do nosso Território Livre, saíram os que governaram o Brasil desde a instalação da República até a ascensão de Vargas. Como vocês, por enquanto, ainda se lembram do que estudaram pro vestibular (risos), esse foi o período da "República dos Bacharéis". O mundo mudou desde então. A expansão do Ensino Superior nos tirou a exclusividade da liderança; a consolidação democrática nos tirou a urgência revolucionária; e a verdade é que o movimento estudantil tem angariado cada vez mais antipatia no cenário nacional. Mas se há necessidade de reinvenção, de redescoberta, tenho certeza de que é do XI que sairão as ideias que irão guiar o País. Um desses novos preceitos, na minha opinião, será a prática do pluralismo político em oposição ao velho método geométrico, de máximas que nos dividem em uma direção ou outra (algumas vaias). Como vocês veem, alguns dos meus opositores, a minoria, claro (risos), discorda. Discórdia vocês verão muito aqui nesta Sala, como há de ser. Mas é deselegante fazer isto hoje. Porque hoje é o dia de celebrar a grande conquista de vocês, a maior de suas jovens vidas e a que guiará todas as outras que vocês alcançarão. Bem-vindos! E depois do longo dia de palestras, me encontrem no porão, onde fica a sede do Centro Acadêmico e onde eu argumentaria que vocês aprenderão mais sobre Direito do que nas salas de aula. Eu tenho bons argumentos para fazer essa defesa, mas deixo para outra hora, talvez uma longe dos meus professores (risos). E falando neles, passo agora a palavra ao ilustre professor de Direito Romano, de Latim e, acima de tudo, o grande guardião das nossas tradições, professor Eros Macci".

As falas dos professores duram mais de três horas e me deixam amolecida de tédio. Macci conta uma história que eu não consigo dizer se é uma piada ou não, sobre trechos da canção do Parabéns que supostamente foram inventados na Faculdade; outros discorrem sobre a resistência durante a Ditadura Militar ou sobre o episódio de roubo da pedra fundamental, a mesma que a ditadura havia nos tirado e levado à USP, onde possuíam maior controle, e a qual os franciscanos, no meio da noite, resgataram e trouxeram de volta à casa; falam ainda da bucha, a sociedade secreta fundada por um professor alemão; e todos ainda mencionam sempre os mesmo dois poetas, Castro Alves e Álvares de Azevedo, mas sem acrescentar nenhum comentário pertinente sobre eles, nem recitar algum poema de memória, o que me faz duvidar que alguém os tenha realmente lido nos últimos anos.

Tudo isso me entedia, em parte pois eu já havia lido exaustivamente sobre a história do Largo, e porque histórias desse tipo são mais bem contadas na palavra escrita. As mesmas palavras que me comoveriam em texto, agora me causam um certo constrangimento saindo da boca desses velhos emocionados. Se essa foi a substância da São Francisco que existiu na minha imaginação por anos, agora que estou aqui, vejo que o pulsar é outro, mais jovem e que vive, já suspeito, no porão.

Depois do almoço somos levados em um tour pelo prédio. Notável como nada disso realmente se imprimiu à minha memória, agora nestes anos do futuro que habito e escrevo.

Eu não saberia descrever o caminho até o Salão Nobre, ou mesmo o interior das salas de aula, ou a biblioteca central (a que me decepcionou no andar térreo era apenas a biblioteca circulante. A atração principal também não era a catedral majestosa com a qual eu sonhava, mas era maior). Eu habito hoje, em memória, e habitei então, em corpo, somente três lugares: o Pátio, a Sala dos Estudantes e, acima de todos, o Porão.

E é para este último que eu migro, no fim daquele dia e em todas as noites subsequentes que passei naquela Faculdade. Vou sozinha: Morena, Jorginho e Tomé decidem ainda fazer outro tour guiado pelos infinitos clubes e atividades extras da Faculdade; Cora e Zilá decidem ir para um bar no Largo da Batata, querem conhecer as outras opções de *points* do centro. A mim, nada mais interessa. Logo no fim da escadaria do porão encontro Eric, fumando um cigarro e falando em um celular de flip. Ele me sinaliza para esperá-lo, oferece-me o cigarro. Enquanto o aguardo, chega a nós um grupo grande, todos homens, e de imediato reconheço Tarso, o presidente do XI. Para minha surpresa ele se dirige a mim: Zula! O Eric me contou de você!, e me dá um beijo no rosto antes de emendar: você vem me encontrar mais tarde? Na salinha do XI?, ele indaga, apontando na direção de uma pequena porta fechada coroada com um letreiro dourado CENTRO ACADÊMICO XI DE AGOSTO. Sem esperar a resposta, ele me dá outro beijo e vai saindo. Ele tem certeza de que eu vou. E eu também.

    Quando me desvencilho, por fim, de Eric, depois de muita conversa, sigo ao bar para me apresentar ao bartender. Alto, gordo e com a pele clara coberta por rosácea, ele diz que todos o chamam de Russo, e que é o dono do bar. Um ponto bom, eu digo, fregueses constantes, ao que ele fica irritado, fregueses que nunca pagam a conta. Abro uma conta mensal com ele, ou seja, com a obrigação subentendida de ser acertada todo fim de mês, o que acho que nunca vim a fazer nos dois anos que eu passaria ali. Bebo minha primeira cerveja adquirida via calote; compro mais cigarro, esse eu pago, e sigo ao outro lado do porão, no qual se chega cruzando a sede do XI e a escadaria de entrada. O outro lado é também dono de outra *vibe*: menos álcool e mais maconha. Um sofá enorme cobre a maior parte do canto direito, e duas mesas de pebolim e uma sinuca dominam o esquerdo. Sento-me na ponta do sofá, imediatamente alguém me oferece um baseado, e entro na conversa sobre comunismo e luta de classes que parece brotar das folhas secas de maconha. Participo com poucas intervenções, estou mesmo é contando o tempo e quando acho que está na hora, bato na porta do XI.

    Uma menina de cabelos pretos longos e molhados me atende. Oi, posso ajudar? Seus cabelos deixam sua blusa regata úmida, e é possível ver os seus seios. Ela usa uma calça jeans clara justa que lhe cai bem. É linda, curvilínea e magra, um retrato de sexy, e alguma coisa no jeito que ela se move, se toca, deixa claro que ela sabe disso. Hum, vim dar um oi.

Um silêncio. Sou amiga do Eric!, por fim me lembro, e ela diz ah, sim, e vai abrindo a sala. Sou a Dorcas, ela se apresenta, e me dá um agradinho no braço.

Zula? Ouço Tarso dizer, levantando-se de uma cadeira de escritório rasgada, Zula! Dorcs, essa é a Zula que eu estava te falando. Entra, entra. Dorcs, Dorquinhas, pega uma cerveja pra gente com o Russo? Põe na conta do XI.

Ela sai dando um olhar para o Tarso. Ocorre-me a impressão nítida de que eu interrompia alguma coisa entre eles, talvez sexual, mas talvez não, talvez algum outro segredo. Hoje sei que toda vez que eu encontrava Tarso junto com algum outro membro do partido, eu tinha essa mesma impressão e, estando muitas vezes do outro lado, em conversas a sós com ele, quando outra pessoa chegava, sei também que muitos sentiam a mesma impressão e o mesmo ciúme. Todo momento a sós com ele parecia íntimo e exclusivo, como se ele só fosse verdadeiro com você, a sós, e que só a você, naquela conversa, ele revelaria seus planos.

Naquela primeira noite, ele me interroga. Com quem já falei, o que achei do Conclave, se não lembro mesmo o nome da menina do Dandara. Porque, sim, ele já sabe do incidente com o Dandara, da noite com Eric, do meu irmão mais velho e até, o que me surpreende, que eu sou prima de um ministro do governo Lula. É óbvio que ele é articulado, engraçado e inteligente, talvez a pessoa mais carismática com quem já conversei. Mas penso que a inteligência dele é outra, não a do tipo florido que se encontra de sobra na São Francisco, dos que, como eu, leram muito e falam bem. A inteligência de Tarso é mais pura e mais poderosa que essa. Os fatos que ele recita são seguidos de uma análise bem elaborada, uma contextualização política. Impossível não o comparar a Lula. Essa é a sensação que eu tenho naquela noite, hiperbólica que seja. Um homem com talento natural para liderança.

Ele me conta do Salve Arcadas. Da ideologia, que Eric já havia apresentado, mas também da história do partido, que ele recita com a mesma minúcia filosófica dos que falam da história do Brasil. Quando ele entrou na São Francisco, o Salve era um grupo de homens, que ele chama de A Velha Guarda, aqueles que eu vi de passagem hoje quando cheguei no porão. Era outro partido, assumidamente de direita, com interesses em desvencilhar o XI de Agosto da caricatura esquerdista do movimento estudantil. São grandes meninos, ele me diz, venceram muitas eleições e avançaram o XI, mas ainda estavam ideologicamente presos na dicotomia direita versus esquerda. Ele, Tarso, e alguns outros, quiseram ampliar o alcance ideológico e, por consequência, a base eleitoral do partido: reescreveram a carta-programa do Salve, centrando agora na ideia de Pluralismo e Gestão Descamisada. O XI deveria implementar uma democracia participativa ao longo do ano todo, promovendo debates e realizando plebiscitos para decidir posições políticas. Só assim os alunos que não se envolvem com política acadêmica deixariam de se sentir isolados pela máximas esquerdistas e só assim, talvez, o movimento estudantil pudesse voltar a ser levado a sério.

Mas ele, afinal, é de esquerda?, eu indago. Claro que sim, ele me responde, ele é social democrata. Dependendo do candidato, é até petista. E emenda: você eu já sei que é petista. Muitos de nós do Salve votaram no Lula, mas o interessante é que alguns de nós odeiam ele! Mas trabalhamos juntos, a política do Salve abriga os dois lados. O ponto é pensar em pautas que interessem mais aos alunos, ao Direito, administrar bem as finanças do XI, estimular a vida político-intelectual dentro das Arcadas.

A moderação me atrai, a sofisticação me atrai, ele me atrai. E também outra coisa, um segredo que Eric deixou escapar naquela noite em seu apartamento, sob promessas arrependidas de que eu não contaria a nenhuma alma. Eric me contara que a chapa do ano passado não era originalmente encabeçada por Tarso. Outro menino, Pedro, havia sido escolhido como o candidato à presidência. Pedro era o líder natural do grupo, tendo cumprido esse papel pelo último ano em que o Salve foi oposição e lhe havia sido prometido o cargo de presidente há alguns anos pela Velha Guarda. Tarso, contudo, organizou um leve golpe: na última reunião do partido, a chamada festa do ofício, onde era digitado, com muita celebração, o ofício a ser entregue com os nomes da chapa, Tarso casualmente levantou a pauta de que Pedro não era popular o suficiente para vencer a eleição. Pedro ficou comicamente perplexo: a afirmação era factualmente falsa, ele era provavelmente o membro mais benquisto do partido, tanto externamente na faculdade quanto internamente com o grupo. Seguro, abriu uma outra votação aberta ali mesmo. Para seu enorme choque, ninguém levantou a mão em sua defesa. Ninguém no mesmo grupo que unanimemente o havia eleito apenas 24 horas antes. Tarso havia feito uma blitz de negociação com todos os membros, individualmente. Pedro saiu do Salve naquela noite e fundou o Honorários. Também quase ganhou a eleição do XI ao dividir o eleitorado moderado, mas no fim foi derrotado por 3 votos.

    Eu lhe pergunto: foi assim que você virou o líder do grupo? Quando propôs essa nova ideologia?

    Não, ele me responde. Quando eu derrotei o Pedro.

    Como é atraente falar abertamente sobre algo cruel, imoral.

    Eu não resisto: o que você prometeu a cada integrante para vencer?

    Eu prometi que eu iria vencer, e quem não viesse comigo seria meu inimigo.

    Eu caio na risada. Só isso?, eu pergunto.

    Só isso bastou, ele devolve, também rindo um pouco.

    Ele também tem a sorte, eu penso.

    A semana do calouro é, por fim, coroada com uma grande festa em um clube de Higienópolis. Eric me coloca em um esquema de caronas do partido, e acabo no carro de Dorcas. Trago comigo Morena. No carro está também uma menina nova, Tábata. Ela é alta e esguia, com cabelos castanhos e crespos agressivamente alisados por chapinha, mas que já começam a ondular na região do cangote. Imediatamente, ela e Dorcas entram em uma briga alta e frenética, com Tábata acocorando-se no banco da frente e tentando assumir o controle do volante do carro, o que a faz ganhar vários tapas no topo da cabeça, algumas cotoveladas. Aparentemente, Tábata está exigindo uma nova parada no trajeto. Ou uma porra de uma parada na *putaqueopariu* só pra buscar uma *bicha*, de acordo com Dorcas.

Das muitas brigas entre amigas que já fiz parte e que causei, nunca vi uma colisão como essa entre as duas. Geralmente, os confrontos que eu vivenciei são precedidos por uma rede tortuosa de ofensas indiretas recontadas para terceiros. O embate entre as duas partes, quando acontece, não é a apoteose, já que a explosão aconteceu faz tempo. Mas com Dorcas e Tábata a briga é violenta e só escala, com ofensas sendo proferidas aos gritos, cada vez mais cruéis (Tábata era pobre demais pra juntar os 300 reais que devia a Dorcas; Dorcas era uma puta que tinha clamídia; Tábata só não dava para mais homens porque se vestia igual a um mendigo, etc.) e cada vez mais físicas.

Morena e eu vamos quietas atrás. Eu estou com medo, ela, uma vez ou outra, segura o riso. Eu queria causar uma boa impressão do partido à Morena e a fiz ler diversas matérias sobre o Salve que achei nos jornais antigos do XI arquivados na biblioteca. Mas o desconforto é meu. Escrevo-lhe uma mensagem de texto:

Será que chegamos vivas na festa?
Ela responde:
Acho que elas estão *high*.
Eu:
Puta merda!!!!! E agora???
Ela:
Será que dividem com a gente?
Chegamos todas vivas e atrasadas, o que me agoniza

um pouco. A parada de Tábata aconteceu, mas também fracassou: quem ela queria buscar já havia tomado o metrô. Dorcas parece satisfeita com o resultado e reconta a história da idiotice de Tábata para todos que vamos encontrando na entrada. Pelo menos elas nos guiam para pular a enorme fila que se acumula na frente do clube, sob alguns pedidos de desculpas (não aos que esperam na fila, mas a nós, Morena e eu, pela cena). Vamos as quatro diretamente para o bar, pegamos drinks sem pagar e, por fim, Tábata e Dorcas estão felizes novamente, e aparentemente em paz uma com a outra. Encontramos Eric e mais outros veteranos que começam a ser apresentados a mim, mas Morena me puxa para fora da roda. Depois você faz política, ela diz, vamos nos divertir.

Dançamos com Jorginho, Tomé e com muitos outros garotos calouros que nos rodeiam, com Zilá e Cora e com as muitas outras garotas que as rodeiam. Todos os calouros da turma 181 já parecem se conhecer e a mim só cabe ser apresentada como se fosse uma estranha. Perdi algumas das confraternizações, eu penso, quando essas pessoas fizeram amizades?

Na fila do banheiro, conheço um rapaz baixo e de olhos azuis, cara de criança, pele clara. Bem o meu tipo, eu logo sei. Flerto com ele corajosamente e, após algum convencimento, ele me beija. Após muitos amassos contra uma parede, percebo que ao meu lado está outro casal, Jorginho e um veterano que eu acho que é o presidente da Atlética. E depois Jorginho e um outro cara, e depois um outro. Fico extasiada vendo, pela primeira vez ao vivo, um beijo gay. Dou vários sorrisos para Jorginho nos momentos que ele para a pegação para tomar ar e penso em mim mesma com caridade: cosmopolita e moderna, finalmente tenho a chance de exercer minha ideologia de defesa dos direitos gays. Passo o resto da noite com o meu menino, Carlos, o que me deixa feliz. Ele vai comigo no metrô até minha república, como um namorado, mas no fim não quer subir ao apartamento. Ele está bebaço, mal consegue ficar acordado, e o coloco de volta no metrô para ir embora. Mando-lhe uma mensagem, "chegou bem?", que ele não responde.

Aula

A nova semana traz uma nova atração: aulas. Uma grade de disciplinas obrigatórias nos é imposta: Direito Romano I, Economia Política, Teoria Geral do Estado I, Direito Constitucional I, Introdução ao Estudo do Direito I, Teoria Geral do Direito Penal I. Normalmente, os primeiros anistas não têm acesso às disciplinas optativas, mas eu convenci um painel de burocráticos a me permitir a opção de incluir ainda outras duas disciplinas, "Introdução ao Latim Jurídico" e "Filosofia e Teoria Geral do Direito". Eu vinha estudando Latim e Filosofia sozinha desde os meus 14 anos e estava ansiosa para colocar meu conhecimento à prova. De fato, eu gostava de sentir o peso grande dos estudos no meu dia a dia, das horas de concentração, da obrigação de se produzir textos, do preparo às provas: sempre me foram uma âncora contra os meus outros impulsos.

Adentro a primeira sala de aula sentindo-me surreal. Após anos e anos em escolas particulares brasileiras, nas quais ou se tem uma decoração infantilizada montessoriana, ou uma réplica serializada de qualquer outro aparelho público, com pisos de azulejos brancos e paredes azul-piscina, de modo que não se sabe se está em um hospital ou em um fórum público ou em uma escola, finalmente eu adentro um lugar para os estudos que condiz, em aparência, com a tradição (que eu imagino europeia) que me atrai: os bancos de madeira e o carpete vermelho, a bancada do professor elevada e engradada também de madeira, as lousas negras de giz, daquela, exigiam o chamado mancipado, um ritual específico. O mancipado é formal e verbal, exigia cinco testemunhas, palavras solenes e, para conclusão, um toque com a mão (daí o nome macipatio).

Faz sentido, então, como causa ou consequência, que em Roma a custódia do direito esteja confiada aos sacerdotes, já iniciados em procedimentos mágicos, que assim recitavam os atos jurídicos de forma solene e com o teor prescrito, do mesmo modo como faziam com suas rezas e juras.

O professor continua a aula como se o mundo não tivesse sido aberto aos nossos pés. Procede na lousa, "Principais ou Acessórias"e "Simples ou Compostas ou Coletivas", etc., etc. Mas a mim é impossível sair do estranhamento. Perplexamente, vem-me à memória linhas de Tobias Barreto, que li somente uma vez, sem entender, e que eu não deveria lembrar. Mas aqui estão na minha mente, claras, na posição exata na página onde as encontrei muitos anos antes: "Tudo quebrou o primitivo invólucro poético; só o direito não quer sair da sua casca mitológica".

Palavras mágicas ditas em performance e somente por pessoas autorizadas a proferi-las: estão aí os elementos que regem a ordem jurídica. O teor sagrado do ato me incomoda, eu que há tanto e com muita força fugi da religião.

E ainda: nossos estudos seriam então uma iniciação ao sacerdócio, na postura e forma certa de proferir as tais palavras mágicas? Nós que com encantações regeremos inocências ou condenações, sabendo bem que tudo isso é fundamentalmente irracional? E a quem não cabe passar por tal iniciação, só cabe ser regido por uma magia insana a qual ele nunca poderá decifrar?

Mas me acalmo pensando que meus devaneios são só produtos da falta de entendimento. Uma vez dominado o Direito, certamente ter-se-á outra impressão, mais racional, sobre os rituais da corte. E também: passamos por vários rituais mágicos, não? A suspensão da realidade que é necessária à arte. Esse é o único exemplo que me ocorre e não tenho certeza se é aplicável, se está certo ou não, mas não consigo levar o pensamento adiante. Faltam-me palavras, conceitos, filosofias.

A aula continua com uma interminável lista de minúcias que eu me esforço para acompanhar, mas já sendo dominada por outra ideia inoportuna, novamente nas antecâmaras de uma argumentação que não consigo desenvolver. Todo estudo, de qualquer matéria, reveza-se entre um zoom nas pequenas partes e o abrir da lente para o todo. Mas o vai e vem ao que o professor recorre para explicar coisas que deveriam ser simples, como conceitos de posse e propriedade, as voltas e complicações intermináveis das quais ele parece não conseguir fugir, parecem-me revelar no Direito uma inabarcável complexidade. Teria eu capacidade para entendê-lo? Sim, afinal estou aqui. Exceto... algo me diz que as elucubrações deselegantes, o uso de um linguajar propositalmente incompreensível, sejam parte da magia, para confundir os leigos. Ou, no mínimo, matar de tédio. E algo na fala desse velho senhor à minha frente, no seu gaguejar e até no seu apego romântico à vida mais simples de estudante, diz-me que a ele o Direito também ainda seja cravejado por inexplicabilidades.

Estranho também como o Direito não me parece participar do projeto comum que une estudos literários e científicos, e tantos outros sob a égide da Universidade, tal como é entendida essa instituição desde o século XVIII. Eu, que sempre me considerei tomada por uma curiosidade abrangente e sem fim, que me interesso com o mesmo amor por física e biologia e literatura e estudos cósmicos e filosóficos, eu, agora, nessa aula, não sinto nada senão medo.

———

Avisados pelo sino que soa alto, os alunos saem em direção ao Pátio das Arcadas para uma breve confraternização antes da próxima aula. Eu, contudo, sigo em direção ao porão. Existem duas maneiras de estudar, Tarso havia dito em seu discurso na Calourada, nas salas e no porão. Eu preciso saber da segunda.

Pela primeira vez, encontro o porão silencioso e esparsamente ocupado. Aproveito a chance para admirar a luz que entra. Os raios ficam afunilados pela rara oportunidade arquitetônica de adentrarem e carregam em si rios de poeira. O prazer que me dá, o prazer estético, parece-me também uma outra forma de magia, mas uma que me faz sentido. Aprecio também o cheiro das pedras que emana da construção acima e o cheiro suave da comida que começa a ser preparada atrás do bar. Tento decifrar os hieróglifos pichados por gerações de alunos, não só nas paredes mas em absolutamente todas as superfícies visíveis. Relatos de um outro tempo, imortais e frívolos, marcas de seus corações. Estranha a dialética que os pichos criam, de absoluta modernidade e juventude ao mesmo tempo que, inevitavelmente, presos ao passado, como pressentimentos do fim.

As únicas vozes que soam vêm do Centro Acadêmico. A salinha encontra-se fechada, porta e grade trancadas, mas há ali dentro um burburinho sedutor. Conto cinco, seis vozes, mas seus segredos são indecifráveis a mim.

Ouço então os sons de outro corpo, passos corridos e pesados pelas escadas. Logo me aparece Jorginho, como de costume suado, movimentando-se rápido. Zula, Zula! Meu deus! E me abraça, como se eu lhe fosse um consolo.

O abraço dura mais tempo do que estou confortável, mas me embaraço da minha própria mesquinharia quando vejo que Jorginho tem lágrimas gordas presas nos olhos. Que foi? Que aconteceu? Posso dormir na sua República? É a única coisa que ele me diz. Claro! Quer conversar? Ele ensaia que não, tem aula, eu também, mas vamos os dois andando pelo porão cada vez mais a fundo, seduzidos pelo ambiente conveniente que se apresenta aos nossos olhos, o silêncio, a precariedade solene. Quem não tem dores aqui as inventa, penso, já sentindo eu mesma um certo pesar.

Ponho uma cerveja na minha conta, pego um maço de cigarros de menta e ainda uma caixa de fósforos, daqueles pequenos de ponta roxa, decisão estética. São nove da manhã, mas no porão o relógio segue outras regras. Aqui são sempre duas da madruga, com toda a coragem intransigente que a hora produz, hora de beber, fumar, chapar, afogar e liberar.

Jorginho então me conta. Eu sou gay. Sim, eu te vi beijar vários caras na Calourada. Você também viu?! Ele não lembra de nada da noite. Está humilhado por ter feito aquilo na frente de todo mundo. E pior: um dos caras que ele pegou está puto, diz que não é bicha, que vai quebrar a cara dele.

Eu falo o que uma pessoa de esquerda, liberal, inteligente, falaria: você não fez nada de errado, ser gay é normal, que orgulho de você ser livre, de saber quem você é. Meu discurso o desola ainda mais. Eu não quero levantar bandeira nenhuma, isso é coisa minha, vai mudar como todo mundo me vê. Eu digo que não, mas a verdade é que sim, eu já o vejo sobre as lentes da minha própria benevolência, e já me sinto um pouco consciente demais dele e de mim mesma. Falo o que posso, tento dominar a conversa para o acalmar, mas ele está agonizando, falando em círculos. Outro sino toca, para nós abafado e distante, como se soubesse que não tinha chance alguma de tirar alguém do porão para voltar à aula. Pego outra cerveja enquanto espero pelo inevitável: que o tempo vá fazendo a sua parte e a circumambulação o canse. Finalmente ele chega à única conclusão com a qual ele poderia viver: vai ficar tudo bem. Vai passar.

Chega Tomé, que se choca ao nos encontrar ligeiramente bêbados e nos reprime. Denuncio Jorginho, em brincadeira: estamos aqui por causa dele. Ele dá de ombros, deita a cara na mesa de plástico, faz desenhos com a água que o suor da cerveja foi deixando na superfície. Tomé rola os olhos, mais uma vez o acho irritado com a cena e com Jorginho. Que foi agora, bicha, ele pergunta. Isso! Sou a bicha da São Francisco! O loiro da atlética diz que vai me quebrar!

Tomé se endurece todo e se senta à mesa. Ninguém vai te bater, ele diz com uma voz grave, e emenda: vamos protocolar hoje uma denúncia na diretoria, com o XI, e, se eles não levarem a sério, vamos já fazer um B.O. Entendeu? Ninguém vai pôr a mão em você.

Jorginho volta a chorar, como uma criança que finalmente chega à sua mãe depois de um acidente. Ele alcança a mão de Tomé, que a recebe e a abraça com as suas próprias. Eu, entre eles, sou uma impostora. Fico remoendo o desejo que a salvação oferecida por Tomé tivesse sido minha ideia. Ele continua: você não vai ser o único veado aqui, você sabe. Eu, os outros, vamos sair todos do armário, hoje à noite, quando o porão estiver cheio. Vamos fazer um beijaço gay?! Ninguém vai lembrar de você! Mesmo você sendo a maior das putas.

Nós três deixamos o alívio plainar em silêncio. Eu neutralizo a minha surpresa com a revelação pessoal de Tomé. O mais surpreendente, penso, era mesmo o quão curta a distância que a minha política e intelectualidade interiorana haviam alcançado. O que já sabia Tomé, sua política resoluta, sua coragem, foi isso que eu sonhei encontrar na São Francisco. E se as aulas me fossem inúteis, esse outro não seria. O que era o outro? Eu, tão cedo, nomeei-o política acadêmica. Eu, tão cedo, nomeei-o, perdi-o.

Claro que eu assisti a mais aulas na faculdade, naquele dia mesmo, mas não tenho nada a discorrer sobre elas, além do imenso tédio que elas me embutem. Sobrevivo pedindo a alguém para assinar por mim listas de presença; pagando outra pessoa, quando é possível, para fazer as provas em meu nome. Às vezes me submeto ao exercício surreal de entrar em uma sala de aula, após semanas sem aparecer, e sentir a incompreensibilidade pura do conteúdo que se discute. É agonizante, mas também me enche de adrenalina. Cada vez mais vou ficando presa no argumento de que o sacerdócio estava fadado ao fracasso para mim, que eu obviamente não tinha a fé necessária, que uma vez que se sabe que se está na caverna frente a sombras, é impossível continuar nela. Quanto à literatura, pela primeira vez eu parei de ler, por muito tempo, de fato pelos dois anos que habitei aquela vida. Culpo Didion: quando em dúvida, vá à literatura, ela havia escrito. Mas minha incursão nos textos do Direito é penosa: passo três dias inteiros na biblioteca tentando decifrar um sentido honesto na feiura pedante que encontro. O que o Direito faz com a língua é uma ofensa, uma violência. No fim, fecho aqueles livros, e todos os outros, achando-os ridículos, absurdos, o pior que a inteligência humana já produziu.

Propaganda

"Alunos da São Francisco Fazem Beijaço Gay Contra Homofobia", sai na Folha de São Paulo de domingo. Uma foto grande em preto e branco de Tomé e Jorginho de mãos dadas em primeiro plano, ao lado da estátua de bronze "O Beijo Eterno" que habita a frente da faculdade. Ao fundo, duas dezenas de tantos outros alunos, a maioria homens gays, mas também algumas mulheres, todos se beijando.

O Salve Arcadas me convoca. Eric me liga, vem já, Tarso quer te ver. Quando chego ao porão, no mesmo domingo que o jornal foi impresso, as portas trancadas me são prontamente abertas, entra, entra, estamos esperando por você. Lá estão oito membros do partido. Dos que já conheço: Eric, Tarso, Dorcas, Tábata e, para minha surpresa, Carlos, o menino que eu fiquei na Calourada. Ainda, alguém sem nome para mim, mas que eu reconheço com certa ansiedade: o menino que me passou protetor no trote. Você! Ele exclama, segura-me a mão. Meu nome é Dante, e faz com o mindinho no meu nariz, sem encostar dessa vez, só uma mímica do gesto anterior.

Os outros dois são da Velha Guarda, isso é óbvio pela idade: João e Clemente, que se apresentam sem se levantar. Tarso me aperta a mão sem falar nada, mas de um jeito como quem comunica alguma coisa. Dorcas o nota e o zomba, olha o Tarso, que se acha o chefe de uma máfia. Nós somos uma máfia, ele responde rindo. Clemente pede logo que todos me deem espaço, deixa ela se sentar, vamos logo. E depois: bem-vinda ao Salve. Eu não escolhi partido ainda, minto. Clemente começa a reunião. Viemos, Zula, apresentar o Salve a você. Já interpõe Tarso: até mais do que apresentar, hoje é um convite escancarado a você, não tem por que esconder as nossas intenções. Clemente o sinaliza para aguardar. Vou falar primeiro, já sou antigo aluno, logo passo a vez ao Tarso e vocês deixam as minhas ideias arcaicas para trás, ele diz enquanto levanta sua franja curta para trás, mostrando seus cabelos que começam a ficar grisalhos, dizendo: eles me garantem respeito; e dizendo: acalmem-se todos. Eu sei que o Eric já te falou da nossa ideologia. O que eu sei, muito melhor que ele e que todos aqui, foi como e por que o partido foi criado, já que eu e João estivemos lá desde o começo.

    Ele conta a velha história usada para justificar todos os partidos centro-direita na era neoliberal: a esquerda estava comunista demais, perdeu a cabeça; a direita respondia se radicalizando ainda mais em direção a um anarquismo destrutivo e cruel; as pessoas do centro, a maioria!, não se sentem representadas; de repente, o moderado é o verdadeiro visionário; etc., etc. Perdoe-me a ingenuidade, mas foi a primeira vez que eu ouvi o conto e nenhum lado nefário me era conhecido ainda. E quem em minha posição, e minimamente sóbrio, não se seduziria? Posicionar o moderado como radical, defender a paralisia como um grande avanço, eram essas as vitórias retóricas que eu desejava... E, mais uma vez, eu tomo o x pelo seu oposto, o y pelo seu contrário...

Ele me convence, e a si mesmo também, tenho certeza, que mecanismos mínimos de representatividade, como realização de plebiscitos, são uma proposta vanguardista, de verdadeiro aprofundamento da participação democrática, quase uma reinvenção contemporânea da vitalidade da antiga ágora. Essas tolices simplórias me persuadem completamente.

Nisso se vão 40, 50 minutos, e eu não preciso de mais doses retóricas, sou toda deles, o que acredito não passar despercebido a Tarso, que toma a palavra. Ele se derrete por Clemente e João, fala de como os admira há tempos, que está no Salve somente para continuar um grande legado já pavimentado por outros, fala o que todo mundo fala, de Einstein nos ombros de Newton, etc., etc. Tudo o que ele diz soaria, na boca de outro, clichê, falso, mas ele é convincente e engraçado, não lhe duvido nada.

A visão do Salve está consolidada na faculdade entre os alunos de centro, ou centro-esquerda, ele diz apontando para mim, como para me reafirmar. O nosso trabalho é focar em melhorias visíveis, estruturais à faculdade: reformar o porão, acertar o financeiro do XI, fazer festas melhores que não percam dinheiro, entre muitos outros projetos. E isso estamos fazendo, já recebemos elogios pela Calourada, pelos patrocínios que asseguramos. Mas falta uma coisa pro Salve expandir a sua base e...

Uma causa, eu interrompo. Uma causa justa.

Por que você acha que eu preciso de uma causa? Tarso questiona-me. Ele afirma que o partido é ele, o que me atrai imensamente. Ele gosta de poder, e eu também. Porque todo mundo quer sentir, digo, quer saber que está do lado que é o moralmente certo. As melhorias que eu citei, as reformas, não são uma causa justa? Ninguém quer votar em quem acertou as contas do Centro Acadêmico - você precisa dar a eles um motivo mais fácil de defender, mais... franciscano.

Exatamente!, termina Tarso, olhos nos meus.

Tábata interpõe. Não é que precisamos inventar uma bandeira política... É que realmente acreditamos em certas coisas e...

Tarso sinaliza para que ela pare. A Zula sabe, ele quer dizer, com seu gesto irritado. Mas ele percebe que foi brusco e completa: a Tábata está absolutamente certa, nós temos valores absolutos, valores políticos, pelos quais a gente sempre lutaria. Para mim: o que você recomenda?

A defesa dos direitos gays. O Beijaço. É por isso que estou aqui.

O Beijaço foi sua ideia?, pergunta-me Tarso. Meu instinto é mentir, mas me contenho. Lembro-me de que ele foi sincero comigo antes.

Não. A ideia foi toda de Tomé, que aliás foi muito corajoso, fez tudo aquilo para defender o nosso amigo Jorge. O mérito é todo dele.

Mas você estava lá. Você estava com os dois e foi a primeira que os apoiou, trouxe mais gente para a ideia, mais gente fora do círculo de... amigos deles... certo? Para a maioria da faculdade, você é a líder desse protesto, junto com Tomé e... o outro. Sim?

Isso é mais crédito do que eu mereço, realmente o louvor é dos dois.

Sim, sim, aprova Tarso, a velha tática da modéstia é o que me diz os olhos dele. Você tem um talento natural para a política, já te falaram isso?
Já me falaram o oposto.
Haha. Bem-vinda ao Salve.

———

Decidimos almoçar todos juntos, vamos a pé a um restaurante no centro que eles já conhecem. Carlos caminha parte do trecho comigo e, falando baixo, pede-me desculpas por não ter me mandado mensagem, ele esteve ocupado, mas já ia me chamar para sair. Eu não te pedi em casamento, eu respondo, só perguntei se você havia chegado vivo em casa. Ele fica sem graça, pega-me a mão, mas eu peço licença e corro um pouco à frente para alcançar Dorcas e Eric e andar com eles. Eric logo começa a me explicar as ruas por quais passamos. Esse é o bar sobre o qual cantou Caetano, essa esquina apareceu em tal filme. Não presto muita atenção, nem Dorcas, pelos sorrisos irônicos que ela me manda. Penso que me sinto poderosa dando um pequeno fora em Carlos, apesar de o achar lindo, de o desejar em grande medida; por ora, tenho desejos maiores.

Tarso caminha com João e Clemente, bem atrás do grupo. Vão concentrados em alguma conspiração que não inclui os outros, nós. Dá-me uma curiosidade enorme de ouvir tudo o que diz Tarso, saber-lhe todas as maquinações. Muito mais do que a Velha Guarda, ele é o centro desse grupo. A força gravitacional é toda dele, atrai a mim e, parece-me claro, a todos. Eu me pergunto qual a hierarquia entre os outros membros, quão próximos do sol que é Tarso cada um orbita.

Noto que Tábata e Dante também conversam entre si, mas não resisto a uma intromissão. Eu não acredito que você é do Salve, digo para Dante, aproveitando para fugir de Eric. Ele é a cabeça do grupo, escreve os textos, as cartas-programa; não perde tempo no porão com os meros mortais, diz Tábata, tocando brevemente o antebraço dele. Do jeito que você roubou minha grana do trote e foi encher a cara, não acho que você seja tão nerd assim, eu digo, o que faz Dante rir alto. Ele roubou o quê?, pergunta Tábata. Mas Dante se dirige a mim, eu exerci os meus direitos como veterano, não se qualifica como roubo. E, no fim, como você se saiu no trote, aguentou?

Seguimos agora eu e ele; Tábata vai à Dorcas, sem que notemos sua saída. Eu conto as minhas histórias do trote, aumentando, melhorando, narrando com todo o meu pequeno talento. Se tem alguma vez que eu realmente escrevi foi ali, criando tudo o que posso para fazê-lo rir. E ele ri, fundo, segurando seu estômago, segurando no meu ombro, pequenas lágrimas de deleite presas em seus cílios. Eu queria tanto; eu precisava de tão pouco.

O centro parece-me belo. As pedras irregulares do chão, os prédios do século XIX interpostos com modernidades, até a pobreza, o decrépito, o violento, ali me são charmosos, fidedignos a alguma verdade profunda que eu agora compartilho. Tudo parece me dizer, a vida é dura, mas olha como podemos lhe extrair beleza.

Chegamos, frustrando o meu intenso desejo de continuar caminhando com Dante sob aquele sol que nos morena. Sento-me ao lado dele, mas à sua frente sentam-se Tábata e Carlos e, de repente, não podemos conversar a sós. Ao meu lado direito senta-se Tarso, à frente dele, Dorcas, os dois da velha guarda em cada ponta da mesa. Chegam ainda outros, um casal, desculpando-se por terem se atrasado para a reunião da manhã: Jonas e Juli. Juli também é caloura, lembro-me vagamente de vê-la no trote, uma menina de olhos japoneses, cabelos longos até a bunda, lábios cheios. Atraente, mas talvez só sob ângulos específicos, falta-lhe alguma sutileza. Ela e Jonas parecem namorados, o que é um pouco estranho aos olhos, ela é bem mais alta que ele e, afinal, não devem se conhecer mais do que alguns dias. Também não gosto de não ser a única caloura ali, mas, para neutralizar o meu ciúme, decido logo que terei que me aliar a ela.

Aprendo a jogar azeite e sal no prato e passar o pão francês em cima. A tomar uma dose de café bem forte depois da refeição. E aprendo que Tarso a todos provoca para que o zombem, aprendo que ele convida as piadas sobre si mesmo, o que relaxa a todos. O clima é jovial, amigável. Menos com Dorcas: por algum motivo que não me é claro, ela não aceita ser tratada com as mesmas regras que os outros. Durante todo o almoço, Tarso me enche de perguntas, e jorra de mim tudo o que sei e vivi, coisas que eu nunca havia articulado em voz alta sobre política, sobre quem eu sou. Começo a pensar que ele é inteligente, seguro e, como se pudesse ler a minha mente, ele oferece de volta os mesmos elogios a mim. Ele fala muito, mas no fim da refeição meu sentimento é duplo: sinto-me íntima dele, no sentido de haver uma confiança especial entre nós, mas ao mesmo tempo sinto certa perplexidade porque não me lembro se ele falou sobre si. Fico com a sensação de que eu revelei demais.

Na volta é estranho andar longe de Tarso. Fica-me a impressão de que todo momento longe dele perde-se alguma decisão importante. Mas começo a remoer o que contei a ele, será que soei como uma tola? Para poder pensar, faço algumas perguntas à Juli e deixo-a falar livremente enquanto vou ruminando. Ela me conta que ficou com Jonas no trote e ele a pediu em namoro já na festa da Calourada. Ela ri, eu sei, eu sei, mas por que não? Ele me traz de carro todo dia de Guarulhos, é longe. Não é só por isso que estamos namorando, claro, ele gosta de música, tem ótimo gosto. Ela segue o enchendo de qualidades, mas nenhuma me parece que lhe cai com sinceridade, só o vejo como um baixinho, e pelas opiniões hiperbólicas antiesquerda que ele já soltou no almoço, um baixinho agressivo e arrogante.

Ela me conta ainda que se inscreveu na Academia de Letras. O que é isso!, eu exclamo, incrédula, finalmente prestando atenção ao que ela fala. É um grupo pequeno de escritores, ela me diz, eles têm uma sede no térreo, uma sala que era mesmo um armário, tão baixa que você tem que entrar de quatro. Você pode se inscrever ano que vem, ela me consola, já passou o prazo de submissão deste ano. Qual o processo seletivo, eu pergunto. Mandar um conto, ou poema, ou letra de música. Você passou? Ainda não sei. Claro que sim, mete-se Jonas, eu conheço todo mundo da AL, ela vai passar com certeza.

Meu desgosto pelos dois só aumenta.

Sou encarregada com duas tarefas iniciais: reportar o que acontece na reunião do Dandara e distribuir panfletos que conterão um texto de Dante exaltando o Beijaço, tomando a causa para o Salve antes que outro grupo o faça.

A pequena espionagem vem primeiro. Argumento em favor de trazer Juli comigo e a exalto à Tábata, ela é inteligente, simpática, vai me ajudar: melhor disfarçar os meus verdadeiros impulsos.

A reunião acontece na clareira das escadarias principais, de modo que vemos e somos vistos do Pátio da Arcadas, mas o barulho das dezenas de alunos que por ali passam, e do centro de São Paulo que parece penetrar pelos céus, garante-nos privacidade. Sentamos em um grande círculo, cerca de 30 mulheres. Elas apresentam-se: são um grupo de estudos e de ativismo político feminista; consideram-se apartidárias, tanto em relação à política acadêmica quanto à externa. Penso, contudo, que já vi a maioria delas atreladas ao Conclave, fato que sussurro para Juli. Elas nos passam uma agenda com a programação da Semana Feminista que estão organizando, na qual vão tomar o tema do aborto como central em suas leituras e protestos. Haverá palestras, uma Virada Feminista 24 horas on-line em comunicação com outros grupos do Brasil e, finalmente, um protesto em frente à Câmara de Vereadores, no qual elas irão nuas.

Um som começa a soar-me da laringe. É a minha voz, só que as palavras são viajantes do tempo, para ser exata elas pertencem há 5 anos no passado. Também não são minhas palavras, mas do meu irmão mais velho, e me são desagradáveis, estranhas, mas mesmo assim aqui estão: eu lhes sou só um portal. O que as tais palavras dizem é que fazer um aborto é, inevitavelmente, acabar com uma vida. Mesmo que se acredite que aquele conjunto de células não é uma vida ainda, ele é um potencial de vida, o único que resulta em um ser humano. E se isso é verdade, por que não caberia proteção moral e jurídica a essa vida?

Todas as mulheres ali, incrédulas, respondem-me a mesma coisa: aferir vida ao feto é um dogma religioso, que não cabe na sociedade laica. A líder do grupo, a mesma que me convidara para esta reunião, diz-me que nunca viu alguém que seja contra aborto e não seja um fanático religioso.

Agora as palavras são minhas: eu sou ateia, não acredito em deus nenhum. E uma mentira, ou não mentira, mas uma ideia que me soa ambígua: talvez seja melhor mesmo legalizar a prática, já que todos os dados práticos mostram a prevalência inevitável do aborto mesmo nas sociedades que o proíbem, mas que não há por que negar que o aborto destrói uma vida.

Elas me dizem que uma gravidez indesejada destrói a vida da mulher. Não literalmente, eu complemento, novamente as palavras do meu irmão usando-me como veículo: uma gravidez indesejada não mata a mulher. Por que não admitir que, mesmo para quem defenda o aborto, ele ainda assim é uma prática imoral? Elas dizem que eu estou usando a defesa dos homens, dos direitalhas, que estou me colocando ao lado deles, ao invés do das mulheres, principalmente das pobres e negras, que são as que mais morrem fazendo abortos ilegais no Brasil.

Juli não me ataca com as outras e até tenta me defender, reformular as minhas palavras, o que ela quis dizer é... Isso me irrita, não preciso de uma tradutora. E agora não tem como negar que estou me divertindo. Vocês apoiam o aborto de pais que não gostaram do sexo que viram no ultrassom? Ou que descobriram algum atraso intelectual no bebê? Não, elas dizem. Então vocês também se incomodam com o aborto, também admitem limites.

E assim por diante. Às vezes eu falo por mim, às vezes eu reproduzo o que meu irmão falou anos antes em uma briga feroz comigo, uma das muitas que tínhamos. Eu sempre perdia, ele era mais velho, mais inteligente e, mesmo se eu tivesse a razão, se o pegasse em um erro, ele sempre sabia como ganhar: um rolar de olhos para a nossa mãe, que a faria rir; a piada deles, rir de mim, que ela achava que eu não notava, mas que ele sabia que me machucava.

Dorcas e Tábata nos pedem detalhes da reunião. Eu falo que as meninas do Dandara não admitiram nenhum plano de ação dentro da faculdade, nenhum protesto, mas que sabiam que eu e Juli já éramos do Salve e poderiam estar escondendo coisas de nós. Falo que concordo com Eric, que elas são uma ala do Conclave, que é desonesto elas fingirem que não, que nós temos que deixar claro que as ações delas, principalmente o iminente protesto nu que não há de ser bem-visto na São Francisco ou fora daqui, são ações radicalizadas e desproporcionais comandadas pelo Conclave da Esquerda.

Elas querem saber mais. Juli me dedura, Zula entrou em uma briga, achando que é alguma prova contra meu temperamento. Mas ela ainda não entende que aqui o mau é que é atraente, e o bom é o que a gente joga na cara dos outros.

Dorcas acha engraçado, qual briga, meu deus? E eu falo, fiz-me de contrária e as fiz defenderem a questão do aborto, só para provocá-las. Dorcas ri ainda mais e sai contando para todo mundo, a Zula foi numa reunião das feministas e fingiu que era contra aborto, elas ficaram loucas. Hahaha. Fazem-me repetir detalhes da briga para cada membro do Salve e, no fim, estou fazendo vozes, imitando cada uma das líderes, xingando-lhes os sapatos papetes, os seios soltos sem sutiãs, a fúria. Quando a história chega em Tarso, estamos todos em uma mesa do porão, bebendo há horas. Ele me sinaliza para o acompanhar em um cigarro lá fora. O que você argumentou exatamente, ele quer saber. Eu repito o que consigo lembrar. Ele fala que são pontos bons, que não estou errada. Mas então o que você pensa, de verdade, e eu acho engraçado responder: eu juro que nem sei, só não quero concordar com o que elas acreditam.

A noite continua, o porão cada vez mais quente. Alguém encontra uma bagana no chão, dou uns tapinhas, mas é muito pouco, preciso de mais. E acho. Quanto mais tempo ficamos ali, juntos, mais eu quero ficar ligada, pilhada, na fissura. A conversa também vai esquentando, eu nem sei mais o que falo nem o que falam para mim, só que tudo é bom e mal e engraçado. Carlos me beija na escadaria, mas ele está muito sóbrio, comportado e agora eu não quero mais. Empurro-o pelos ombros e falo chega, a gente não tem nada ver.

Dorcas e Tábata estão na minha, doidas, biritadas. Elas me contam das suas conquistas sexuais, apontando pros caras e meninas que nos passam pelas janelas da salinha do XI, já peguei, ele gosta de dedo no cu, ela me fez gozar por 5 horas. Deito-me no chão sentindo uma vontade de sofrer e acabo contando a história da menina que me atacou no trote. Elas me pedem mil detalhes, ficam indignadas por mim, entrelaçamos os braços, agora somos irmãs. Dorcas liga o computador da salinha, téc téc téc, e, como mágica, a tela mostra-me exatamente o rosto da minha agressora. Como você achou, quem é? Vamos abrindo as centenas de fotos que a idiota salvou em uma pasta intitulada "só love" na sua página de Orkut. Téc téc téc boom. Lá está, ela e Gigio, o meu Gigio, abraçados de frente, com todos os braços entrelaçados, mais clichê impossível. E a legenda, "nossa primeira viagem s2 s2 s2".

O que me atraiu a Gigio inicialmente, eu com meus 16 anos e toneladas de ambição, é que ele era aluno do Largo, fato que admiti imediatamente, te acho lindo porque você é franciscano. Ele riu e se confessou disposto, até feliz, a ouvir todos os meus planos infantis. Ele me perguntava o que eu gostava de ler, anotava o que eu sugeria, via os filmes que eu recomendava, ouvia as músicas que eu escolhia. O introduzi a Dostoiévski e ele passou a agir como se aquela beleza que encontrou em Raskólnikov e seus crimes fossem fruto da minha mente. Tratava-me como alguém especialmente inteligente e, o mais delicioso para mim, como exótica.

Em meio a essa amizade, havíamos tido um pequeno romance, o que cimentou entre nós uma ternura. Só quatro ou cinco meses, enquanto eu era loucamente apaixonada por um outro que me causava muitas dores. Pequeno romance também porque nunca passou da fase do tesão puro, não realizado, um ápice de juventude e virgindade.

Mil amassos maravilhosos com ele, um em especial: nós dois juntos em uma pista de dança, já três, quatro da manhã, e eu usando uma blusa verde com as costas totalmente abertas que lhe dava acesso completo aos meus seios. Ele me acariciava nervosamente, só com os dedos opositores, sempre temeroso de alguém notar, de ser pego fazendo algo errado. Eu ainda usava uma calça jeans Levis bem justa, tamanho zero, daquelas de modelagem antiga com uma costura marrom grossa à frente que, enquanto eu me apertava nele, e ele em mim, deu-me o meu primeiro orgasmo adulto. A eletricidade foi inimaginável para mim que, até então, só havia sentido tesão em sonhos, nunca descobrindo como aliviar a frustração com a qual acordava. Tivemos mais dezenas de noites assim, amassos intensos e descontrolados, o melhor gosto que já senti na boca de um homem, aqueles beijos lentos, que matam, na minha nuca, orelha, dando-me intermináveis gozos de roupa, uma, duas, três vezes, sempre em público, na noite, na balada. Nunca passou disso entre nós, mas isso era o melhor que eu já tinha tido.

As minhas irmãs estão incrédulas. Como ele trocou você por essa coisa morna, estúpida, e a vão destruindo, detalhe por detalhe nas evidências que ela tão inocentemente deixou públicas on-line. Não é bem assim, eu deveria dizer, terminamos bem, somos amigos. Mas o que eu digo é que ele é um broxa, foda-se. Não, não, não, diz Dorcas, você tem que se vingar. E bola um plano mau, mau, mau.

———

RESSACA. Tudo dói. A sede é de matar. Tento ir pra cozinha, mas meu crânio pesa 40 toneladas. Rolo para segurar uma ânsia e encontro na minha cama de casal também Dorcas e Tábata. Vê-las de roupas fedidas a cigarro e tênis sujos ainda nos pés faz-me sentir bêbada de novo, uma embriaguez nascida do prazer da sujeira, do caos. Jogo meu tênis na parede de Isabela, mas nada. Jogo na parede oposta, o tênis voando sobre as cabeças das meninas, que pulam de susto. Morena entende e vem até mim. Caralho, vocês estão fodidas. Querem um McDonalds? Água? Sim, tudo, misericórdia.

Ela sai e volta enquanto eu fico entrando e saindo de um sonho suado. O cheiro do fast-food nos consegue pelo menos botar sentadas e comemos ainda embaixo do cobertor, com Morena falando e falando e a gente só tentando sobreviver. Admiro como Morena as faz rir sem as conhecer e me ocorre que a agradabilidade dela se transfere a mim. Ninguém quer ir para a aula, então ficamos as quatro na cama, lavando a boca seca com litros e litros de água gelada e conversando até a tarde começar a morrer. E aí sentimos o chamado de volta ao porão.

Porém, para chegar ao bar, antes temos que cruzar a salinha do XI, e acabamos sendo interceptadas por Carlos que se apoia na porta, empurrando-a contra a parede com as costas e fazendo um barulho irritante, que pareço sentir atrás dos olhos. Ele não fala comigo, mas eu pouco me importo.

Quem vem é Dante, que me recebe com um texto impresso, o que você acha, comandante do Beijaço? O texto chama O Beijo do XI e descreve rebuscadamente o que aconteceu, fala bem sobre a importância de defender direitos gays, coloca o XI a serviço de todos os alunos que acharem que precisam de proteção, faz um chamado à comunidade jurídica, ao STF. Você escreve bem, digo a Dante, mesmo achando que o tom está um pouco formal demais, mas quero elogiá-lo. Logo vejo que ele tem o mesmo coração de escritor que eu e quero fazê-lo sentir o que eu sinto, quando me elogiam as linhas. Tábata coloca o queixo no meu ombro direito para ler o papel que seguro e solta, não está um pouco formal? Eu digo que não, está num tom franciscano. Mas Tábata já se senta no computador, abre o arquivo, começa a editar, a mutilar. Todas as suas alterações deixam o texto pior, ela só acrescenta clichês e, no fim, não tira a tal formalidade, e sim deixa o texto parecendo uma colagem desarmoniosa. Mas Dante a acomoda, ele agora duvida de si, quer no mínimo dividir a responsabilidade. Eu quero matá-la.

    Tarso lê as duas versões, mas se faz político, elogia e critica ambas e, no fim, não sei dizer o que ele pensa. Eu argumento a favor de Dante, mas timidamente, em parte porque ainda sinto um apreço à Tábata pela noite anterior. No fim, a única opção é trabalharmos todos juntos. Dante senta-se no meio, eu e Tábata em cada ponta, e vamos guerreando até sair alguma coisa que ainda acho feia, mas é até onde minha pequena autoridade nos levou. Toca o primeiro sinal da turma do noturno e, enquanto a impressora sofre para parir centenas de cópias, o calor que emana da máquina fritando a salinha, vários membros do Salve vão chegando. Vejo toda a diretoria, alguns da velha guarda e uma dezena de apoiadores menores, uns cinco calouros. Dorcas nos empresta camisetas laranja do Salve (quem quiser ficar com elas vai ter que pagar 15 reais, ela deixa claro), mas Tarso decide colocar os diretores em camisetas com o logo do XI, para nos conferir o peso da instituição.

Antes de sairmos me ocorre outra ideia, que ofereço ao grupo: Tomé e Jorginho devem aprovar o texto. Saímos disparados para achá-los e alguém volta com Tomé. O que acha, é para você, se não gostar, a gente não distribui, promete Tarso. Fico pensando como ele agiria se Tomé rejeitasse totalmente a ideia. Duvido que ele realmente cancelasse a panfletagem, mas não me ocorre como ele responderia. Penso também que eu não teria coragem para tomar essa causa como fez Tarso, não sem falar com Tomé e Jorginho. Preciso ser mais como Tarso, eu penso.

Tomé faz perguntas, menos sobre o texto e mais sobre o partido. No fim, quem o convence é Jonas, com suas ofensivas contra o Conclave e contra a esquerda em geral. Ele xinga Lula até o talo e Tomé se acalenta pelo ódio.

Estamos atrasados e corre uma corrente de adrenalina entre nós. Tarso fala "os veteranos podem ir, dividam-se em três grupos, um por andar". Tábata protesta que um grupo bem maior deve ficar no andar térreo, pelo Pátio, mas Tarso diz-lhe apenas vá logo, eu sei o que estou fazendo. Dorcas rola os olhos, como se dissesse que Tábata sempre tem que se meter. Ficam os calouros para trás, e já me sinto mal de Dante ter ido com Tábata grudada ao seu lado. Ao mesmo tempo, é estimulador ficarmos a sós com Tarso.

Ele faz um pequeno discurso: "essa é a primeira panfletagem de vocês na São Francisco. Quero que se sintam próximos de todos os franciscanos que fizeram isso antes de vocês, de Monteiro Lobato a Jânio Quadros. Vocês estão defendendo uma causa justa, uma bandeira que a gente devia ter levantado faz tempo, é a luta da nossa geração, a mesma luta que o movimento pelos direitos civis iniciou nos anos 60 e nós agora concluímos essa última etapa, a garantia de direitos aos homossexuais. Meus parabéns a todos e, em especial, a Zula e Tomé, que organizaram o Beijaço (aplausos e gritos, que me incomodam, tenho que ficar apontando pro Tomé, como quem diz, a ideia foi dele). Quando trouxeram a estátua do Beijo Eterno que está na entrada do Largo, o que seria só uma homenagem ao poema de Olavo Bilac, acabou gerando mil protestos, jornais nos acusaram de depravados, os defensores dos bons costumes escreveram cartas nos atacando, chamaram a Polícia Militar. Até nos roubaram a estátua, mas a roubamos de volta, porque se tem uma coisa que franciscano faz bem é sequestrar estátuas (risos). Esta é a nossa estátua, hoje, agora, e vocês vão ler sobre o dia de hoje nos livros do futuro sobre a São Francisco. A única regra da panfletagem é: não pode sobrar nenhum texto, quero ver até o pessoal do Conclave, da Escumalha!, com panfletos na mãos! Quero todos vocês no térreo, se espalhem entre a saída das salas dos calouros, o Pátio e as escadarias". Sou a última na salinha, junto com Tarso, e ele me diz, segurando-me os ombros: *can you feel it?* Eu rio o dispensando, mas, sim, eu sinto.

É um carnaval. Principalmente panfletar para calouros, que se impressionam pelo nosso envolvimento com política. Eu ainda nem comprei todos os livros do semestre e você já está lutando por uma causa, me diz um menino, claramente gay. Boa ideia, eu penso, vou pedir mais dinheiro pros meus pais falando que é pra livros.

Alguns leem o texto ali mesmo na nossa frente, fazem perguntas. Passo horas conversando com dezenas de alunos, defendendo a causa e, principalmente, o Salve, preenchendo as lacunas do que não sei com mentiras. Do que eu mais gosto é de ir buscar o Tarso, apresentá-lo aos calouros que se mostram interessados no partido, deixar que ele os impressione e que ele se impressione por mim.

Simultaneamente, acostam-me os dois que eu não queria ver: meu irmão mais velho e Gigio. Meu irmão, para provocar, diz, faz tempo que não vejo você pulando a janela da Zula na madrugada, o que aconteceu? Eu espero que Gigio retruque com alguma piada, mas ele toma o que ouve como sério, fica sem graça, foi só uma vez, ele diz, não aconteceu nada. Meu irmão ri a sua risada arrogante. Meu deus, às vezes Gigio é tão convencional, eu penso, que chatice.

Mas as alianças mudam e eles se unem para me zoar. Você não aguentou nem um mês e já está fazendo balbúrdia! Já está até de camiseta do Salve! Típica decisão calma e ponderada da Zula! Falei que você não ia gostar do partido de esquerda, diz-me meu irmão e irrita-me que eu havia esquecido essa sua previsão. Eu vou levar o Salve para a esquerda, eu retruco, e agora o alvo da sua risada irônica sou eu.

Eles saem juntos, mas Gigio disfarça, dá uma meia-volta, podemos conversar? Eu respondo, sua namorada vai deixar? Se eu te mandar um e-mail, ela não vai saber. Puta merda, eu estava brincando, agora você tem que falar escondido comigo? E ele só diz, por favor, não fala assim. Eu hesito um instante, poderia lhe falar do que aconteceu no trote, talvez ele se aliasse a mim e terminasse com ela, ou talvez alguma outra paz seria alcançada. Ocorre-me o desejo de o impressionar, para uma ideia ainda melhor: que ele a perdoasse e nós dois ficássemos escondidos de vez em quando; eu, a pessoa que ele deseja exatamente por ser incompreensível, por não seguir convenções. E também poderia deixar o plano de Dorcas acontecer, minha vingança implodindo quem merece.

Mas, no fim, o que eu quero mesmo é evitar qualquer uma das opções, deixar tudo o que aconteceu em segredo e protegê-lo. Era verdade que o nosso curto caso não deveria incitar ciúmes em sua nova namorada, mas talvez ele tivesse mentido sobre o que tivemos, aumentado um pouco para não parecer tão novato quanto eu sabia que ele era. Sempre quero perdoar os mentirosos, certamente eu entendo o impulso. Na minha demora em decidir, Dorcas já nos viu e se aproxima. Escreve o que você quiser, Gigio, se eu tiver saco, eu leio, o que o faz sair magoado. Ele vai a ela, eu penso.

É o que digo quando Dorcas me questiona, você fez, você fez o que combinamos? Ele vai a ela, quero ver os dois juntos, eu digo. Estou improvisando, quero agradar Dorcas, mas também agora sinto que eu estou dando acesso demais a ela. Alguma coisa do meu passado eu quero proteger.

Finalmente os vemos, sentados no chão sob uma das arcadas, de mãos dadas, com amigos em volta. Ele é gentil e tranquilo ali com ela, e como sempre foi comigo, e não consigo senão lamentar o que o tempo havia feito com suas feições. Quando o conheci, ele tinha cabelos encaracolados grossos, que agora havia raspado, e um rosto cheio, que agora se esvaziara como consequência de ter emagrecido e endurecido o corpo, o que acho que não lhe caiu tão bem, mas talvez eu só tivesse ciúmes. Ele é tão feio, eu digo a Dorcas, não quero perder meu tempo, esquece o plano. Vamos embora.

Dorcas fica puta, chama-me de covarde, zoa-me ferozmente. Mas eu a distraio com o que sempre funciona, fazer ela falar de si: e você e o Tarso? Tem alguma coisa acontecendo? Não! Da onde você tirou isso?, Ela diz rindo, mas vejo que está excitada, quer me contar. Eu notei como ele te olha, eu minto. E ela vai falando, até o porão, entre mil cervejas e mil histórias sórdidas, que ela é a amante, que ele tem uma namorada de dez anos, tudo o que eu deveria amar ouvir, mas, hoje, não sinto nada.

Eu vou pensando em Gigio. Agora que estamos na mesma faculdade, imaginei que iríamos ficar algumas vezes quando desse vontade, no fim de noites em que outros tesões, com outros corpos, teriam vindo e ido embora, tudo descomplicado e certo; e eu, que não me dava com masturbação, aliviando-me em suas coxas, enquanto ele me olhava maravilhado, mal acreditando. Mas isso não iria acontecer. Cancelo os planos, coloco um ácido na língua, dou meu adeus. Ganho abraços de Tarso, Dante e Tábata, mil elogios, a panfletagem foi um sucesso, vamos celebrar, fica. Ganho ainda um molho de chaves que dá acesso ao porão e a tudo mais, você é da gestão agora.

Estou cansada, eu digo, hoje não quero porão. Vou-me indo, deixo a área do bar, cruzo a salinha da qual emanam gritos de êxtase e gozação; já vou subir a escadaria quando ouço uma voz familiar. Sigo para o Outro Lado, a área da maconha do porão. E lá está Cora no sofá, um baseado nos dedos que é cômico de tão gordo, e uns outros moleques, que lhe admiram sem ela notar ou se importar. Amiga! ela diz suave, você está linda. Eu me sento ao seu lado e deito-me nos seus ombros. Ela não pergunta nada, só me envelopa o rosto com sua palma, segue fumando. Uma trégua. Fico até me dar muito sono, dou-lhe um beijo e saio a pé.

Uma escuridão azul abafada cobre o centro de São Paulo. Fins são sempre tão anticlimáticos; difícil aceitar quão mal esclarecidas são nossas vidas, nossas felicidades e dores sem nenhuma resolução.

República

Duas coisas, diz-me Tarso.

Coisa 1: precisamos fazer uma reunião com os calouros, que vocês... que você, ele se corrige, seus olhos pulando de suas órbitas, sempre matracas aqueles olhos. Que você seduziu.

Coisa 2: quando eu propuser essa pauta na reunião da diretoria, você deve oferecer a sua república. Entende? Entende o porquê?

Seus olhos gritando e gritando...

De vez em quando, *de vez em quando*, há um dia com um certo absoluto e um errado absoluto. A São Francisco viveu esses dias e se levantou para o que era certo mesmo quando nos custou vidas. Fora isso, não há muitos momentos sem nuances na liderança de uma faculdade que é grande demais para velhas dicotomias. Tarso é o presidente do Centro Acadêmico XI de Agosto, não o presidente dos alunos que concordam com ele.

Assim que eu começo meu discurso naquele dia. Quero explicar o conceito de representatividade do Salve de um jeito novo, sei que os veteranos vão recitar tudo o que já li dezenas de vezes nas suas cartas-programa e textos partidários. Eu ensaio na noite anterior enquanto Morena e eu vemos um filme no seu laptop, meu rosto apoiado em seu ombro. Eu ensaio, sem escrever no papel, e o que me saem são essas palavras, traduzidas do discurso de Bartley no debate contra Ritchie que eu memorizei por acidente. Ninguém nota o plágio e, sinceramente, na hora da fala nem eu mesma me lembro da onde tirei. Outras cópias:

O código da nossa religião cívica é fidelidade à liberdade e democracia.

Nunca duvidem de que um pequeno grupo de pessoas inteligentes e comprometidas pode mudar o mundo. Vocês sabem por quê? É a única coisa que já o fez.

E assim por diante. Intercalados com escritos meus, menores, minhas lacunas preenchidas pelos textos de outros.

Apresentar aquela beleza retórica como produto da minha inteligência...

O círculo de 40, 50 jovens, todos com rostos, corpos e corações apontados em minha direção, seguindo-me em cada movimento...

Acreditar piamente em alguma coisa...

Os olhos, os olhos...

───

Satisfeita a dose de idealismo e as necessidades do funcionamento do partido, o resto da tarde nos vê fazer festa. Eu boto-me a esvaziar dois maços de cigarro, retirando o tabaco de um a um com uma pinça e o preenchendo novamente com uma mistura de haxixe e tabaco. Passo os cigarros a quem se arrisca, deixando dois reservados para mim.

Vozes reverberam na minha sala, o que me agrada imensamente. Os anéis dos copos nas mesas, nos braços do sofá, nas bordas da janela. Os jovens na nossa grande sacada esparramados no colo uns dos outros. As almofadas de chita e os pôsteres de filmes americanos. A fumaça do cigarro, do baseado, do cachimbo. As sombras e reflexos surreais que o sol forte causa. Os casais se pegando, os que fogem para os quartos, os que ficam com o tesão entalado, na mão. Os escritos em letra de forma nas paredes. Chico e Caetano e Gil e Bethânia, e também Blondie e Beatles e Michael Jackson. O funk e o pop e as meninas dançando. Os shorts curtos, os braços duros. O violão que alguém traz e, aí, o Faroeste Caboclo do começo ao fim, Eduardo e Mônica, Natasha. O jeito como todo problema tem uma solução improvisada. O macarrão à bolonhesa que Eric prepara. A Coca-Cola, o chá mate, a pinga.

    Noto a ausência de Tarso e saio à sua procura. Encontro-o no meu quarto, oculto pela porta do meu guarda-roupa, que não lembro de ter deixado aberta. Ele segura em suas mãos dois livros que eu havia empilhado na prateleira interna, por falta de espaço no livreiro. Um é "Ensaio Sobre a Cegueira" e o outro "Os Irmãos Karamazov." Dois livros que eu lia e relia a cada par de meses, fazendo anotações nas páginas, às vezes adicionando pequenos mementos, como uma folha ou uma figura de chiclete, lembranças de onde eu estava e quem eu era quando li aquele trecho. Sinto o que até hoje sinto quando alguém remexe meus livros, orgulho e aflição, como se aquelas evidências de minha erudição fossem provas tanto de defesa como de acusação.

    Tarso não me olha assim que entro, ainda que eu anuncie

a minha presença com uma piada sobre seu sumiço. Investiga-me as coisas com descaro. Ele traz um livro para perto do rosto, aperta os olhos para decifrar minhas pequenas inscrições. Passa os olhos pelos outros objetos, pelas minhas gavetas, o que me deixa aflita, pois a primeira gaveta é a de calcinhas e sutiãs.

Muito bom o seu discurso, Zu. Muito muito bom. Vamos deixar entre nós...

Ele diz, enquanto estica o pescoço para espiar o corredor.

...entre nós: você é a melhor caloura que eu já vi entrar no Salve. Melhor do que eu quando comecei, melhor do que a maioria dos veteranos de agora.

Ninguém me chamava de Zu, e não havia chamado nem durante a minha infância. Alguma coisa em mim não se empresta a apelidos ou nomes no diminutivo. Sempre fui Zula ou Alvarenga, meu sobrenome. Por algum tempo ansiei por um nome mais carinhoso, mas eventualmente assumi que a seriedade me caía bem.

Não é, meninas?

Ele indaga à Tábata e Dorcas, que agora entram no meu quarto. Imediatamente eu sei que elas também haviam notado a ausência dele na sala; moscas ao doce, nós a ele.

Os calouros deste ano não falam muito bem, melhor do que nós quando entramos na política?

Noto que os elogios de Tarso são assim frequentemente, generalizados na companhia de outras pessoas, particulares quando a sós. Todos os calouros são bons, e não a Zula que é boa. Penso ali que essa postura não é ofensiva, mas que deixa implícito que falávamos em segredo, eu e ele. Imagino que esse efeito não lhe escape.

Demorei muitos anos para entender que cada um de nós da liderança do partido (e eu virei liderança muito rápido), cada um de nós sentia essa intimidade particular e secreta com Tarso. Tática dele de inflamar egos para forçar intimidade, simples e eficaz. O ego que ele aguça em mim já queimava há tempos, resultado de ser um pouco mais inteligente do que as pessoas ao meu redor, o que, em uma cidade demasiadamente pequena como a que eu cresci, incorre uma sensação desproporcional de importância. Mas o que Tarso faz, com o tempo, é atrelar esse meu fogo ao comburente dele, e me alimentar e apagar à minha revelia.

Mais algumas horas de festa, uma tarde fria finalmente nos oferecendo um pouco de alívio ao verão. Tarso some mais uma vez, com Dorcas, acredito que para o meu quarto. Ela volta com um rosto cansado e cheio de malícia. Não me incomoda terem sujado meu cobertor e sabe-se mais o quê; gosto de vê-la assim, satisfeita, com seus segredos, ela que gosta mais de dor do que de paz. Mas outro sumiço é mais perturbador: Tábata e Dante fecharam-se na dispensa, conta-me Dorcas.

Acendo o primeiro cigarro. Tento um exercício: olhar para a cena ao meu redor e listar todos os seus deleites, como se eu não estivesse ali a vivendo, mas a narrando. Conveniente, eu sei, mas tudo nesta história é verdade, mesmo as mentiras. Faço-o, encontro as materialidades que já descrevi. A outra parte do exercício é listar tudo o que eu mudaria, se isso fosse uma história, se eu fosse onipotente em minha própria vida: o estômago dobrado sob minha calça jeans é a primeira mudança; Dante na dispensa é outra; a existência de Tábata talvez outra.

Sou tomada por uma colisão de esperança e desesperança, pela ideia das vitórias e fracassos que todos nós viveremos, pela absoluta certeza de que esse era o último momento em nossas vidas que, com corações puros, acreditaríamos em um ideal. Que, pior, eu, por natureza, talvez nunca tenha tido essa pureza, que até minhas vitórias sempre serão marcadas pelo plágio, pelas ideias que eu sou incapaz de formular sem as palavras dos outros.

Senti mesmo, lá atrás, tanta proximidade com Tarso, arrebatamento com Dante, azedamento com Tábata? Não imediatamente, talvez tudo tenha sido mais gradual, mais embaçado à minha própria compreensão. Do mesmo jeito que me ocorre, hoje, grande prazer em pensar naquelas festas na república: acho tudo bonito, sinto-me satisfeita por ter me entregado, lá e naquela vida, àqueles gozos, mas claro que isso é nostálgico, por mais franqueza que eu me cobre.

Como era estar lá, onze anos antes? Eufórico e dolorido, eu era consumida pelo presente, pela ânsia que o cigarro botou na minha garganta, pela raiva da informação sobre a dispensa, pela irritação de ser a dona da festa, por ter que ficar respondendo perguntas, buscando pratos, mostrando o banheiro; e também pelo prazer de tudo isso, pois a dor me fazia sentir adulta. Mas o que importa? Escrevo agora com o benefício da retrospectiva, por que não estender a mesma graça a quem lê?

———

Finalmente chegam Cora e Zilá, pedindo perdão pelo atraso. Cora, no entanto, confessa-me que Zilá evitou a reunião de propósito e só veio pegar a festa como um favor para mim. Acho ridículo que ela não se permita nem ouvir a ideologia do Salve, que ela tenha que ser contrária a tudo, a mim. Ela já frequenta reuniões do Conclave e do Dandara, mas diz que não vai se filiar a grupo nenhum. A única política boa o suficiente é sempre a dela.

Começa a me borbulhar uma raiva de tudo o que Zilá faz, da sua roupa que não lhe cai bem, das sobrancelhas mal aparadas, da sua postura encurvada. Envergonha-me tê-la ali. Ela discorda de tudo o que lhe falam e, quando argumenta, exaure a todos. Noto que ela se contém para não discordar de mim em voz alta, na frente do grupo. Mas isso não me consola: conheço-lhes as olhadas irônicas, o morder das bochechas e a provoco cada vez mais, até ela engajar na minha guerra. Ofereço-lhe o macarrão, de propósito, e ela responde que comer carne é criminoso; pergunta-me fingindo inocência, deve ter uma opção vegetariana, não?

Comer carne é criminoso! eu repito, em voz alta demais, olhando ao meu redor, pedindo atenção. Não é uma opção da qual você discorda, não é um outro estilo de vida, é cri--mi-no-so. É isso que você vai fazer com seu diploma da São Francisco, criminalizar o consumo de carne animal?

Ela diz que seria uma honra legislar contra a indústria da

carne. Eu digo que ela é iliberal, tola, que não acredita em liberdade, que é contra a regulamentação do governo, menos quando a convém, etc., etc., e, de novo, as palavras são do meu irmão, mas eu as desuso, argumento mal, esqueço-lhes a lógica, enfim, perco a cabeça.

Infelizmente, o meu mau é contagiante, pega nos outros, e logo estão 5, 7, 9 contra Zilá. Envergonhada da cena, da força, ela se contrai. Finalmente, Eric oferece-lhe um gesto de paz: essa é sua filosofia pessoal, e você vive de acordo com ela, não há nada de errado nisso. E ela repete a ideia, aliviada, é só meu código moral pessoal.

Quero chorar. Pego Morena pela mão e digo, vamos achar outra festa? Ela acha engraçado, abandonarmos a nossa própria, e vai comigo. Paramos no mesmo bar de esquina de antes, logo ela está nos seus amassos com alguém novo, nas suas risadas, e eu vou bebendo e bebendo até que acordo na minha cama. Que trajeto tomei?

Cultura

Eu acho que a gente fez coisas boas. Um legado positivo. Lembra da noite da estátua do Álvares? Lembra de nós dois no carro da Dorcas, disparando pelas ruas para achar o cimento de madrugada? As próximas gerações...
Não, você não entende. A gente não fez nada, não deixou nada.
Como não? A estátua está lá, é uma prova material.
Não, não. Todo aquele poder que a gente achava que tinha, não era real.

―――――

Zilá e Cora não falam comigo por meses. Zilá por raiva, Cora por acaso: no fim, as duas embarcam na vida de alunos regulares do Largo, para quem importam as aulas, depois o porão e as festas, e isso é suficiente para sentirem que participam plenamente das tradições da faculdade.

São outras vidas, periféricas à minha: eu que tenho as chaves do prédio todo, da Sala dos Estudantes, do porão, da salinha do XI. Eu que frequento reuniões da reitoria da Universidade de São Paulo, da União Nacional dos Estudantes, dos grandes escritórios de advocacia da cidade, do Amigos do Centro, organização que promove a retirada dos mendigos da região por meios duvidosos, do PSDB, que promove a retirada dos mendigos da região por meios duvidosos disfarçados de políticas públicas. Eu tenho acesso à lista de contatos do

XI e a uso: falo com senadores, artistas, jornais; imprimo uma cópia da lista e ponho em uma gaveta do meu quarto. Nas festas, eu fico atrás do bar, vendendo cervejas, resolvendo problemas de logística e, quando todos os alunos vão embora, aí vem a festa do Salve, muito mais eufórica, pelo cansaço e pelo acesso às bebidas que sobraram, às drogas que confiscamos, ao dinheiro que sobrou.

Tarso me dá tarefas concretas, organizo uma grande festa quase sozinha, aprendo tudo sobre as despesas do XI, sobre as fontes milionárias que nos sustentam, os funcionários que pagamos, o caixa 1 e o caixa 2. Também me é atribuída outra grande tarefa, junto a Tarso e Carlos, que agora sei que é melhor amigo de Tarso desde a infância e com quem consegui construir uma relação amigável, sem mágoas: pensar em um projeto de reforma do porão, o grande sonho de Tarso. Desenvolvo projetos com os melhores escritórios de arquitetura do Brasil, consigo patrocínios com antigos alunos, com empresas internacionais, enfim. Trabalhamos horas sem fim, muitas noites inteiras, agimos com assiduidade e dedicação completa, como se esses fossem nossos empregos, nossas vidas todas.

A minha rotina é completamente dominada pela administração do XI. Dorcas me busca de manhã cedo na república, tomamos café juntas na padaria em frente, muitas vezes com Tábata, que vive dormindo no apartamento de Dorcas, ainda que seu pai e irmão morem em São Paulo. Eu entendo a dificuldade: eu mesma passo semanas sem voltar para Taubaté, meus pais ficam impressionados com a minha dedicação à Faculdade, sem suspeitar que a dedicação é mesmo ao porão dela. Nós três trabalhamos o dia todo no XI e sempre acabamos a noite no porão ou em algum bar de São Paulo. Quando Tábata vai dormir na própria casa, ou na de Dante, para o meu desgosto silencioso, Dorcas e eu seguimos a noite na Galeria dos Pães, uma padaria 24 horas que serve rodízio de sopas, ou em algum restaurante caro, japonês ou mexicano, comidas que eu nunca havia comido antes, dinheiro que eu gasto sem remorso ou apreço.

Outros momentos prazerosos eu passo em segredo com Dante. Sem exatamente combinarmos, puxados por uma inércia interna, nós caímos em uma rotina: todo fim de tarde nos encontramos no Café Girondino. Vamos sem falar pra ninguém, para que ninguém nos queira acompanhar e interromper. O café é típico do século XIX, com escadaria de madeira e luminárias que amarelam a vista, toalhas brancas, vidraçaria enfeitada. Não me parece a estética de uma São Paulo que não exista mais, como alguns o descreveriam, mas, sim, a São Paulo que eu realmente habito na minha vida de estudante do Largo. Em sua simbiose de poderio e tradições, tudo me promete uma vida abastada, onde essa estética é um símbolo intelectual que eu hei de adotar para sempre. Lá se serve um café igualmente opulento, expresso com sorvete de creme, leite batido e chantili e, em bandejas de prata, fileiras de sanduíches deliciosos com nomes como Basílio da Gama, Miguel Couto, Júlio Prestes, Largo Paissandu.

E lá existimos só nós dois, Dante e eu. Conversamos por todo o tempo que dá e que voa. Falamos demoradamente sobre o XI, Dante me guiando, freando, alertando, e eu o incentivando, encorajando; e também sobre qualquer outra coisa, sobre nada importante, que, no fim, é o que mais me importa. Ele me conta sobre sua família de Testemunha de Jeová fanáticos, e sobre o dia em que sua mãe o sequestrou para fugir da religião. Descreve os muitos anos que eles moraram de favor, quase como refugiados, todos os quartos que ele dividiu com ela, os quais lembra agora pelas cores das paredes: o quartinho branco, o azul-piscina com pequenos quadrados cinza que a tinta e o desleixo esqueceram e, o seu favorito, o de concreto cinza-claro bem liso e gelado. Confessa que deseja retomar uma relação com o pai, mas que não pode, não sem voltar ao culto, o que lhe é abominável.

Quem nunca aparece nas nossas conversas é Tábata. Ele a esconde de mim ou de si mesmo, não sei dizer. Começo a tratá-la como um pequeno adendo à vida dele, uma ficção, e decerto eu nunca os vi juntos, nem de mãos dadas ou entrando em um carro a sós. Imagino que ela já intuiu o descaso dele com ela, e consola-se com múltiplos parceiros e parceiras, apesar de sempre desabafar comigo a dor que isso lhe causa. Ocorre-me um pensamento que não compartilho com ninguém, de que Dante tenha pouco apetite sexual, e que a única parte dele cuja compreensão não me seja acessível é isso, seu coração romântico. Mas ele tem um apetite insaciável pelo papo comigo. Às vezes viramos a noite trocando mensagens on-line, até nos escrevemos cartas entregues formalmente via correio. Ainda que obviamente eu deseje muito mais, a minha proximidade com ele é o mais perto que já cheguei de alguém.

Também tenho alguns desses momentos exclusivos com Tarso. Só que menos secretos: ele às vezes me chama para almoçar no restaurante da câmara municipal, geralmente depois de alguma reunião que ele tem com vereadores, reuniões que o acompanho esporadicamente, e, se alguém se convida para nosso almoço, Tarso responde apenas que não, diz que tem coisas para tratar comigo. Nesses momentos, o prazer que sinto é outro, mais intenso e mais difícil de lidar, geralmente nesses dias eu não consigo dormir, às vezes por até duas noites seguidas. Ainda assim, eu me sinto em completa sintonia com Tarso, com nossa trama de segredos, planos ambiciosos e com suas confissões contra Tábata, às vezes até contra Dorcas, que eu não compartilho com ninguém além de Morena.

Sobre Tábata ele diz que ela é impertinente, burra, que faz projetos com muitos erros e que entende o Salve por meio de uma ideologia própria e caiçara, que não é o que o partido realmente representa. Eu concordo com as críticas, mas sempre me coloco contra os insultos pessoais que ele faz contra ela, ainda que me seja delicioso ouvi-los. Não sei por que faço isso, talvez por instinto, para parecer a ele melhor, para no fim me exaltar mais; não dedico muita reflexão ao assunto. Quando levanto essa questão à Morena, ela diz que eu faço o certo, não se pode dar tudo para um cara, ela filosofa.

Sobre Dorcas, Tarso fala das inconveniências pessoais que ela lhe causa. Ele realmente tem uma namorada há mais de uma década. Ele é de uma família muito pobre, nunca conheceu o pai, fez 4 anos de cursinho para passar na Sanfran e quem o sustentou nesses anos foi ela, a namorada. Ele me mostra fotos dela, uma menina de 13 ou 14 anos quando eles começaram a namorar, e agora uma mulher. Os anos a envelheceram mal e a engordaram muito, ela é obesa. Um pouco perplexo e repulsivo imaginar os dois juntos, confesso, e começo a achar mesmo que ele merece uma menina bonita como Dorcas. Mas Dorcas também é ciumenta, dramática, não aceita mais o namoro e muito menos a autoridade dele no partido. Ele vai ter que fazer alguma coisa.

Às vezes, quando voltamos desses almoços, eu e Tarso vamos de mãos dadas.

É estranho pensar nisso agora. Não existia nada sexual entre nós. Eu achava-o feio, com suas olheiras e barriga estufada, e certamente eu não era nem um pouco atraente para ele. Mas éramos íntimos de um jeito que só consigo definir como uma afeição pela franqueza amoral. Comigo ele podia falar abertamente sobre suas decisões de mentir a um policial, sobre a necessidade de subornar um vereador, o sacerdócio da Igreja da Sé, de tomar um pouco para si. Tudo me atraía e nada me chocava. E esse não foi um processo gradual entre nós, no qual ele teria feito pequenas confissões para testar meus limites. Não, de imediato nos reconhecemos pelo que éramos. Eu o ajudava a ensaiar justificativas aos outros, mas o que nos era confortável, decerto, era a dispensa dessa necessidade. Não é que eu me atraísse pelo nefário, que eu me deliciasse na adrenalina dos atos ilegais, corruptos. A verdade é que eu não entendia mais aquilo, ou quaisquer outras coisas, como absolutamente certas ou erradas. Nossa inteligência, racionalismo e praticidade quando instrumentalizados para a política, e sob a justificativa de fazer o que era melhor para o XI e para nós, nós que, no fim, éramos o XI, levaram-nos a uma filosofia que ironizava o justo, o moral, o religioso, enfim, a crença ideológica, o absoluto moral. Acreditávamos, sucintamente, somente em nós mesmos.

Um dia ele me surpreende perguntando de Dante. O que tem entre vocês, de verdade? Falo que nada, que somos muito amigos. Vocês nunca ficaram, ele questiona, prometendo não contar nada à Tábata ou à Dorcas. Nunca, eu não faria isso com ela, eu digo. Mas fico afobada falando de Dante em voz alta, confissões vão jorrando de mim um pouco fora do meu controle, não quero e não consigo deixar o assunto morrer. Conto que temos uma intimidade maior do que ele tem com a Tábata e que acho que eles nem se gostam, que ele só se abre comigo.

Zula, ele me diz sério, apertando-me o ombro com afeição. Presta atenção, agora me parando na rua, virando-me para ele. Isso vai te destruir. Você ama ele. Mas se vocês ficarem... vão usar isso contra você. Você quer ser presidente um dia? Não pode dar uma bola fora dessas.

Quê, eu retruco, teatralizando uma face incrédula, eu não quero nada, nem o XI nem ele. Você está viajando. Nós conversamos sobre livros, música. Realmente não tem nada de mais entre nós.

"As distorções dos acontecimentos são a graça da vida", discursa Lygia Fagundes Telles para a plateia de franciscanos, jovens e decrépitos, reunidos em frente ao prédio da Velha Academia em uma noite de outono mal iluminada, úmida, moscas nos comendo vivos. Nosso triunfo.

―――――――

Uma distorção:

O Salve faz as pessoas terem orgulho de serem franciscanas. Nós precisamos de um projeto, uma ideia, que vá entrar para a história da São Francisco.

Uma coisa daquelas que a gente lê nos livros.

Tem que ter a piada tradicional, a irreverência.

A poesia.

Sim, a poesia. E uma conexão com a história da cidade, do Largo. Alguma ideia?

Na Praça da República, pensa Eric em voz alta, tem um busto de Álvares de Azevedo que foi doado pelo Centro Acadêmico XI de Agosto à cidade de São Paulo. Por que não pedimos de volta? Retornar o filho pródigo à casa. Podemos fazer um evento de boas-vindas.

Nós não pedimos de volta, pegamos de volta! retruca Tábata, rindo com seus dentes tortos, olhando-me feliz, como se a ideia não fosse óbvia, não tivesse pulado no cérebro de cada um de nós. Roubar estátuas é tradição velha aqui.

Na verdade, provavelmente vai envolver um pedido e um sequestro, pondera Tarso.

Um sequestro! No meio da noite! Eu agora também me empolgo. Por que não fazemos uma Peruada noturna? Um pequeno sarau, com velas, uma procissão poética até a praça?! Podemos começar no túmulo de Julius Frank. Ou não!

Dante, exclama enquanto me pega a mão esquerda, vamos ao Cemitério Consolação! Igual aos poetas românticos! Por que não incluímos uma pequena sessão de necrofilia, nada muito longo para não atrapalhar o cronograma, diz Jonas. Dessa vez sua piada fracassa em quebrar o clima, na verdade nos faz rir fundo.

É uma boa ideia e é um prazer tê-la em grupo, produto orgânico da nossa reunião, do nosso coletivo. Passamos duas, três horas aprimorando o plano. No fim, Tarso escolhe os responsáveis pela execução: Eric, que deu origem à ideia, e eu, sob a justificativa de que conheço poesia, o que é mentira. Conheço literatura, mas de poesia sinto medo, em algum momento me atrasei na vida, nos estudos, e perdi as informações necessárias para entender o poético, o que me envergonha. Poemas são-me tão incompreensíveis quanto o Direito. Depois de um momento, Tarso resolve acrescentar Dorcas ao grupo, sob a justificativa de que ela saberia lidar com os trâmites burocráticos junto à prefeitura. O motivo para mim é suspeito e, pelo visto, também para ela. Mas ele a abraça depois da reunião, diz que precisa ter alguém em quem confiar porque o projeto é sério e, assim, ela relaxa.

Por três meses negociamos com a prefeitura. O labirinto kafkiano de burocracia exaspera a alguns, mas não a mim. Vejo-o como um dicionário de antônimos: a cada não, eu leio um sim. Nós não podemos autorizar de antemão a mudança de uma estátua que foi doada à cidade, eles dizem, mas eu entendo o que realmente significa: nós poderemos autorizar a mudança retroativamente.

Então esse vira o plano, o qual preparamos com minúcia: uma ação ilegal de remoção da estátua, a qual denominamos "resgate"; um abaixo-assinado robusto para mediar a negociação com a prefeitura, dando-lhes plena cobertura para a justificativa; e, com sorte, uma autorização retroativa.

Alguns do partido veem insanidade no plano; veem-nos sendo presos, manchando o nome do XI de Agosto, perdendo eleições. Mas o que eles temem mesmo é pelas suas futuras carreiras, pelos sabões de seus pais poderosos. Após muitos argumentos, Tarso é definitivo: quem não concorda, que saia. Carlos e Tábata, que foram contrários ao plano por algumas semanas, eventualmente emudecem e aquiescem.

Dividimo-nos em três grupos e eu movimento-me entre todos como uma espécie de produtora executiva. Um cuida da logística da remoção, aluguel de maquinário; outro do evento cultural; o terceiro organiza o abaixo-assinado, reunindo assinaturas de juristas famosos, todos os professores da faculdade, o presidente da associação de antigos alunos, dois ex-governadores, o presidente da OAB.

Dorcas, como eu, ocupa-se demasiadamente, e seu romance com Tarso esfria. Eles ainda transam quando ela lhe dá uma carona à noite para casa, mas cada vez mais ela passa as noites comigo, guiando-me entre a república e o XI e as nossas dezenas de reuniões. Engraçado como nós duas nos damos, mesmo sendo opostas em filosofias, senso estético, ético, tudo. Onde eu sou clássica, ela é futurista; onde eu sou conservadora, ela é liberal; onde eu sou minimalista, ela é consumista. Nada é alinhado entre nós. Mas talvez a atração seja essa, eu não entendo o coração dela nem ela o meu, e isso faz com que eu não possa ser particularmente contrária a uma ideia dela, porque já sou contrária a tudo, e vice-versa. O absurdo disso nos faz rir e aceitar uma à outra, ainda que com muita ironia e discussões. Às vezes a sua companhia me exaure, ela é argumentativa, irredutível. Mas na maioria das vezes me faz feliz andar com ela em seu carro de luxo, vê-la gastar centenas e centenas de reais em roupas, maquiagem, cortes de cabelo, óculos de sol.

E outra coisa, ela é a única, além de Morena, que sabe que eu amo Dante. Apesar de sua amizade com Tábata, ela decide não me dedurar. De fato ela só me faz chacota, ela tem certeza de que Dante é gay e de que estamos, eu e Tábata, loucas. Todo dia ela me zoa, provoca-me, mas o fato de ela manter meu segredo faz-me a amar. Um dia eu lhe confessei essa ideia e ela caiu em uma risada alta, chamou-me de ridícula.

Às 11h08 da noite, o horário escolhido por motivos óbvios, XI de Agosto, duas centenas de franciscanos reúnem-se no porão. O clima é de uma reunião secreta: as luzes apagadas, portas fechadas, vozes baixas. É impossível não se sentir emocionado, excitado, e todo rosto jovem que eu miro parece-me um globo de cristal, intacto, lindo. Garrafas de vinho tinto são passadas de boca em boca, e ficamos todos com os lábios e dentes avermelhados. Eric sobe em uma mesa com um microfone e lê o primeiro poema de Álvares da noite, do Canto Primeiro:

"Escutai-me, leitor, a minha história,
E'fantasia sim, porém amei-a.
Sonhei-a em sua palidez marmórea
Como a ninfa que volve-se na areia
Co'os lindos seios nus... Não sonho glória;
Escrevi porque a alma tinha cheia
- Numa insônia que o spleen entristecia
- De vibrações convulsas de ironia!"

Eu sigo-o com um trecho do Canto Segundo, que memorizei para a ocasião:

"Dorme! ao colo do amor, pálido amante,
Repousa, sonhador, nos lábios dela!
Qual em seio de mãe, febril infante!
No olhar, nos lábios da infantil donzela
Inebria teu seio palpitante!
O murmúrio do amor em forma bela
Tem doçuras que esmaiam no desejo
Dos sonhos ao vapor, na onda de um beijo!"

Finalmente sobe na mesa Tarso, sob fortes aplausos. Ele lê um texto que preparou com Dante:

"Hoje lançamos a procissão até à herma de Álvares de Azevedo, construída por iniciativa e a expensas do Centro Acadêmico XI de Agosto, da Faculdade de Direito de São Paulo, aos 31 de julho do ano de 1907. Estão presentes a diretoria do Centro Acadêmico XI de Agosto, representantes da Congregação da Faculdade de Direito, representantes da imprensa, convidados e grande número de sócios. Marcharemos até a Praça da República e com nossas mãos carregaremos a herma do nosso filho mais prezado, Álvares de Azevedo, poeta acadêmico e paulista. O histórico da construção do referido monumento, a relação dos nomes da atual diretoria e uma ata com a assinatura de todos vocês presentes serão enterrados numa urna de prata, que será colocada junto ao monumento, e cuja chave pertencerá ao arquivo do XI de Agosto. Volta, Álvares!".

Gritos de felicidade escapam-nos dos corações. Desço da mesa segurada na cintura por Tarso, que me abraça com afeição e também a Eric. Um moço que eu nunca vi, bem alto e ruivo, toma o microfone que deixamos na mesa e com dificuldade sobe nela. Franciscanos! Franciscanos! Por favor, um momento, me escutem!

Chocada, chamo a Tarso, o que é isso? Você organizou alguma coisa sem eu saber? Ele responde-me que não, que estamos sendo invadidos. Eric faz que vai desconectar o microfone da caixa de som, mas Tarso fica irritado, deixa. Não há o que fazer.

O rapaz tira do bolso da frente um papel escrito à mão e, com uma voz corajosa, põe-se a ler:

"A iniciativa aqui em curso viola a história da Academia, do XI e da cidade de São Paulo. A herma do poeta paulistano Álvares de Azevedo, cujo nome encabeça uma das três portas de acesso ao interior das Arcadas, foi erigida em 1908 na Praça da República por ação do XI de Agosto, seu presidente César Lacerda de Vergueiro, e inaugurada com a presença do Barão do Rio Branco. Assim, na verdade, a estátua jamais esteve no Largo de São Francisco, daí não se poder falar em volta".

Vaias soam afobadas.

Ele continua:

"Existem ainda os que creem que o busto seja mesmo de Fagundes Varela, e não de Álvares de Azevedo. Todavia preze essa dúvida, se vocês lhes têm mesmo qualquer apreço, devem admitir que trazer a herma para o Largo apenas a fará servir como um mictório para os mendigos que aqui habitam. Em sua casa original, na Praça da República, Álvares tem o mirar virado a flores e verde abundantes. Clamo a vocês que usem suas forças para impedir o evento nefasto desta noite!"

Nós cercaremos a herma de flores, amigo, acalme-se, zomba-lhe Tarso, em voz alta para que todos possam ouvir. E também: o XI de Agosto vai investir 20 mil reais para restauro e preservação da estátua. Álvares de Azevedo é filho desta casa, é nosso patrimônio cultural e retornará hoje à noite ao Território Livre do Largo de São Francisco. Volta, Álvares!

E a multidão junto, Volta! Volta! Volta! Volta!

A borracha dos sapatos escorregando nas pedras molhadas do centro. Nossas vozes em música à capela. A entrada solene no Cemitério Consolação, a voz soprano de Dante lendo "Descansem o meu leito solitário/ na floresta dos homens esquecida,/ À sombra de uma cruz, e escrevam nelas/ - Foi poeta - sonhou - e amou na vida.-". As velas e a lua. E, finalmente, a praça, a estátua, o maquinário poderoso, os abraços que damos ao bronze e que trocamos entre nós.

Algo muda, todavia, na procissão de retorno. O vinho agora faz maresia no meu estômago e talvez na minha cabeça. Um sentimento depressivo me toma. Tento me lembrar dos versos que declamei no porão e já começam a apagar-se da minha memória. Penso que na verdade nem os entendi. E penso no protesto que o ruivo fez contra nós e começo mesmo a achar que estamos fazendo uma tolice, que estamos privando a praça dessa estátua e a estátua desse verde e proteção. Outro detalhe me ocorre: esquecemo-nos de comprar cimento e areia para assegurar a estátua na pedra de suporte que deixamos posicionada. Eu e Eric saímos correndo, são 4 horas da manhã e, entre gritos e adrenalina, achamos um pedreiro que caminha já em direção ao trabalho e que nos ajuda a localizar o material. Frente a esse homem de 50, 55 anos, indo trabalhar, sinto-me vulgar, bêbada, inútil. Irrita-me a farsa de tudo, a nossa falta de ideologia, o desperdício de inteligência.

De volta ao Largo, honorários nos esperam, Lygia e muitos outros escritores, estadistas, juristas. Sou-lhes amigável e receptiva, mas eles me enchem de perguntas práticas sobre o litígio contra a prefeitura e não consigo argumentar bem, não domino os termos jurídicos, mesmo os que eu memorizei. Minha única vontade é dizer-lhes que são todos estúpidos, todos sabem bem que a luta está e sempre esteve ganha.

Suas conjecturas chatas ecoam no céu aberto que nos banha e penso, que desperdício de noite, e penso, por que meu coração está partido? Começo a ter uma vontade intensa de fritar. Demoro a achar Morena, encontro-a largada no pátio das arcadas. Que foi?, Estou de saco cheio dos discursos, Eu também, O que vamos fazer, Êxtase? Pó?, Onde vamos achar isso, só tem velho aqui, Me falaram de uma boca, Uma o quê?, Um lugar onde vendem, é aqui perto, Vamos a pé?, Já sei, convida Dorcas e ela dirige.

No fim, a gangue inclui Dorcas e também Tábata, Dante e Carlos. Aparentemente a poesia nos inspirou ao delírio. Sento-me rápido no colo de Morena, antes que Tábata tenha outras ideias de acomodação.

A boca é embaixo de um túnel escuro. Ficamos alguns minutos parados e todos começamos a amarelar. A única sem medo é Morena. Um menino de 12, 13 anos corre em nossa direção. Meu deus, como ele é novo. Suo nervosa, agora quero mesmo ir embora. Dorcas abre uma fresta da janela, passa uma nota de 100, pede 5 pílulas. O menino diz nem fodendo, 5 é 200, moça. Dorcas começa a rebater, mas eu já lhe passo outra nota, só paga, vamos embora. O menino sai e depois volta correndo, seus chinelos levantando águas das poças. Já me sinto chapada.

Ninguém quer ir ao porão, então paramos em um estacionamento caro na Paulista e vamos a pé pela Augusta, sem saber o que fazer. Brinco com a pílula na minha língua, imaginando a droga amortecer-me a boca.

Nada amortece, tudo acende, queima. Achamos uma balada pequena, minúscula, quase vazia, onde toca um samba ao vivo. Nós parecemos ocupar todo o espaço. Fechar os olhos e dançar, suar, é maravilhoso. Mas quando a sede bate, e tenho que sair da pista, não consigo parar de pensar no menino que nos vendeu a droga.

Meu coração parece que vai bater até furar-me o peito. Puxo Carlos e nos beijamos, que é um jeito de parar de pensar. Ele está intenso, ousado, e vamos parar no banheiro unissex. Ele abaixa-se e me chupa, eu começo a fazer o mesmo por ele, mas ele me vira, abaixa minha calcinha e transamos. O tempo inteiro eu sinto-me fora do meu corpo.

Aviso à Morena que vou para casa. Que idiotice, vai desperdiçar o high, mas eu estou decidida e brigo com ela, me deixa em paz. Saio a pé, sentindo uma coragem, estou perto, será fácil chegar até a república. Só que não consigo dizer se estou subindo ou descendo a Augusta, tento acompanhar os números dos prédios mas me perco na conta. Entro em um táxi e digo meu endereço como quem implora por socorro. Tiro os sapatos, deito-me no banco de couro, a vontade é de entregar-me à morte.

Chegamos e noto que minha carteira está vazia. Moço, eu vou ter que subir e pegar o dinheiro, ok? Ele fica nervoso, grita, mas eu mal consigo falar e ele se compadece. Para meu desespero, não acho nenhuma nota no meu quarto, nada, nada, e deito-me na cama, se eu ficar aqui, o taxista vai embora. Mas logo o interfone grita alto. Vou até o quarto de Morena, tonta, não acho grana, mas acho um talão de cheques. Preencho e falsifico uma assinatura ridícula, MORENA em letra de forma. O taxista vai embora. Mas o pesadelo continua, o interfone não para, acho que estou dormindo, é impossível. Finalmente atendo, o taxista avisou que está com seus sapatos, moça, ele vai estacionar no quarteirão acima, corre lá. Correr? Fodam-se os sapatos, deito-me novamente, mas meu coração dispara pensando no homem esperando por mim. Saio afobada pela rua, depois de anos acho o velho, obrigada, obrigada, desculpa. Vai dormir, moça, você não está bem. Obrigada, obrigada. Esse cheque vai passar? Vai, sim, eu não faria isso, não sou assim. Tento voltar para a casa, mas a rua mudou. Não consigo achar meu prédio. Vejo o posto de gasolina e o banco e o bar, mas o prédio evaporou. Estou delirando. Meu deus, que aflição. Caio em prantos, alguém vai me ajudar. Mas ninguém chega. Deito na calçada em frente a uma escola e durmo.

Acordo com uma chacoalhada assustada, o sol me surpreendendo, moça, o que aconteceu com você? O porteiro. Não sei, não sei. Mas vejo o meu prédio. Estava a um quarteirão abaixo.

Levo esporro de todo mundo: de Tarso, porque deixei o evento, de Morena e Dorcas, porque deixei a festa, de Dante, porque ele ficou preocupado. Morena está especialmente nervosa: notou que lhe faltava uma folha de cheque, está com medo, pede-me ajuda. Eu digo que não tenho ideia. Minha história de dormir na calçada, contada com alguns acréscimos, ganha boas risadas e, enfim, perdões.

Mas eu mesma não consigo me livrar da sensação de que estou no quarteirão errado, que meu abrigo está logo ali, a alguns passos de distância, mas que eu, enlouquecida, não o encontro.

INVASÃO

O que você lembra da invasão? Eu estava relendo a maneira que a imprensa cobriu. E achei um texto que a gente circulou pela faculdade...
Nós tivemos uma reação conservadora.
Mas por que não nos pareceu isso? Na época, escrevendo aquilo com você eu me senti... justa. Ética. E hoje... Como confiar em qualquer coisa se não podemos confiar no nosso próprio julgamento?
Você quer se redimir. Escrevendo a história agora, você quer se redimir. Mostrar onde errou, onde erraram com você.
E se ninguém errou? Se ninguém nos enganou, se não teve nenhuma mentira, nada com a qual não tenhamos compactuado, concordado? E se, pior, quem enganou e mentiu e entendeu errado fomos nós dois, Dante?

———

Na Folha: Álvares, em frente ao Largo, esverdeado, resultado de um infeliz verniz improvisado que usamos nós mesmos para "revitalizar o bronze"; e eu, em cima de uma escada, com as mãos de cimento, ainda tentando ajeitar o busto, que teima em ficar torto. Não há força que o nivele.
Enquanto leio a matéria, que parece uma ficção totalmente desconectada do que eu me lembro da noite, recebo um e-mail de minha mãe. Minha Filha Na Folha! é o título. Ela me exalta, milhões de exclamações são desperdiçadas, vejo

que a família toda está copiada. Não sinto nada senão embaraço. E aí, uma mensagem de voz no meu celular: Filhinha, eu achei um remédio má-gi-co para emagrecer, vou conseguir uma receita, é facinho, tenho um médico muito bom, o melhor médico, amigo do seu pai. E aí te mando, tá bom? Quatro dias depois chega uma caixa no correio com três frascos: um de sibutramina, 15mg; outros dois de vitaminas. E uma receita médica de difícil caligrafia: tomar a sibutramina todo dia com o café da manhã. Cardápio para emagrecimento: carboidratos só até às 10 horas da manhã.

As pílulas são mágicas, e meu apetite desaparece por completo. Aguento dias comendo só algumas maçãs, um peito de frango e, muitas vezes, nada. A ideia de comida some da minha cabeça. O peso derrete em dois meses, meu rosto fica um V atrativo, que me cai bem com o nariz longo, minhas pernas parecem de menina na pré-puberdade. Por comer pouco, dá-me falta de energia, mas que eu combato com 10, 15 cafés por dia e, quando alguém tem disponível, pó. Não vou mais à boca, nunca mais, prometo-me, mas se alguém me oferece algo de graça, eu aceito.

Gigio um dia me acosta enquanto descanso em uma das arcadas. Você emagreceu muito, está bem? Vejo que ele me deseja, toca-me a cintura, o cabelo. Não sinto nada por ele em retorno. Do mesmo jeito que não tenho mais assunto com Isabela, ou com minha família, ele também parece que pertence à outra vida. Apoio as mãos nos ossos da minha bacia, que me estão saltados pela magreza, e vejo ele seguir meu gesto com os olhos. Nem isso eu sinto. Estou apagada.

O que me acende: beber, o que faço todos os dias, sem falta. Misturadas com a sibutramina, duas cervejas parecem uma pílula de êxtase. Tábata adverte-me que uma conhecida sua pirou com esse remédio. Mas eu só vejo benefícios em beber menos e pirar mais. E gosto da sensação de intransigência de trabalhar enquanto high, em funcionar com o corpo mole, mas a cabeça viva.

Passo o outono mergulhada em trabalho administrativo. A reforma do porão fica marcada para o início de julho, nas férias, e a expectativa é concluí-la no mesmo mês. Seria desastroso, avisa Tarso, ficarmos com o porão fechado logo antes das eleições. O orçamento apresentado aos alunos em Assembleia é 90 mil reais. A projeção interna que acordamos em reunião de diretoria é 150 mil reais. A diferença é, em grande parte, por causa da pressa de Tarso em concluir a reforma, e por fazê-la em julho, em vez do fim do ano, quando se teria mais tempo. Mas agora Tarso começa a falar em 200 mil reais, valor que ele repete em toda reunião, um pouco exasperado.

Ele trabalha incansavelmente para captar patrocinadores e rebater as críticas da oposição. Mas em maio ele me confessa que terá que subornar o engenheiro e a burocracia pública para aprovar em tempo as licenças da construção. Um dia acordamos com a faculdade coberta por um pequeno texto anônimo:

Quem paga pela reforma do porão. Quem paga pela reforma do porão. Quem paga pela reforma do porão. Quem paga pela reforma do porão. Quem paga pela reforma do porão. Quem paga pela reforma do porão.

É impressionante a estética gráfica da frase que cobre todas as arcadas, todas as paredes, até os degraus da escadaria, até a porta da Sala dos Estudantes. Tarso decide não responder. Vamos morrer um pouco agora e em agosto soltamos os recibos, ele escreve em um e-mail. Suas olheiras parecem dois planetas. Várias vezes eu o vejo matando energéticos, pingando colírio nos olhos cansados, virando a noite na salinha do XI, conduzindo o que parecem duas, três reuniões ao mesmo tempo.

Uma semana até as férias. As festas que organizamos estão exponencialmente mais lucrativas e megalomaníacas. Unimo-nos a outros Centros Acadêmicos da USP, da Arquitetura e, principalmente, da Politécnica. Eles são o maior CA depois de nós, pela força do orçamento. A convivência com eles é um pouco desnorteante. Eles são um grupo de quinze homens. São políticos, como nós, no sentido de pensar na apresentação de tudo o que fazem, de saber negociar, mas falta a eles algum apreço à abstração e à retórica que me incomoda. Não me dou com eles, mas Tábata e Dorcas logo fazem mil amantes e acabamos socializando com eles o tempo todo.

Nas festas que organizamos em conjunto, o orçamento permite contratar para tocar Skank, Ivete Sangalo, Valesca Popozuda. A organização é absurdamente complexa e custa-me grande tempo de trabalho durante as festas. Ansiosa, forço uns intervalos em cantos, em amassos e transas com pressa e intensidade, com mil corpos. Carlos e eu concordamos que é um perigo para a nossa relação de trabalho continuarmos ficando, mas a verdade é que me dá calafrios pensar naquela vez do bar da Augusta.

Eu conheço outros caras, vários outros, também uma menina veterana, e fico até com o João da velha guarda. Minha vida sexual explode e, cada vez mais, preciso de sexo todos os dias, alguma coisa rápida e violenta, orgasmos como expurgos breves e, ultimamente, insatisfatórios, como se acendessem e apagassem alguma coisa em mim só para logo pegar fogo de novo.

De todos os meus amantes, eu gosto só de um, William, o sulista pálido que foi amarrado ao meu lado no dia do trote. Ele é tímido e sempre espera o meu convite, nunca me procura. Passamos noites com beijos e conversas calmas, com um sexo brochado, sonolento.

Às vezes eu penso nele em noites de insônia. Eu crio uma fantasia para pegar no sono: em meio a uma floresta densa e isolada, eu estou construindo uma casa sozinha, com minhas próprias mãos, derrubando árvores e carregando colunas, coberta de sujeira; William me observa enquanto ouve seus vinis, vestindo roupas caras, como um homem intelectual que jamais saberia fazer o que eu faço. Ele me pergunta, por que não chamar um arquiteto, um pedreiro? E eu falo que o trabalho manual é meu único prazer, que é preciso ser autossuficiente, que é preciso saber colher recursos da natureza. Ele diz, essa casa está linda, você é uma artista, deveríamos mostrar para outras pessoas. E eu digo que não, eu não quero que ninguém saiba o que eu posso fazer, nem onde eu moro, nem nada sobre mim. Sou completamente livre, pela capacidade e pela retidão moral, sem ego.

Na última quarta-feira do semestre, chego ao porão por volta das 5 horas da manhã. Dá-me enorme prazer em chegar antes que o resto do grupo, sentir o frio gélido da manhã rosear-me as bochechas, passar um café quente e deixar o líquido que sobra como boas-vindas para os colegas que virão depois. A manhã está particularmente paulistana, com garoa e poluição forte, mas, ainda assim, agradável a quem acostumou os olhos e a vida a essa realidade.

Às 9 horas chega Morena e logo depois o resto da diretoria. Morena tem trabalhado dois ou três dias da semana na gestão, foi designada para o grupo que se dedica a criar o Centro de Idiomas do XI, que oferecerá aulas gratuitas de línguas aos franciscanos. Ela é ágil e descontraída. E ainda mantém boa frequência nas aulas, boa o suficiente para passar na aula e sempre assinar as listas de presença por mim. Uma vez até fez duas cópias de suas respostas para uma prova e entregou uma em meu nome.

Eu trabalho sozinha e com concentração até meio-dia. Almoçamos eu, Dorcas, Tábata e Morena em um pequeno restaurante italiano perto do Teatro Municipal. Eu não tenho apetite, mas me forço a comer um frango, que só vou apreciar mesmo depois, durante a caminhada de volta, quando o gosto do animal mistura-se ao do meu cigarro de menta.

Com a tarde já vem a vontade de beber. A boca seca de sibutramina, um dos efeitos colaterais mais fortes, também aumenta a necessidade por uma cerveja gelada. Tento achar uma companhia, mas ninguém concluiu suas tarefas do dia. Ligo para Dante, que topa somente o café no Girondino, pois ele tem prova à noite. Vou a pé sozinha e encontro-o já lá, esperando-me na mesa que preferimos.

Nossas conversas têm sido cada vez mais dominadas por assuntos do Centro Acadêmico. Tudo o que nos é pessoal vem se esvaziando, na minha vida até mais que na de Dante, parece que só cabe o XI. Dante tem rusgas com Tarso que eu sofro para entender. Dante é a voz de Tarso, pela escrita dos textos, alguns excelentes, e Tarso, por sua vez, é como um guarda-costas para ele, que se expõe para defender as ideias. Dante odeia essa analogia, exalta-se, Tarso não é leal a ninguém, ele mantém no grupo muitas maçãs podres, não defenderia nenhum de nós se lhe custasse alguma coisa real. Mas Dante ainda não quer me contar todos os detalhes das suas desavenças, diz que não quer me contaminar. Eu aconselho-o a manter essas ideias só entre nós. Não consigo imaginar ninguém, nem Dante, ganhando de Tarso em um confronto direto, muito menos em um político. E outra, eu tenho um segredo, que é: venho sugerindo a Tarso que Dante seja seu sucessor. Juntos nós maquinamos um plano de dois anos: Dante primeiro, e eu depois.

    Não conto isso diretamente a Dante, como me instruiu Tarso, mas o faço perguntas elogiosas, você não quer se candidatar? Você é o mais inteligente de nós, o mais respeitado. Dante foge de responder, só diz que eu falo cada vez mais como Tarso. De fato, ele diz que eu estou enfatuada demais com Tarso. Eu falo a verdade, que não sinto nenhuma atração por ele, mas Dante age como se tivesse me pegado em uma mentira. Ele repete a acusação várias vezes, em tom jocoso, e começo a pensar que talvez ele sinta algum ciúme, o que não me dá prazer, não o mesmo contentamento que sinto quando noto em outros membros do grupo esse ciúme de minha proximidade com Tarso. Não tenho nenhuma vontade de provocar Dante, vejo-me mais como uma protetora dele e nele afiro a mesma inteligência e capacidade de Tarso, a mesma respeitabilidade dentro e fora do partido, só que nada do instinto político ou da força de Tarso.

Tentamos falar de outra coisa, mas não há mais nada. No pé da escadaria do Girondino, Dante me abraça. Você é minha melhor amiga, ele fala com a boca no meu cabelo. Eu rio, o que é isso, você é uma menina de 15 anos? Mas ele retruca com a sua voz baixa e seu sorriso, é verdade, eu amo você. Você parece bêbado, eu respondo empurrando-o em piada, a boca totalmente seca de adrenalina, o coração em pulos.

De volta ao Largo, acompanho-o até a sua sala de aula. Como é costumeiro, vamos sendo parados por vários alunos com perguntas e reclamações sobre o XI. Tomo as rédeas das conversas para que Dante possa ir fazer sua prova. Passo 50 minutos lidando com diversos problemas, grandes e pequenos, fazendo promessas, inventando explicações. Um dos que mais me custam tempo é o ombudsman do Jornal do XI, Marcelo Primo, um veterano que nos escreve críticas devastadoras toda semana, mas que eu admiro muito pela qualidade do texto. Ele será um escritor, um novelista, em alguns anos, imagino e invejo. Aquela noite ele está preocupado com o custo da reforma do porão e indaga-me mil detalhes. Tomo cuidado para tomar a mim a responsabilidade do que conto a ele, para proteger Tarso caso algum erro seja encontrado nas contas. Essa nossa entrevista deve sair na próxima edição do jornal, diz-me Primo, e já me preparo para enfrentar a artilharia.

Para finalmente me desvencilhar dos governados a quem eu sirvo, decido tomar o corredor flutuante que leva ao chamado prédio anexo da faculdade. Como diz o nome, o prédio foi anexado ao Largo da Francisco na história recente, de modo a providenciar mais espaço para a estrutura burocrática universitária que parece se procriar como coelhos. Para se conectar à Velha Academia, construiu-se um corredor de aço e vidro suspenso sobre a Rua Riachuelo, a mesma onde se encontra a entrada do porão. O anexo e o corredor são feios, destoantes, e nos remetem ao grande fracasso da gestão do Conclave da Esquerda no ano anterior, que tentou mudar a salinha do XI para o anexo, causando grande alvoroço entre os franciscanos. Foi uma boa oportunidade para o Salve circular textos entre os eleitores com conjecturas conspiratórias de que o Conclave tentava diminuir o acesso dos alunos ao XI e, mais uma vez, reescrever tradições franciscanas.

De fato, na gestão de Tarso, nós usamos bastante uma grande sala destinada ao Centro Acadêmico no prédio anexo, geralmente para reuniões nas quais queremos mais privacidade do que o porão oferece. Mas mantemos a sede oficial no porão e fazemos questão de trabalhar em projetos lá mesmo, com as portas e balcão escancarados, evidenciando nosso labor, contribuindo para tradições, ganhando votos.

Mas naquele dia, por volta das 18 horas, encontro o corredor barricado. Uma muralha de cobertores sintéticos, placas de madeira e cartazes impedem-me a passagem. É imediata a sensação de estrangeiro: a qualidade daqueles objetos, a estética popular, até as cores dos cobertores, dos cartazes: tudo grita não somos daqui, dessa casa, desse mundo. Lembro-me do que falou Tarso quando o rapaz subiu na mesa para criticar o resgate do Álvares: estamos sendo invadidos.

Isto é Uma Ocupação, Movimento dos Sem Educação, Protesto Pacífico, A Faculdade de Direito é Nossa, declaram os cartazes. "Vai ter negro na São Francisco!", dezenas de faces que eu não conheço gritam enquanto passam por mim, seus destinos além da minha compreensão. Uma série de portas de salas de aula vão sendo fechadas, não sei se pelos alunos para se esconderem, ou se pelos invasores para nos impedir a saída.

Corro para os elevadores centrais, mas um apito agudo avisa que eles estão sendo segurados no primeiro andar. Tento a escada lateral e a tomo correndo. O som abafado de vozes em confusão aumenta a cada degrau. Um grupo de 30 ou 40 franciscanos acumula-se no saguão do segundo andar. Quero perguntar o que acontece, mas vozes gritando Zula, Zula, ela é do XI, dizem-me que eles esperam respostas de mim, e não o contrário. Pela escada da esquerda sobe uma tropa de policiais, vestidos para matar: escudos, capacetes, metralhadoras. Sons de tiros como pequenas explosões. Uma voz bizarra soa de algum microfone distante. Corro para as janelas para ver o pátio: centenas de pessoas enfrentam uma tropa de choque que parece aumentar a cada segundo, formigando dos portões principais. Vejo Silas, do Conclave, em cima dos ombros de alguém, com o microfone em mãos. "Vocês não têm mandado judicial, aqui é território livre, nem na ditadura, nem na ditadura!". Ele parece uma criança pequena. Ele parece que vai ser esmagado por uma força enorme.

Uma mão se acopla à minha: João, do Salve, que cola a boca na minha orelha e diz alto com uma voz quente, a gente vai se ferrar nessa zona. Ferozmente, ele instrui os alunos a voltarem para as salas, libera o saguão, seus idiotas. Nós dois descemos mais um andar pela escadaria da direita, nossos corpos voando.

Uma briga logo na base da escadaria em frente ao pátio, homens e mulheres seguram dois corpos grandes. Demoro a entender que um deles é Tarso. João se joga no meio, vejo-o levar um bom soco na base do crânio, mas ele se segura como se fosse de pedra. Parem essa porra, parem essa porra, e agarra-se ao meio de Tarso, empurrando-o até a parede. Tarso está vermelho, pingando suor, descontrolado. Foi o Conclave, foi o Conclave, ele grita, e pula de novo em direção à briga, e agora vejo o segundo corpo em luta, Chico, o líder do Conclave e ex-presidente do XI.

Aqui é um espaço público! Seu bosta, pra entrar aqui tem que ter permissão do XI. O pátio não é seu quintal. E nem seu pra convidar seus amigos vagabundos! Você chamou a tropa de choque! Lógico que não, a tropa de choque está atacando franciscanos, quem odeia o Largo é seu grupo comunista de merda! Eles não vão fazer nada contra alunos, estão tentando tirar os manifestantes, você sabe! Alguém vai se machucar, seu cuzão, um franciscano, escreve o que eu estou falando, vai ter sangue na sua mão. Uma fumaça sufocante de pimenta queima-me os olhos, a garganta mais ainda. Entro em pânico, minha única ideia é dobrar-me ao meio pelo umbigo e tentar achar uma rota de fuga, mas não consigo dar três passos antes de sentir a enorme aflição de perder-me sozinha. O único que tem presença de espírito é João. O Tarso tem razão, alguém vai se machucar, ele começa a repetir aos gritos, e depois acrescenta uma ordem, todos para a Sala dos Estudantes! Ele segura-me de novo, pelo pulso, e a outra menina, uma das manifestantes que leva uma criança no colo. Pelo menos eu penso em pegar outro pulso, de um homem adulto, e levar junto comigo, e, então, o ideal de união contamina a todos. Os civis correm juntos para a Sala.

Não cabe mais ninguém, mas a lógica, a física e a mecânica não são nada pra quem está correndo dos homens. No fim, parece que o mundo inteiro se enfiou dentro da Sala. Eu acho abrigo atrás da lousa com dezenas de alunos e invasores. A massa é uma coberta protetora, meu único desejo e plano é ficar escondida. Respiro aliviada. Até que me ocorre um pensamento horrível, de que, se houvesse mais confusão, eu seria esmagada por essas mesmas pessoas que agora eu entendo como escudo. Vejo-me como um daqueles corpos que caem no chão e é pisado, quase sinto a dor e a agonia.

Discirno Dante e Jonas perto da porta, ambos com a postura reta e braços e bocas agitados, como se dessem ordens.

A única proteção é o poder, eu então entendo. Esmago-me entre centenas de corpos, dando cotoveladas e empurrões, impulsionada pela raiva de pensar que aqueles pés que eu deixo para trás são os mesmos que me quebrariam o pescoço se o vento virasse a seu favor.

Quando finalmente os alcanço, vejo que nada do que meus colegas de partido falam ou comandam tem algum efeito ou sentido. Eles estão mesmo em uma performance. Entro nela de bom grado e corro os olhos pela Sala dos Estudantes imaginando achar soluções. Grito para civis entrarem como se eles já não o fizessem, comando alunos a se espremerem nesse ou naquele canto onde eles já estão, etc.

Um cântico alto de "o povo unido jamais será vencido", proferido como uma reza, um salmo, embala a entrada da tropa de choque dentro da Sala. Eles organizam um cordão de isolamento em volta do perímetro da Sala, sufocando-nos ainda mais. Os meus antigos companheiros de-atrás-da-lousa logo são empurrados para fora do palco. Vejo tropeços e pessoas caídas, e tomo como um bom presságio que eu tenha saído dali.

Tarso e Chico estão no saguão de fora da Sala. Mas a voz que ecoa alta é a de Tarso. Ele argumenta contra quatro policiais, que parecem bloquear seu acesso a outra autoridade, um homem que não veste a armadura antimotim preta. Finalmente entendo que ele só pode ser o comandante, o coronel do grupo. Um homem magro de aparência comum, veste um chapéu de soldado patético, daqueles de formato triangular que imitávamos na escola com folhas de jornal dobradas.

Tarso o alcança e fala-lhe perto do ouvido, com uma mão em seu ombro. O comandante recebe-o, mas pela expressão de agonia que se forma na face de Tarso, o homem não lhe é favorável. Uma ordem proferida, com o mais breve dos gestos, e Tarso e Chico e todos os demais são carregados pelos sovacos para dentro da Sala. Os dois ex-presidentes do XI vão brigando enquanto são empurrados, e suas ofensas e acusações espalham-se como fogo em mato seco pela Sala: logo estamos todos em brigas, Salve contra Conclave, alunos contra os movimentos sociais.

Em 7 de agosto de 1930, em uma manhã de inverno com um sol neon e desagradável, dezenas de alunos da São Francisco encontraram-se juntos à estátua de José Bonifácio, chamada de o Moço, situada, então, frente ao convento vizinho à Faculdade de Direito. Os meninos, ou melhor, os moços, estão tomados por uma comoção: o político paraibano João Pessoa, companheiro da chapa de Getúlio Vargas, fora assassinado algumas semanas antes. Após as devidas brigas internas, discursos e panfletagens, e após um silêncio inadimplente do Centro Acadêmico XI de Agosto, os franciscanos finalmente concordaram com um plano de ação que lhes parecia à altura da ocasião e da sua importância: um comício.

A polícia do Estado, contudo, não se comovendo com a necessidade dos jovens franciscanos de ouvirem suas próprias vozes, violentamente interrompeu o protesto. Ou melhor, nem chegou a haver interrupção: as autoridades foram tão precipitadas que a manifestação pública não teve tempo nem de começar. Os alunos, com poder e apoio de sobra da população, lutaram de volta contra a polícia, com socos e chutes, e chegaram a barricar duas ruas em volta do Largo. E, sem que ninguém soubesse o culpado, morreu um policial. Os estudantes declararam a faculdade um "Estado Livre". A cavalaria estadual chegou e esmagou os alunos, prendendo e ferindo dezenas deles.

Como a desordem foi finalmente contida? O diretor da Faculdade de Direito, sob a justificativa de que a escola pertencia à ordem federal, convocou o exército para proteger os franciscanos.

É essa história que me ocorre naquele dia em que eu sou confrontada pela polícia, sem saber, no entanto, de que lado eu estou, ou se eu preocupo-me com alguma causa justa além da minha própria sobrevivência. Chego a uma conclusão confusa, mal informada: deve ter sido o diretor que nos dedurou à polícia.

É o que eu digo a um Tarso sentado nos meus pés, que repõe as forças da sua garganta com uma água que lhe forneço: Tarsinho, é como em 1930, foi o diretor que chamou o choque. Dante, irritado com Tarso e aparentemente comigo também, intromete-se: em 1930 o diretor chamou o exército para parar a violência da polícia local que atacava os alunos. O que que tem a ver com hoje?

Tarso ilumina-se como quem entendeu o que fazer, imediatamente. É extraordinário lhe ver ocorrer uma ideia; ele não tem incertezas ou inseguranças. E a mim é contagiante e me alio a ele sem precisar de nenhuma informação. Ele aperta a palma direita em seu rosto com força, como se fosse para limpar sua face de suor, mas também para posicionar sua expressão de uma maneira correta.

Eu vejo de perto o que ele faz, mas até a mim é difícil decifrar as suas intenções reais. Ele me aperta a mão, sussurra segurança no meu ouvido, mas eu volto a me sentir incerta.

Sinto-me presa no presente, no imediatismo do meu corpo, nos detalhes da arquitetura e dos uniformes dos policiais, na sensação de que sou observada por muita gente e, o tempo todo, de que estou em perigo. Não consigo pensar.

Ele aproxima-se do coronel novamente e, após uma conversa breve, toma o megafone e dirige-se à Sala:

A São Francisco é um Território Livre! A polícia não está aqui por vontade nossa. Nós não a chamamos, não a recebemos e não reconhecemos sua autoridade. Eles não têm o direito de nos manter aqui. Quem organizou esta... invasão deveria ter se preocupado com as consequência para os nossos alunos, que só estavam aqui para estudar. Isso nós vamos discutir amanhã, na Assembleia Geral que já devemos chamar. Aliás, tenho aqui dois diretores que me apoiam a convocar a Assembleia? Dorcas e Jonas levantam as mãos. Tarso continua: por hoje, o que importa é a segurança dos alunos, de todos aqui presentes. Eu estou seguro de que vamos poder sair todos em paz para a Rua Riachuelo, para que possamos ir embora. O XI vai continuar na Faculdade até que a polícia evacue. Aqui é a nossa casa. Mas os alunos, e os manifestantes que quiserem ir embora, têm esse direito garantido. Por favor, vamos começar a sair para a Riachuelo, devagar, sem pânico.

Aos movimentos sociais: vocês têm que sair conosco. Eu sei que não era o plano original de vocês. Eu sei que alguns alunos aqui lhes enganaram, prometeram o que não podiam. Mas vocês têm crianças e mulheres aqui. Vocês têm que pensar na segurança de todos, é o que eu quero, é a única coisa que importa.

Os que primeiro lhe afrontam a lógica são os 20 ou 30 membros do Conclave. Furiosos, eles querem continuar a manifestação, falam que atacamos a liberdade do povo, que essa faculdade é de todos. Não é difícil ver que eles estão se enfiando em um buraco, que os alunos estão em enorme oposição a eles, e que o melhor que podemos fazer é deixá-los falarem cada vez mais hiperbolicamente. É o que faz Tarso, dá-lhes corda. E funciona. Chico toma o microfone e diz: "Os estudantes da Faculdade estão mobilizados e indignados com a situação desta noite. O XI cala-se, é omisso (vaias). Pode não ser todos os estudantes da São Francisco que veem a truculência e abuso de poder aqui hoje, mas devem ter alguns que veem, e eu estou aqui os representando".

A brecha é perfeita. Tarso fala, imediatamente, o que todos nós pensamos: o meu amigo do Conclave da Esquerda está confuso, quem representa, por excelência, a universalidade dos alunos da Faculdade de Direito é o Centro Acadêmico XI de Agosto. Hoje está claro que a aliança do Conclave é com forças políticas alheias à nossa Faculdade e que estão acima do bem-estar dos franciscanos.

Os próximos a contestar Tarso são os integrantes dos movimentos sociais. Eles argumentam que a tropa de choque foi chamada pelo XI, mas frente aos nossos protestos convincentes, eu na linha de frente, eles começam a acreditar que talvez tenha sido mesmo o reitor ou o diretor. Ainda assim, eles decidem que vão ficar, que prezam os ideais mais do que a segurança, que eles têm direito de protestar, que a faculdade é um espaço público, que já é passada a hora da educação pública ser mesmo acessível ao povo. Eles falam que lutam contra o latifúndio da terra e do saber. Eles falam tão bem e estão tão resolutos que eu finalmente sinto meu coração bater, que eu quero ser igual a eles, que eu começo a achar que eles têm razão.

Mas o raciocínio de Tarso me amolece e me embaça de novo. Vocês poderiam ter coordenado com o Centro Acadêmico. Vocês interromperam provas, impediram alunos de saírem das salas e agora arriscam a vida deles. Isso aqui pode sair do controle em um instante. Como justificarão quando uma confusão explodir aqui, quando inocentes se machucarem, quando a polícia perder o controle?

Eles seguem firmes. Tarso põe-se em silêncio por um momento e todos nós seguramos o ar. Ocorre-me o breve pensamento de que ele está mentindo. Mas não sei dizer sobre o quê e logo duvido da minha intuição. Ele se movimenta e abaixa a sua voz, como se chegasse a uma decisão conciliatória. Os alunos que quiserem ir embora, irão em completa segurança e paz. O líder dos movimentos sociais, e também Chico, fazem que sim com a cabeça, em concordância. Mas

Tarso muda seu tom, como se tivesse ouvido o oposto. Os alunos irão sair com segurança!, ele se exalta. Vocês já nos interromperam o ensino e a paz, chega! Eu não vou deixar isso aqui sair do controle!

É como se todos nos movêssemos sob a direção de Tarso. Da atenção e conciliação para a guerra, instantaneamente, todos nós. Os alunos o aplaudem e louvam, alguns começam a se movimentar para sair, com a certeza absoluta de que a polícia está a seu favor. Eu mesma não sei dizer o que a tropa de choque autorizará, mas a dúvida dura pouco.

Um breve sinal de Tarso ao comandante, que só eu acredito notar. E começa. A tropa que fazia o cordão dentro da Sala movimenta-se à frente. De um megafone sai uma voz metálica comandando a *libertação* dos alunos. Um pouco de desorganização quando muitos dos alunos vão à porta ao mesmo tempo. E a polícia começa a bater.

São poucos minutos, dois ou três. Eu já estou fora da Sala, assim como Dante, Jonas e Juli, e também o que parece ser a grande maioria dos alunos. Ficam para trás João e Tarso e muitos dos manifestantes. Um comando e os manifestantes deitam-se no chão para não serem retirados. O caos é enorme. Gritos e chão e sangue.

Mas não vejo nenhum dos alunos machucado. Quem apanhou foram os outros. Os jovens franciscanos vão quase todos embora, aliviados pela expansão da rua, pela brisa, pelos policiais que não estão mais em seus calcanhares.

Mais uma vez a faculdade pertence só a quem faz política: nós, o Conclave, também Pedro, o companheiro do Salve que Tarso traiu e que agora lidera o partido dos Honorários; e também fica Primo, o ombudsman. E, ainda, o blogueiro sexagenário ultraconservador que recorda tudo em uma câmera pequena, dando zoom no sangue no chão, nos cartazes quebrados dos manifestantes, na barricada; não é difícil imaginar como ele irá descrever esta noite.

Por quatro horas esperamos na Rua Riachuelo. Os membros dos movimentos sociais não vão embora. Ouço negociações para reentrada deles na Faculdade, ouço negociações para que, então, possam ir livremente para as suas casas, mas eles parecem presos no chão da Riachuelo, ou por convicção, ou por ordem da polícia. Inesperadamente chega uma frota enorme de ônibus com símbolos da polícia militar. Os manifestantes lutam ferozmente, mas, um a um, são colocados dentro dos ônibus negros e são conduzidos para algum lugar que não me é explicado.

Não que eu pergunte. Fico sentada na calçada, ombro a ombro com Tábata, anestesiada: a ação não me proporciona mais nenhuma adrenalina. Seus destinos estão fora da minha compreensão, penso novamente, com descaso.

ASSEMBLEIA GERAL

Lavo-me na pia do banheiro da Faculdade. A água gelada escorrendo na minha nuca e pulsos é como uma reza. Dante e eu passamos as últimas três horas escrevendo, embalados pela voz de Tarso no telefone com diversas autoridades, Dorcas e Morena dormindo no chão da Salinha do XI, e Tábata e Juli consertando a impressora, que teimou em nos falhar neste momento importante. Jonas e Tomé usam a salinha do prédio anexo para falar com a imprensa, explicando os acontecimentos da noite anterior.

Por volta das 8 horas da manhã, nosso texto é distribuído para todos os alunos, cópias são coladas nas paredes, frases aparecem citadas nos jornais matutinos nacionais. A Assembleia está marcada para às 10 horas e fui instruída a achar um lugar para descansar até lá. Dante convida-me para cochilar com ele no prédio anexo, mas ele está mal-humorado e curto comigo faz horas, não lhe quero a companhia.

Não acho um lugar adequado e acabo me trancando no banheiro e fechando os olhos, sentada em cima da privada, relaxando por estar, finalmente, em privacidade. Após meia hora assim, olho-me no espelho. Acho-me exausta, mas existe acima de tudo um prazer estético nesse cansaço que marca minha face, nos cabelos que encharco de água e prendo em coque, na finura das minhas bochechas que não são alimentadas há dias. Sinto-me bonita e sinto, com sinceridade, um senso de dever e valia.

Quando saio do banheiro, vestindo uma camiseta fresca do Salve, encontro João encostado na parede, como se estivesse me esperando. Ele parece-me velho, mas penso que o cansaço cai-lhe bem com a barba mal aparada que cobre seu rosto italiano grande. Dá-me uma vontade de segurar sua face, acariciar-lhe os cabelos, mas, antes que eu possa tocá-lo, ele levanta o texto que eu escrevi e o sacode no ar. Zula. Você tem que acordar. Você não concorda com o texto? Não foi isso que aconteceu. Nós fomos justos, defendemos o direito de manifestação, mas criticamos a desordem, a depredação. Que depredação, Zula? A desordem então, o caos, o perigo que os alunos passaram. Há! E quem chamou a polícia, Zula? Não sei, o Tarso acha que foi o diretor. E os manifestantes, quem chamou? João, só fala o que você pensa, estou exausta. Os manifestantes estavam falando que tinham um acordo para ficar 24 horas na Faculdade. O Conclave prometeu alguma coisa a eles. Eu perguntei, eles não conheciam o Chico, que negociação passa pelo Conclave sem o Chico? Então eles mentiram sobre esse tal acordo, o que que tem. Ou eles tinham acordo com outra pessoa. Com quem? Não tenho certeza, mas eu sei de uma coisa: quem chamou a polícia foi o Tarso. Como você sabe? Porque eu conheço a Rosa, a secretária do diretor, e ela me disse que o diretor descobriu sobre o protesto só hoje de manhã.

Digamos que você esteja certo, que o Tarso chamou a polícia. E daí? Os manifestantes estavam fazendo uma zona, eu os vi fechando os alunos nas salas. Você tem certeza de que é isso que você viu? Meu deus, João, você acha que o Tarso planejou tudo isso, por que ele faria isso? Você está louca, olha o clima entre os alunos, eu nunca vi um ódio tão intenso contra o Conclave, e ninguém nem tem certeza do envolvimento deles! Mas sabe sobre o que o ombudsman não vai escrever hoje? Sobre o dinheiro da reforma do porão.

João, você não ouviu, ontem o Chico fez um discurso, falou que falava em nome dos alunos! Eu vi o vídeo, não foi isso que ele disse. Eu estava lá, eu ouvi! Não, ele falou que, como o Centro Acadêmico estava calado, ele então falaria pelos estudantes que estavam indignados. Você está achando problema onde não tem.

Zula, o XI não pode chamar o Choque para dentro do pátio! Você perdeu a cabeça?! Você parou para pensar por um segundo para onde a polícia levou os manifestantes?!

Você não tem certeza de nada. Vamos falar com o Tarso e...

Se você acha que isso é uma opção, então você ainda não entendeu o nosso partido.

―――――

Subir no palco, abrir o armário e tocar em tudo com autoridade. O meu molho de chaves pesado, o som de metal clicando em metal e também o de metal batendo com força em madeira maciça. O giz branco grosso deslizando na lousa as palavras "Primeira vez desde a ditadura que a polícia entra aqui!". Ver o meu texto nas mãos de centenas de alunos, alguns até grifados, circulados, vandalizados. Sentar-me na grande mesa e cumprimentar os meus. Encobrir a boca do microfone com a mão para poder falar segredos. As abelhas no peito ao ver opositores conspirando. Os cartazes, os xingamentos. As mochilas enormes, as calças jeans com elastano e as camisetas multicolores de partidos políticos. Eu tento me imaginar como um dos alunos na plateia. O que é estudar neste lugar e não se envolver com o porão, com a política, com os segredos? Isto aqui é para eles uma escola qualquer, penso, irritada, eles não merecem se sentir irmãos dos grandes franciscanos.

Mas observar do palco elevado esses meus contemporâneos faz-me sentir-lhes piedade. Talvez eles sintam o coração pulsar em alguns momentos particularmente iluminados nas aulas, ou no esforço concentrado dos estudos, naqueles breves instantes em que algum conceito sofisticado esclarece-se. Eu lembro-me do encantamento e da beleza que brota da observação assídua de um objeto, de uma ideia. E, finalmente, ocorre-me a velha ideia de que o que esses alunos acreditam não é somente que as humanidades são intrinsecamente interessantes, ou mesmo que o estudo do Direito é a maneira de se dominar uma arma poderosa. Por um breve instante eu lembro-me da elevação espiritual que nasce do estudo de um objeto humanístico, da relação que surge entre esse objeto e nós mesmos.

Sinto, eu, essa mesma elevação imaterial com a prática política? A prática tem sempre a desvantagem óbvia da realidade imperfeita. Mas também encontro nela as paixões e até a dedicação concentrada, a entrega. Mas um incômodo ainda permanece e, pensar nele, naquela Sala enquanto alunos e alunos sentam-se nas fileiras da arquibancada e postam-se a me olhar, faz-me tremer. De fato, sacudo a cabeça, tento expurgar de mim o pensamento. Mas ele volta com força e exige que eu o encare. Aqui está o que me ocorre:

A política que eu imaginava, que eu sonhei em praticar, possuía certos e errados, e nada mais entre eles. É claro que eu esperava que a negociação sempre fizesse parte dos acordos políticos, mas eu imaginava saber pelo que eu lutaria. Pelo nacional ou pelo internacionalismo; pelo trabalhador ou pela elite; pelo apaziguamento das desigualdades sociais via forças do Estado ou pela crença de que alguma força mercadológica geraria oportunidades suficientes para todos. Ou, no Brasil: por Lula ou contra ele.

Aquele meu encontro com a política colocou em choque meu idealismo contra a realidade, que me mostrou muito mais complexa do que os meus entendimentos juvenis. Isso era esperado e não me surpreendeu, nenhum pouco. Em traços gerais, passei a entender que importava menos uma suposta determinação sobre a verdade ou falsidade, sobre o bem ou o mal de qualquer ideia e, ao invés de partir-me o coração, o cinismo contra os altivos arrogantes da verdade fez-me mais forte e mais livre.

Verdadeiramente, eu sentia-me honesta até nas mentiras, até na defesa da corrupção, até na aceitação de que eu estaria disposta a roubar eleições para vencer. Porque eu acreditava que existia um quadro crítico-teórico para a minha ideologia e sensibilidade: o jogo político é invariavelmente e naturalmente permeado por corrupção, mas essa é a melhor maneira para alcançar resultados materialmente positivos. Assim, eu era tão sincera durante um discurso eloquente contra fraudes eleitorais quanto no momento em que, coberta pela noite, eu queimaria urnas que talvez me fossem desfavoráveis.

A minha pureza exigia uma única regra: engajar qualquer corrupção como um jogo, mas não corromper a mim mesma. Eu poderia negociar com ladrões, mentir para mentirosos, até perdoar a violência contra inocentes, unicamente porque eu mesma não roubava para mim, eu mesma não machucava ninguém, eu mesma não mentia aos meus aliados. Eu não faria nada que beneficiasse minha vida particular, que enchesse meu cofre pessoal. A minha dedicação teria total renúncia, ou seja, corromper-me-ia pelo bem dos *outros*.

Eu me incomodava duplamente. Primeiro, a vaga percepção de que não fazíamos nada significativo por ninguém. Que a ideologia do Salve era pequena e vazia. Que o que eu queria mesmo era o abrigo da esquerda, da preocupação com causas nacionais, mas sem a morfologia da esquerda que eu encontrei na São Francisco, sem a suposta pureza moral e sem o identitarismo autoritário. Eu queria, sucintamente, acreditar em questões fundamentais sobre justiça econômica, e lutar por elas.

Com ainda mais clareza, um segundo incômodo: eu sabia que a minha política estava totalmente ligada à pessoa de Tarso. Eu havia vendido a minha ideologia a ele, pelo preço de aprender sobre liderança, segurança, carisma, mesmo que eu já soubesse que Tarso era superficial e mentiroso. Hoje, mas também já lá naquela época, outras palavras me ocorrem quando penso em Tarso, e imagino que ocorria a todos: psicopatia, narcisismo, anormalidade, insanidade. Mas me parecia um preço justo nesse momento inicial da minha carreira: aprender as artimanhas e o coração de um político natural justificava tudo, até me associar a uma ideologia contrária. Dava-me medo e titubeação pensar nessa conta. Mas eu dizia-me que, enquanto eu estivesse ao lado de Tarso, eu estaria protegida das suas piores qualidades e iluminada pelas suas melhores. E o erro clássico do cálculo: que eu *sempre* estaria ao seu lado. Como eu caí nessa armadilha? Porque eu amava todo mundo que era genial e talentoso. Eu certamente não acreditava que ele sentia o mesmo por mim, de fato, eu duvidava que ele era capaz de amar alguém; mas eu acreditava, sim, que nós nos entendíamos como iguais, eu e ele, e isso me protegeria.

Mas, entenda-me, leitor, essa foi uma meditação breve; naquela Sala, enquanto a Assembleia esquentava, e no fim, eu a esqueci. Comecei a culpar João por me encher a cabeça contra Tarso. Esqueci todas as minhas dúvidas e voltei a achar, com franqueza, que Tarso era um político talentoso, mas também um homem bom, alguém que seria um líder nacional um dia, alguém que, e digo isso com uma sinceridade nua, alguém que faria o bem. E eu seria sua pupila e, um dia, eu mesma seria uma líder eficaz, inteligente, transformadora. Parece mentira, eu sei, mas eu já disse, nesta história tudo é verdade, até o que não é.

A Assembleia é uma cornucópia para quem gosta de maldade. E eu gosto. São duas sessões, uma de manhã e uma de noite, sendo que o quórum é a soma dos presentes nas duas. A Assembleia Geral é a instância máxima de deliberação da entidade, começa Tarso, no centro da mesa onde também estou. Estamos aqui, toda a 106ª diretoria eleita do Centro Acadêmico XI de Agosto, e também uma caloura. Aqueles olhos brevemente me tocando, reconhecendo-me o privilégio. Antes do início da Assembleia, eu lhe contei sobre as desconfianças de João. Ele não nega ou afirma nada. Seu presente para mim é outro: confessa-me o seu plano para aquele dia. O diretor da Faculdade estaria presente. Nós condenaríamos a violência dos manifestantes e a entrada da polícia sob as justificativas tradicionais. Se o diretor protestasse alguma inocência, o que seria inesperado, já que ele era um ultraconservador que certamente estava satisfeito com a ação policial, apenas discursaríamos mais ferozmente contra as suas artimanhas. De qualquer maneira, o diretor estaria lá para ser alvo da fúria dos alunos, e a polícia seria o alvo especial da Esquerda, que lhe exageraria a atuação, que se perderia em hipérboles. Após os muitos discursos do Conclave sobre a retidão moral dos manifestantes e a demonização da polícia, viria a jogada: ao fim da manhã, Tarso chamaria uma votação para a suspensão de Chico, sob a justificativa de que ele excedeu sua autoridade ao chamar os manifestantes e colocou em risco a segurança do prédio e dos alunos. Seria um golpe repentino que o Conclave não esperaria, e associá-los à bagunça da invasão nos seria benéfico por anos. A surpresa daria pouco tempo para o Conclave se organizar para a segunda sessão noturna e, se conseguíssemos quórum de dois terços, venceríamos.

Tarso conta-me que não compartilhou o plano com a maioria da diretoria, mas de fato eu não sei dizer quem sabe o quê. Apenas ele conhece-nos a todos e as ideias e o clima de segredo perpétuo reina no Salve. Acredito ainda que ele sabe que eu gosto de sentir-me envolvida em sigilos.

No início da Assembleia, vota-se o regimento, com as pautas a serem deliberadas. Tarso não cita a possível suspensão de Chico.

Por três horas, tudo segue conforme o plano. O Conclave vilaniza a polícia e o diretor, com falas exponencialmente caricatas e cômicas. O Salve apresenta um discurso supostamente moderado, que vocifera contra a entrada da polícia com argumentos históricos, mas defende a proteção dos alunos e do patrimônio. Ninguém argumenta bem contra essa suposta contradição, pois nossa posição apazigua o coração da maioria e, no fim, nenhum dos alunos independentes quer se postar em acordo com o Conclave. O partido Escumalha, famoso pelas piadas cruéis e descontroladas, consegue conjurar apenas o lançamento de um extintor de incêndio nos falantes mais acalorados - e Tarso rapidamente consegue expulsá-los. Os alunos moderados, ou de direita, que querem nos criticar, falam em círculos: ninguém consegue abandonar o discurso de que a faculdade é um território livre onde não entra a polícia, mas que, no fim, a polícia deve nos proteger.

O diretor faz seu papel brilhantemente com uma fala

longa sobre a importância da defesa do patrimônio e chega até a sorrir como um vilão enquanto os alunos do Conclave, em lágrimas, chamam-no de fascista. No fim, todos o odeiam, mesmo quem concorda com ele, exatamente como Tarso previu. Ele mantém uma ordem exaltada, mas controlada.

É um pouco triste ver esses franciscanos engasgarem-se pela pequena capacidade retórica. Na maioria das vezes, a lógica é rasa e, pior, mal expressada. Até as boas ideias não encontram metáforas, ou frases que lhe façam justiça. Entristece-me um pouco, mas logo também sou consumida pelo calor do momento, pelas paixões exaltadas, pela insanidade que parece tão rara no indivíduo e tão prevalente no grupo.

Eu falo várias vezes, o coração tão disparado que sinto que o microfone também vai reverberar as batidas pela Faculdade de Direito. Falo bem só uma vez. Mas meu maior papel é correr aos nossos apoiadores na plateia, passando-lhes bilhetes com instruções do que falar, sugestões de provocações, etc. Além disso, manter a cota do quórum da Sala. Assim que apoiadores do Conclave cansam-se do ambiente hostil e começam a sair, Tarso sugere a suspensão da associação de Chico ao XI de Agosto.

Sua fala é uma explosão. O primeiro a protestar é Primo, que argumenta com razão e calma. Ele fala dos abusos autoritários da gestão e das regras da Assembleia Geral, que não permitiria votação sobre pauta fora do regimento inicial. Ele acusa a gestão de manipular o quórum. E dá uma boa cartada: se a crítica às manifestações é sobre a sua forma, e não sobre o conteúdo das suas preocupações sociais, porque não implementamos então melhorias aos alunos carentes da Faculdade, como a reforma da moradia estudantil.

Mas sua lógica e retórica não se sustentam frente ao populismo saudoso de Tarso, que conjura para si todas as glórias do passado franciscano. A oferta de Tarso é irresistível: condene esse aluno exaltado e radical e faça parte da história do Largo de São Francisco. Discorrer contra a entrada da polícia no Território Livre é uma delícia, acusar um aluno de nos trair é outra, e ninguém parece lembrar que não existem provas materiais contra Chico.

Jonas, contudo, quase nos custa o momentum. Ele faz uma alocução contra Primo, uma cruzada inflamada que ninguém entende. Chama-o de virgem com tara pedófila por comunistas, de ter um ego Woody Allen, etc. É feroz e idiota. Tarso me chama à mesa para sussurrar que Jonas vai nos custar votos.

Tarso retoma o controle com uma fala sobre as regras do regimento. O argumento é tradicional, mas convincente: que as normas devem refletir sua contemporaneidade, que as convenções sociais são quebradas a todo tempo quando não correspondem às necessidades do presente, e que o excesso de normatização em um momento de debate estudantil é perigoso. Argumenta, ainda, que a maior conquista do Centro Acadêmico XI de Agosto é sua aliança, acima de tudo, à Democracia. De novo ele nos presenteia com uma glória histórica: que o XI foi o precursor do voto secreto, do voto da mulher, etc., etc. É difícil pensar depois de sua fala.

A votação é apertada, mais do que eu imaginei que seria: terminamos com 4 votos à frente.

Na Assembleia noturna, o Conclave supera o choque inicial e vem preparado com um argumento decente. Não há qualquer ligação material entre eles e os manifestantes, e o Salve está organizando um golpe contra um partido opositor, é uma perseguição política. A defesa ressoa e perdemos o quórum total, por 2 votos. Mas não importa: a ligação entre o Conclave e a invasão fica para sempre embutida na mente da grande maioria dos alunos. Tarso acabou de garantir ao Salve mais um ou dois anos à frente do XI, eu imagino.

Para celebrar, vamos ao Nordestino, um restaurante no centro da cidade que reserva uma sessão inteira para nós no segundo andar. Comemos carne seca com cebola e bebemos pinga, cerveja e tequila. Inebriados pelo dia todo, brincamos de Eu Nunca, o jogo em que se confessam mil segredos, a maioria sexuais, e bebe-se até o talo. A vitória atiça em nós alguns desejos perversos, tanto sexuais quanto de vandalismo, e os praticamos sem controle, mas também sem medo algum, de nada. Não existem consequências e não existem barragens que segurem nossa onda.

Congresso Interno

A Faculdade entra em férias e nós quebramos o porão. A maior mudança é na Salinha do XI, que ocupará agora o Lado da Maconha, acabando com a divisão entre os dois ambientes do porão. Os banheiros também irão para o fundo, onde fica o palco. Só o bar continua no mesmo lugar, por luta do Russo que entrou em litígio contra a reforma. Sou-lhe grata, em segredo. A reforma tirará o caos do porão e, sem a loucura arquitetônica e também sentimental, eu viria a descobrir, em alguns meses, eu não teria como sobreviver.

Eu peso agora cerca de 48 quilos. 68 era o que eu pesava no dia do trote. Eu consigo mais receitas para sibutramina, três vezes, mesmo que no fim eu nem precise mais dela para controlar o apetite. A Ideia da Comida foi deletada de mim.

Durante a reforma, ficamos sem o point de agregação diário, e perdemos o rumo, nossa rotina dissolve. Dante e eu voltamos a nos sentir em paz e passeamos pela Paulista, pelo Parque Trianon, tomamos cafés no começo da tarde e cervejas no fim. No Trianon achamos dois balanços, que usamos, nos sentindo crianças e românticos. Ele me conta que terminou com Tábata, não aguentava mais. Não pergunto detalhes. Às vezes ele dorme na minha cama. Eu até deixo de atender duas ligações de Tarso porque o dia está bonito demais.

Passo tempo também com Isabela e Morena, limpamos a república, vamos ao supermercado juntas, mas é pouco tempo, as duas viajam para o interior e depois para o litoral do Estado com suas famílias. Eu me sinto conectada a São Paulo e decido ficar. Um dia, sentindo-me um pouco à deriva, ligo para Zilá. Nos encontramos em um restaurante indiano nos Jardins e conversamos como velhas amigas. Nenhuma de nós menciona o incidente na minha festa. É uma paz frágil, mas eu sei que nossa amizade não resistiria a uma examinação das nossas diferenças, então sinto-me acalmada e feliz.

Na volta, sigo sozinha. A noite começa a brotar nos céus e a Paulista está particularmente cheia de mendigos. Penso em tomar o ônibus, mas o trânsito está como se o concreto do asfalto tivesse endurecido ao redor de todos os veículos. Fumo um, dois, três cigarros, e cada pito que eu acendo me faz pensar no porão. Sinto o chamado à sujeira, ao caos, à luta. Cheiro meus dedos tatuados pelo tabaco e imagino-me lá, com borboletas no estômago.

Um dia eu caminho até a Praça da Luz. Entro na Pinacoteca de São Paulo, experimentando o deleite estético da construção de tijolos, que parece a antiga casa da minha avó. O direito ao silêncio solitário que a arte confere a quem tenta admirá-la também é um agrado. Orgulho-me de mim mesma por estar ali, por estar bonita, por viver uma vida tão inesperada aos meus contemporâneos de Taubaté.

Mas depois de um tempo não me sinto em paz, pelo contrário. Um segurança teima em corrigir-me o comportamento: a mochila deve ser carregada na frente do corpo e não nas costas, o que não me faz nenhum sentido, e a minha caneta é confiscada. Sinto-me deslocada e admito que eu não entendo nada do que vejo. Em um ponto da minha vida, rodeada pelos meus livros e pelo meu Latim, eu imaginei-me uma pessoa aculturada, inteligente, confortável. Mas aqui nada do que eu sei é aplicável, meus olhos voam para os textos explicativos que acompanham os quadros e esculturas, e sinto que eu jamais saberei o suficiente para apreciar esse fazer humano. E ainda, aqui ninguém respeita minhas conquistas, sou eu a observadora passiva da plateia, posição que tanto me agoniza.

Saio e ligo para Tarso. Sugiro uma reunião do grupo, ele menciona um Congresso Interno e pergunta se pode ser na minha república. Mas uma das moradoras receberá por dias sua família lá, não seria apropriado, e então, para agradá-lo, escapa-me uma promessa: meus pais deixariam que usássemos a casa deles por um fim de semana, eles podem ir para a praia, deixar-nos a sós.

A conversa com minha mãe, como sempre, é um labirinto. Tento guiá-la para que ela me ofereça a casa. Mas ela nem precisa de muito, como eu, gosta de agradar e faz exatamente a mesma promessa que eu. E acrescenta mil exageros, vai mandar fazer uma megafaxina, e fazer uma feijoada, até comprar duas camas. Meu pai chega a comprar um freezer novo. Sinto um peso pelos gastos deles, mas é passageiro, ela sempre me convence que eles já iriam comprar, que vão usar depois. É mentira, mas eu quero acreditar, então acredito.

O anúncio é transmitido ao grupo de e-mails do Salve. Uma resposta bizarra é a primeira a voar de volta: alguém chamado Uri sugere que façamos em sua casa. Em anexo, fotos de uma fazenda luxuosa, com piscina aquecida, cavalos, aquela estética de decoração com camadas e ordem que só pode ter sido feita por um profissional. Quem é você???, eu respondo imediatamente.

Um erro mostrar uma reação assim. Meu celular apita com uma mensagem de Tarso: Uri é um calouro que se ofereceu para ajudar com a reforma do porão enquanto vocês tiraram férias. E outra, logo em seguida: Gente boa, você vai gostar! Eu respondo: achei que era um engano, alguém x. Legal! Congresso ainda na minha casa? E Tarso: Claro, não se preocupe.

Migramos para o interior em uma caravana de seis carros, bamboleando pela Rodovia Governador Carvalho Pinto, serras suaves cobertas por milhares de árvores de reflorestamento.

A feijoada, meus pais e a ansiedade de mostrar-me a todos. Mas também logo estou tranquila. Estou bêbada. E me sinto adulta, recebendo o partido na minha casa, prezando pelo bem-estar de todos. Enquanto falamos sobre o XI, a reforma e as eleições, o golden retriever obeso da minha mãe corre no meio do nosso círculo, implorando-nos isso ou aquilo, seu pelos loiros compridos contra o verde da grama recém-cortada. Quanta beleza, eu penso, e quanta beleza relacionada a mim.

Tarso diz que precisamos nos inteirar das minúcias da reforma do porão. São três partes que precisamos saber defender para a Faculdade.

Outra distorção (ou: "as partes", contadas pelo Tarso):

Parte 1. Nós não podemos deixar o Conclave nos bater com a alta dos custos. Claro que toda reforma no fim custa mais do que o plano inicial. Qualquer pessoa que não tenha o cérebro triturado igual ao daqueles comunistas entende isso. Isso vai ser aceito pela Faculdade.

Parte 2. A apresentação dos recibos, com todo o detalhamento da reforma, será feita em uma Assembleia Geral em outubro, depois da Peruada, ou talvez até depois da eleição. Nós vamos sofrer cobranças, mas podemos falar que é um período com muito trabalho para o XI, com a Peruada, as outras festas do segundo semestre, os outros projetos que nós estamos perto de lançar como o Centro de Idiomas, o grupo de estudos de direitos humanos, etc. Vamos enrolar um pouco, e apanhar um pouco, mas a maioria dos alunos não está preocupada com planilha de custos.

Parte 3. Nós resgatamos 200 mil reais no Fundo do XI (um fundo de investimento fruto da sorte de César Lacerda de Vergueiro, o quinto presidente do XI, que investiu um pequeno montante do patrimônio do XI em ações ferroviárias. Cem anos depois, as ferrovias falidas e não construídas nos renderam, ainda assim, cerca de 5 milhões de reais. Esse montante está estacionado permanentemente no Fundo e, mensalmente, tiramos apenas parte do lucro dos rendimentos, cerca de 20 mil reais).

Pausa. E aí uma comoção.

Eric, Dante, Tábata, até Dorcas, agitados, alterados, falando ao mesmo tempo.

Eric: o que você quer dizer com resgatamos? Isso já foi feito? Quem autorizou? Você não pode tirar dinheiro do Fundo sem a aprovação da Assembleia Geral! Isso é um crime!

Tarso: o estatuto permite resgate de valores para obras com aprovação do Conselho Administrador do Fundo.

Dante: eu e Carlos, como tesoureiros, somos do Conselho Administrador!

Tarso: eu, com a autorização de um dos tesoureiros, Carlos, que era só do que eu precisava, formei um novo Conselho. Na verdade, contratamos um escritório de advocacia pro bono para cuidar da administração do Fundo. Eles autorizaram o resgate.

Dante: o quê? Foi você que não chamou reuniões, não mandou e-mails, você... você... é por isso que você deixou que nós tivéssemos dias livres do XI! Para dar esse golpe!

Tarso: isso não é um golpe, o valor vai ser rapidamente reposto no Fundo via crescimento natural do montante ao longo do tempo. Em cinco anos, o Fundo vai valer 10, 15 milhões de reais. Isso não vai fazer falta a ninguém.

Eric: não importa, você manipulou o Conselho, você não teve autorização dos alunos! Isso vai pegar muito mal, nós vamos perder o XI!

Dorcas: você fez isso em segredo, contra sua própria diretoria, Tarso, isso é maior sacanagem que eu já vi alguém fazer com seu grupo, seus amigos!

Tábata: Carlos, eu não consigo entender como você autorizou uma coisa dessas!

Carlos não responde, o que Tábata e os outros tomam como culpa, ou arrependimento. Eu, contudo, vejo outra coisa: Carlos não perderia uma oportunidade para defender Tarso. Se ele está calado é porque ele não sabia que Tarso fez a manobra sem o aval do grupo. Penso que ele assinou alguma coisa que Tarso pediu sem duvidar de suas intenções. Um erro fatal, não duvidar de um mentiroso, mesmo que por um instante.

Dante: isso é CORRUPÇÃO! CORRUPÇÃO! Você é um LADRÃO!

João, de pé, exasperado, em ebulição, explodindo. Ele aponta para Tarso e consegue soltar uma frase: você vai sofrer impeachment! Bem feito!

Oito anos depois

Em uma noite escura, sem vento e sem graça, de 20 a 25 corpos ocupam a chamada Tribuna Livre do Largo de São Francisco, um palanque de concreto, de aparência e função ordinária, não fosse pela localização, o pátio frente à Faculdade de Direito, permitindo que mero mortais, ou nãoalunos, ouçam os discursos e ideias produzidos pelos membros da Velha Academia, os iluminados. Eles parecem nervosos.

Ou, na verdade, afiro nervosismo ao que é verdadeiramente a excitação que nasce quando se está em um grupo com ideias uníssonas, o frenesi da concordância, da certeza.

Todos eles, contudo, portam-se bem, quase parecem humanos com seus braços paralisados à frente do torso, ternos prensados, barbas aparadas, cabelos penteados. Apenas admirá-los pela minha tela do YouTube faz-me acelerar o coração. Minimizo a tela, e depois a reabro, e depois diminuo o tamanho do retângulo e posto-o ao lado de outra aba mais palatável, no caso, a minha caixa de e-mails vazia e organizada e, mais importante, devidamente expurgada de todos os e-mails da época do XI. Deixo-os ali, aqueles corpos, minúsculos, e dou play.

Os juristas, tão feios quanto um cartunista os faria para ilustrar a maldade no ar, alternam-se em falas exaltadas e inesperadamente desarticuladas:

O primeiro: "Os deputados precisam escolher entre o bolso e a honra! O Partido dos Trabalhadores é uma quadrilha! Fora, Dilma! Fora, Dilma!".

Outro: "Tirar a Dilma é ouvir a voz do povo! A Lava Jato é orgulho do povo brasileiro! Seus promotores e o nosso juiz, Sérgio Moro, são os cidadãos mais honrados do Brasil! A eles está prometido os portões abertos do Reino do Céu!"

Outro: "Eu escrevi poemas para o Lula! Mas ele me traiu, nos traiu a todos!".

Um cântico geral: "Lula cachaceiro, devolve o meu dinheiro!".

E assim por diante. Centenas de pessoas os observam, a maioria alunos e o restante membros da imprensa. Alguns da plateia estão aos gritos, dando socos no ar, em êxtase. Eles vão levar ao impeachment, e depois ao golpe da prisão do Lula, e depois à eleição de Bolsonaro, e depois a toda insanidade que seguiu. Tudo já está escrito ali, no círculo da história e do tempo.

E é o que eu penso, vendo a cena, mas só brevemente, porque me forço a concentrar na procura pelo detalhe, pelo motivo de eu estar me submetendo a esse vídeo odioso. Aperto os olhos para discernir melhor, mas não aumento a tela, falta-me coragem. Corto o volume, porque meu estômago já começa a borbulhar.

Até que o vejo. Dentre os ternos, gravatas grossas e cabelos tingidos, reconheço primeiro a linha exata da barba, o cabelo raspado bem curto de Tarso. Menos gordo do que à época que o conheci, mas com as mesmas meias-luas cinza coladas aos olhos. Surpreende-me vê-lo um pouco atrás no parlatório, e não no centro da cena. De fato, ele segue dando pequenos passos para trás. E, então, ele me vê: ele olha para a câmera por dois ou três segundos, atentamente, e depois com uma pequena agonia. Aqueles olhos me falam com a mesma clareza que sempre falaram: fodeu, eles dizem. Ele segura os ombros de alguém e se move ainda mais para o fundo, até sair do enquadramento da câmera.

Mas por que ele tenta se esconder em um ato que, com certeza, ele organizou, no grande momento para aparecer na imprensa nacional, não como aluno, mas como jurista, como líder do movimento supostamente anticorrupção do Brasil? Minha curiosidade pulsa. Mantenho os olhos no que dá pra ver de Tarso, uma pequena linha que é o topo da sua cabeça escondida por outros corpos. Mesmo em recuo, é sempre bom manter os olhos em um predador. Aumento o som.

"A que deus nós queremos servir? É ao dinheiro? Nós queremos servir a uma cobra? O Brasil não é uma república da cobra! Nós não vamos deixar o PT continuar dominando a nossa mente! Nós queremos libertar o nosso País do cativeiro de almas e ideias, do ateísmo desses ladrões, dessa presidente criminosa! E não, eu não vou falar presidenta, isso é coisa de feminista radical! Mulher não precisa de tratamento especial! E muito menos uma coooooooobra!"

Uma mulher de 40 ou 50 anos joga-se pelo palco como um rockeiro de metal. Seu torso e braços rodopiam, cada um em uma direção, seus enormes cabelos castanhos plainando no ar como óvnis.

Ela segue falando sobre ofídios, mas é impossível discernir-lhe qualquer lógica, pois ela perdeu a cabeça. É dela que Tarso esconde-se, eu penso. Bem feito.

"Bem feito", eu medito, as palavras rodando silenciosamente na minha boca como pedaços de bala. Como eu gosto do português. O "bem" pode se agregar a palavras com hífen para formar uma unidade semântica, adjetivo ou substantivo composto. Bem-aventurado. Bem-criado. Bem-humorado. Bem-educado. Bem-nascido. Bem-sucedido. Bem-vindo. Bem-visto. Ou então, bem-feito, que significa esmero, caprichado, bem-acabado, bem-apresentado, primoroso, bem-proporcionado, elegante, harmonioso. Mas quando o *bem* é advérbio, ele não se liga ao *feito*, na verdade ele deturpa-o, vira tudo de pé para o alto, ou de cabeça para baixo, vira, vira, vira, tudo fica virado.

A cena é quente por horas, de dar medo, com ameaças, quase uma briga física. Eu fico em silêncio. Não porque eu quero, eu estou mesmo é mordendo as bochechas, a língua, os dentes até, para não falar. Mas, de imediato eu sei que qualquer objeção, por mais apaixonada, por mais correta, só é alguma parte de um plano que Tarso já previu.

Será que eu sou a única a ver suas artimanhas? Até então, eu achava que ocorria a cada um de nós o pensamento de que conhecíamos Tarso com mais intimidade que os outros, que agíamos juntos às manipulações dele e, por isso, não éramos suscetíveis a elas. Mas ali parece que só eu mantenho a cabeça fria para pensar, ainda que eu esteja ansiosa e incerta. Meu cálculo é agir ao contrário dos meus impulsos. Então eu defendo-o.

Duzentos mil reais não é nada perto do que o Fundo vai ter em alguns anos. Se tecnicamente o resgate para a reforma não for ilegal, se existe uma defesa jurídica, a maioria dos alunos vai acabar concordando com o que foi feito. Ainda mais porque eles vão chegar das férias para uma reforma concluída, bem-feita, que eles vão gostar. Uma fratura no grupo agora seria fatal ao partido, talvez para sempre. E qual é a alternativa ao Conclave na Faculdade? Ninguém, eles venceriam de lavada, e aí? Alguém aqui quer ver uma gestão do Conclave? Se vocês querem odiar o Tarso, tudo bem. Mas a gestão dele está mais perto do fim do que do início. Nós não podemos quebrar esse partido para sempre, não podemos destruir para nós, os calouros, que ainda querem trabalhar pelo que o Salve Arcadas representa.

Minha fala é como esguicho forte jogado na briga de dois cachorros. Não resolve, mas esfria. Quebramos o círculo, cada um vai para um canto, o golden fica agoniado por não saber a quem seguir. Vem comigo, eu finalmente lhe digo.

Por horas, Dante e João se recusam a falar com Tarso. Conversamos entre nós, a noite caindo e o céu estrelado oferecendo pelo menos algo novo em que focar.

Exausta, deito-me no sofá da sala, o gordo e florido que minha mãe vive estofando e trocando o acabamento, mas que para mim parece sempre igual. Tento lembrar quais eram as cores das flores da última vez que o vi, rosa, roxo e vinho, eu acho, com fundo bege. Hoje as flores são azuis, verdes e amarelas e, por algum motivo, entristecem-me, parecem menos naturais do que as anteriores. Começo a listar o que mais é artificial ao meu redor: os enfeites em miniatura de plástico e vidro, a mesa de canto moderna, de ferro pintado, destoante; e, o mais gritante, uma samambaia de plástico gigante para "guiar os olhos para cima", disse-me minha mãe. Sinto-me em um cemitério, em um altar para tudo o que nós, homens, matamos para trazer para dentro, na tentativa de montar algum abrigo. Como se houvesse abrigo, dentro ou fora, aqui ou em qualquer lugar. Não há.

O assunto que nos traz todos à mesa é a sucessão. Literalmente nos traz à mesa de madeira que meus pais tão dedicadamente trouxeram de Santa Catarina. Lembro-me de que recebemos o móvel com celebração, meus irmãos e eu, batendo palmas enquanto meu pai dava ré com a caminhonete gigante que ele alugara só para fazer a jornada em busca dessa madeira morta. Acaricio a superfície escura em busca de alguma coisa que ela não poderia me dar. Será que um dia desistimos de procurar um acalento, será que nos entregamos à inevitabilidade do que é ruim, do que é mau, ou que, pelo menos, é destinado sempre a acabar? Por enquanto, eu preciso da lisura desse objeto, das memórias.

João começa. Estamos aqui para discutir a sucessão. Ninguém quer quebrar o partido no meio por causa de Tarso. Não, nós vamos sobreviver apesar de você, ele diz, apontando para Tarso, mas sem coração para olhá-lo (Apesar de vocêêê, amanhã há de seer, oooutro diaaa, começa a soar na minha cabeça).

Dorcas: Olha, eu acho que o que o Tarso fez foi errado. Se você tivesse... trazido a ideia ao grupo, nós teríamos te apoiado eventualmente. (Uma mentira. Tarso teria feito esse cálculo. Ele não trouxe porque nunca teria apoio). Mas, olha, está feito. E foi por um bem, certo? Pagar a reforma sem tirar do nosso montante anual nos deixa bem, financeiramente falando. Certo? E quem montou o fundo foi o Salve, foi a gestão do Clemente. É nosso para... Eu não quero dizer que podemos gastar todo o dinheiro, mas que nós temos alguma autoridade para...

Ela não termina.

Tarso: Eu deveria ter discutido com vocês. Não foi uma maquinação de longo prazo. Tudo aconteceu em um espaço de dois, três dias. Um escritório ofereceu o trabalho pro bono para cuidar do Fundo, um escritório de antigos alunos, ex-presidentes do XI. Eu falei com quem estava disponível ao meu redor, Carlos, Uri, e eu liguei para você, Dorcas, que não atendeu, e também para Zula. Eu tive apoio de metade dos diretores: Rafael, Abreu, Carlos e Jonas. Comigo, são 5 votos. E Clemente, claro, me apoiou, me aconselhou.

João: Você falou com todos os que lambem seu cu. E com ninguém que ousaria te questionar. Sinto muito, mas é a verdade, todo mundo aqui vê, certo?

João faz o melhor para dominar a discussão, mas vejo que ele está surpreso com a notícia do apoio dos meninos e de Clemente. Eu estou mais incomodada com a menção à Uri. Quem é você?, penso novamente.

Abreu, um menino loiro de família de juristas famosos, é

uma figura enigmática para mim. Ele é oficialmente da diretoria de Tarso, mas raramente participa das reuniões do grupo. De fato, mal o conheço, não fosse pelas centenas de e-mails que ele manda ao grupo, com conselhos exaltados que ninguém responde. Rafael e Jonas são similares, caricaturalmente em suas abordagens à política, e imagino-os, a todos, como líderes antigos do partido que não cabem mais na versão atual e, muito menos na do futuro, uma que me inclui, talvez no centro.

A ideia de que Tarso contaria com a opinião deles para tomar essa decisão é realmente absurda. Mas o que eu posso fazer? A não ser que eu tenha um plano concreto, o ideal é ficar quieta. Mas por algum motivo minha boca começa a falar, e assisto-me como se dissociada do presente, de mim mesma: Alguém quer me explicar quem é a porra do Uri? Tarso fica surpreso. E bravo. Uri é como qualquer outro calouro, ele me diz. Quer fazer parte do Salve e eu acho que ele é talentoso, alguém que vai contribuir muito no futuro.

E ele, você, eu digo, olhando para Uri, que se senta à minha frente completamente calmo, até sorrindo. Você resolveu entrar no Salve durante as férias? Foi um dia visitar o porão... no meio da reforma?

Uri, com uma expressão pacífica colada na sua face lisa, responde: meu pai é sócio-fundador do escritório que ofereceu... os serviços ao Fundo do XI.

Uau, que caridosa a sua família.

Dante segura-me a mão embaixo da mesa. Chega, ele quer dizer. E aos outros: vamos seguir com a discussão da sucessão, ok? Geralmente nos reunimos no meio do ano para apontar um líder, antes das primárias oficiais, só para termos alguém trabalhando perto do presidente atual para ir aprendendo. Onde está a cabeça de todo mundo nisso?

Alguns nomes são falados, os dois principais são Eric e Dante. Mas Eric não é uma sugestão séria. Ele não tem a *gravitas*. Ele é um operário e não um líder.

Tarso fala em defesa de Dante, com articulação e aparente sinceridade, e me ocorre que esse sempre foi seu plano, confessado a mim, Dante primeiro, e eu depois. Você é conectado aos calouros, ele diz, que são o futuro do grupo, você conhece e defende nossa ideologia melhor que ninguém e eu te apontei tesoureiro para que você conhecesse as finanças e as questões jurídicas do XI. É o melhor treinamento. E se muitos de vocês discordam do que eu fiz com a reforma, Dante certamente seria a renovação que vocês desejam. E, fora do partido, ninguém vai achar que Dante é meu pau-mandado. Ele tem autoridade por si só.

Dante é modesto e honesto como só ele consegue ser. Ele agradece aos elogios, mas tenta deixar a discussão em aberto. Ele reafirma que a votação da chapa será feita em alguns meses. Ele elogia Eric, e também Carlos e Tábata, como líderes no grupo que seriam ótimas opções.

A mim, na cozinha enquanto lavamos louça juntos, Dante finalmente admite prazer em ser reconhecido como o principal candidato. Vejo pelo canto dos meus olhos os seus dentes redondos expostos, seus antebraços molhados de sabão. Como explicar quantas coisas podem existir entre duas pessoas enquanto trabalham juntas na mesma tarefa? Ele dobra as mangas da minha camisa branca, para que eu não as molhe com água, e eu poderia chorar.

Mas ele também me confessa que tem um grande empecilho: ele não tem dinheiro para se dedicar 24 horas ao XI, ele precisa estagiar. E mora muito longe. Ele teria que morar no centro, mas como ele poderia pagar aluguel sem um salário?

João e Carlos nos interrompem. Eles vão embora. São duas da manhã, eles deveriam ficar, mas não há como convencê-los. Outros que somem são Dorcas e Tarso. Embrulha-me o estômago pensar em Dorcas com Tarso de novo, sinto que quero protegê-la, mas também sinto que eu preciso de um tempo a sós com ele, sinto-me muito distante.

Eu estou ensaiando uma resposta superior a que João e os outros tiveram, alguma coisa na linha de que eu confio na decisão dele, mesmo sem ele ter me incluído. Obviamente não é a verdade, eu estou enciumada e abalada, mas ainda quero agradá-lo. Quando finalmente retornam, Dorcas me conta que eles transaram no terreno baldio vizinho, que eles não tinham camisinha, então foi sexo anal. Eu não consigo olhar para nenhum deles pelo resto da noite.

Em algum momento, Uri abraça-me por trás, antes que eu saiba quem é. Ele diz, não me odeie, mulher! Eu sou só um pobre judeu rico haha que o pai teve que comprar um espaço no grupo! E também, você é a líder dos calouros, a futura presidente, o Tarso só fala nisso. E pergunta-me da minha casa, dos meus irmãos, elogia meu primo que é do PT e diz que a minha estante de livros tem o triplo do tamanho da dele. Uma hora, quando vemos Dante e Tábata conversando, Uri me pergunta da relação deles. Eu conto que não ficam mais, ele diz, ah, bom, ele é bonitão e ela parece uma lombriga, né, haha. Eu relaxo, não só pelos elogios a mim e os insultos à Tábata, mas porque estou bêbada e aliviada por falar com alguém fora do grupo tradicional. Então ele diz, os botões da sua blusa estão fazendo um baita esforço para segurarem tudo isso aí, né, e seus punhos fecham-se imitando dois seios. Corpão e cérebro, que mulher, ele conclui. E ri, e ri, e eu também rio, porque acho que é a resposta agradável. Mas sinto minha coluna toda endurecer.

Enquanto um sol pálido começa as suas funções, eu finalmente entro embaixo do cobertor. Ao meu lado, na minha cama de solteiro de infância, está Dorcas roncando, seus longos cabelos invadindo o meu travesseiro. Dante dorme em um colchão ao lado do pé da cama, Abreu em outro angulado logo ao lado. Eu sei que não vou dormir, não há chance, mas preciso de um descanso. Olho para a janela de madeira enorme que divide meu quarto com o quintal, e pequenos raios de sol começam a penetrar as frestas horizontais. Penso em Gigio pulando essa janela, em outros amantes também, e no cachorro marrom que conseguia sozinho abri-la com as patas e tomar meu quarto para si. Por um breve instante, a insipidez da luz colore tudo o que eu vejo com um cinza-claro, como em um filme sem cor. Hoje eu ficaria tranquila com essa cena, fico agora só de pensar nela, mas lá eu era dominada por uma sensação de mil ferrões furando-me a pele. Ansiosa, levanto-me, desistindo até do pequeno descanso, e resolvo ir limpar a casa.

Enquanto recolho latas e cabelos e cinzas de cigarro, ouço duas vozes sussurrando e depois sons de beijos líquidos. Pela janela da lavanderia, vejo a garagem e, atrás do fusca vermelho que meu pai me deu, Tábata e Uri abraçados.

DOUTOR

Quando voltamos do Congresso, eu vou direto para o apartamento de Dorcas, onde vou passar alguns dias até que a república seja esvaziada dos familiares visitantes. Ela mora em um loft contemporâneo e bonito que seu pai paga, no lado nobre da Avenida Brigadeiro, com sofás brancos enormes, carpete macio e uma geladeira de duas portas que a mim, mais do que qualquer outro objeto, parece um símbolo da riqueza que minha família classe média não alcançou. O apartamento pareceria um hotel de luxo, não fosse a decoração maximalista e de certa maneira exuberante que o descaso e desorganização de Dorcas impõem, suas roupas cobrindo todas as superfícies, calcinhas e sutiãs em meio a papéis misteriosos e taças de vinho, tudo maravilhosamente feminino e despreocupado, emanando cheiros de perfume e de shampoos caros, mil fios de cabelo que lhe descolaram do couro voando pelo apartamento como apanhadores de sonhos.

Estou um pouco envergonhada de passar tantos dias a sós com ela. Eu acho difícil pensar quando estou em companhia prolongada, e já sei que, no fim, eu estarei absolutamente irritada com ela e ao mesmo tempo terei me transformado em um amálgama da sua personalidade. E então fico contente quando Tábata convida-se para ficar conosco. Ela sempre aproveita a oportunidade para ficar longe da sua família, e acho também que ela tem um pouco de ciúmes da minha proximidade com Dorcas. Antes de mim, ela e Dorcas eram inseparáveis. Mas eu gosto quando estamos em trio, a intensidade entre elas tende a consumi-las, o que me proporciona certa paz e entretenimento.

Tábata nos conta, em êxtase, que ficou com Uri. Eu já havia confiado a Dorcas o que vi e ela, como eu, revoltou-se com a ideia. Ele é muito novo, ela disse então, tem cara de burro. Mas fico com a impressão de que ela tem alguma outra objeção que não me conta.

Bebemos deitadas na cama admirando Dorcas, que está sentada frente a um espelho enorme arrumando-se com cuidado por horas. Tábata, ela diz, olhando-a pelo reflexo, eu não quero te preocupar, mas eu vi o Uri tirando fotos das bundas das meninas em uma festa, no começo do ano. Eu perguntei o que ele estava fazendo e ele me mostrou orgulhoso o que tinha capturado, rindo como se fosse uma grande piada. Disse que ninguém ia saber de quem era a bunda, que as meninas eram suas amigas, que era uma brincadeira. Mas eu achei escroto.

Ele gosta de flertar, responde Tábata rolando os olhos. Ele estava flertando com a bunda das meninas?, eu pergunto. Talvez tenha sido uma brincadeira com elas, vocês não sabem, não é o fim do mundo. Vocês o odeiam porque ele apoiou o negócio do Fundo. Dorcas diz que não é um pecado capital o que ele fez, mas que é estranho como ele já falou de sexo com ela no Congresso, quando mal a conhecia. Ela vai falando isso enquanto se levanta para o banheiro, sacudindo a cabeça e suspirando, deixando o rastro da sua indignação pairando pelo quarto.

Eu falo que Tábata está escolhendo acreditar em um homem que mal conhece ao invés de ouvir a intuição de suas amigas. Ela rebate dizendo que eu também não parecia feliz quando ela estava com o Dante. Eu nego veementemente e, de repente, estamos aos gritos. Antes que a briga continue, Dorcas aparece à porta do banheiro, muda.

Que exagero a sua cara, tudo isso porque eu beijei um menino? Fala Tábata.

Estou grávida, diz Dorcas, um palito branco nas suas mãos.

———

Tarso chega em algumas horas e eu e Tábata nos fechamos na varanda enquanto eles brigam. Conseguimos ouvir alguns gritos abafados, principalmente de Dorcas. Será que fizemos certo deixando ela com ele, eu questiono, e Tábata acalma-me dizendo que nós estamos perto, não vamos deixar nada de ruim acontecer. É difícil saber o que fazer. O ar parece estático e denso, particularmente inóspito à respiração.

Eles passam 3 ou 4 horas a sós. Eu e Tábata somos liberadas da varanda somente porque toca a campainha. Vou atender a porta e, para minha surpresa, a figura de Carlos materializa-se, com uma expressão séria mas também impossível de ler a fundo. Primeira vez que me ocorre isso, que eu nunca soube exatamente o que Carlos pensava. Ele sempre aceitou as minhas iniciativas, do mesmo jeito que sempre aceitou todas as vontades de Tarso. Mas o que ele anseia, o que ele deseja, em que ele acredita? Acho que eu nunca soube.

Entramos em uma discussão bizarra, um comitê de "como resolver a questão da gravidez". Tarso parece tentar nos desmantelar, diz querer que ele e Dorcas fiquem a sós, mas ao mesmo tempo foi ele quem chamou Carlos, foi ele que nos pediu para esperar na varanda. Ele diz que a decisão deve ser de Dorcas, é o corpo dela, a vida dela, que ele vai assumir e fazer o que tiver que ser feito. E cai em prantos. Isso vai arruinar a minha vida, ele diz em pânico. E, também, nós não estamos prontos para isso, palavras fugindo-lhe em meio a soluços profundos. Ele abraça-se à Dorcas, enrola-se nela sem soltá-la por um longo tempo. Nunca os vi se tocarem antes.

A manhã sobe, e depois a tarde cai, mas nada nos importa, o loft é agora uma zona atemporal, inerte, fora do mundo natural. Eu sinto-me em um vórtice, um buraco negro, e quero mesmo é ir embora. Às vezes eu sou tomada por uma piedade enorme, acredito no sofrimento que um bebê causaria aos dois, e outras vezes me dá ânsia do teatro que protagonizamos. De repente tudo o que faço, cada movimento das mãos, do torso, tudo o que eu falo, tudo parece forçado, como se eu estivesse consciente de mim a um nível desproporcional, desequilibrado.

Não tenho a menor ideia de qual é a minha opinião sobre aborto. Mas anseio que Dorcas também não sabe a dela. Em um momento breve, em que nos encontramos a sós, consigo aconselhá-la a ficar sozinha, para que possa pensar. Mas Tarso e os outros a envolvem novamente, a banham com atenção, carinho, preocupação e, novamente, parece que esse problema é comunal, que vamos resolvê-lo juntos. Talvez isso a acalente, talvez ninguém queira ficar sozinha com uma informação dessas. Mas me aterroriza ver-nos juntos agora. Penso nas vezes que juntos também fizemos o mal. Penso que eu não confio no que criamos em grupo. Penso que eu não sei julgar a moralidade do que fazemos agora. Contudo, eu não dou voz a nenhuma dessas ideias. Não falo nada em favor de Dorcas e nada contra Tarso. Não falo nada do que penso sobre a situação, não falo nada útil. Estou paralisada de medo.

Tábata liga para uma amiga franciscana, consegue o número e endereço de um médico disposto. Mas a conhecida avisa, custa 4 mil reais.

Nenhum de nós tem essa quantia disponível, nem perto. Há um momento de pânico quando Dorcas vê nessa encruzilhada um presságio contra a decisão. E, então, Tarso faz a pior coisa que eu já vi ele fazer. Ele nem sai do apartamento, talvez por medo de deixar Dorcas sozinha longe da sua influência. Ele dirige-se à cozinha, e de lá ouvimos a sua voz no telefone com sua namorada. Ele é breve, gentil, convincente. Mente-lhe outra necessidade urgente, e ela concorda em produzir a quantia.

Dorcas chora até rir, descontrolada, sua namorada vai pagar meu aborto! Hahaha! E chora mais, ninando-se para frente e para trás. Tarso a abraça, beija-a e lhe segura o rosto com mais amor do que eu já vi ele emitir por qualquer pessoa, e eu já o vi com sua mãe, seu irmão. Ele lhe esquenta a comida, enche o copo de água, de vinho, o que importa, pode beber, linda. Ela senta-se em seu colo, em alguns momentos conversa conosco como se fosse uma noite qualquer e os dois fossem namorados apaixonados.

Passamos mais uma noite juntos. Eu, Carlos e Tábata dormimos no chão da sala, e Tarso e Dorcas juntos em sua grande cama de casal. De manhã, Carlos vai ao banco com o cartão de Tarso sacar o dinheiro.

Realmente vamos a um consultório médico, o que nos surpreende. Imaginávamos que seria algum apartamento, talvez até um beco. Mas assim que entregamos o pagamento, que eu levo na minha mochila, Dorcas é conduzida ao fundo, a uma pequena casa no fundo do quintal do consultório. É a última coisa que vejo, ela entrando sozinha naquela casinha. Penso que parece o puxadinho onde minha mãe fazia depilação. Passam-se quase duas horas até ela retornar, sua pele cor de papel molhado, seus cabelos desordenados de suor, seus olhos embaçados. Ela perdeu muito sangue, nos conta, doeu muito. Mas o procedimento foi bem-sucedido.

Ela sangra por cinco semanas depois da curetagem. Após três dias seguidos de febre, ocorre-me que ela possa ter uma infecção. Eu e Tábata a acompanhamos a um pronto socorro público de madrugada. Tarso responde-nos mensagens de texto checando se está tudo bem, mas não dá as caras, nem lá e também nunca mais no loft, ou no carro de Dorcas. Nas reuniões do XI, ele mal a olha nos olhos. Não imediatamente, é claro, ele esfriou-se com ela gradualmente. O sangramento dela durou mais que a afeição dele, certamente.

A reforma do porão é concluída e bem-recebida, ainda que me cause enorme estranhamento existir naquele novo porão, mais moderno, limpo, funcional, estéril, sóbrio.

Depois disso, Carlos desaparece por meses. Para mim, seu desaparecimento dura anos, pois quando eu finalmente ouço que ele voltou à faculdade, eu mesma já tinha há tempos abandonado o curso e o País. Os rumores são que ele teve uma briga feia com Tarso e que enviou um ofício com a sua renúncia da gestão. Mas nunca somos notificados oficialmente, e suponho que Tarso tenha rasgado qualquer notificação de renúncia para proteger a imagem da sua diretoria. Quando lhe pergunto, Tarso age como se lhe causasse muita dor a ausência de Carlos, diz que ele abandonou o grupo, o trabalho, o melhor amigo. Eu não acredito em nenhuma palavra.

Passados três meses dessa ausência de Carlos, Dorcas convence-me a ir com ela à casa dele. Morena também nos acompanha. Dirigimos por quase uma hora, ainda que ele more em São Paulo. Notável como é fácil esquecer que existe cidade e vida além das regiões do centro e da Avenida Paulista. Carlos mora em um bairro periférico, pobre mas que acho agradável, em uma pequena casa azul-piscina com portão de ferro coroado com fragmentos de garrafas de vidro, como pequenas pedras preciosas.

Sua mãe nos comunica que ele não quer nos receber. Após muita discussão e vai e vem por parte dela, ele aceita falar com Dorcas. Eu e Morena continuamos no carro, que rapidamente vira um forno, cozinhando-nos vivas. Quero abrir a janela, mas Morena está com medo de sermos assaltadas. Ficamos lá, pingando de suor, de aflição.

Dorcas sai com a cara avermelhada. Demoro a lhe perguntar o que eles falaram, tento deixá-la pensar, respirar.

Quando fala, ela conta que ele está com uma depressão profunda, que não sai do quarto há meses. Não de casa, ela repete, do quarto, ele não sai do quarto. E que ele lhe pediu desculpas, em prantos. Não foi nada sua culpa, ela lhe disse, mas ele afirmou que devia tê-la protegido de Tarso, que sempre soube quem ele era.

Quase quatro anos se passam dessa visita, realmente quatro anos, apenas alguns dias a mais ou a menos. A convite de Zilá, que exige a minha presença na mesa da sua família, eu retorno ao Largo para a formatura da turma 181, a minha antiga turma. Dorcas oferece seu apartamento para eu me hospedar e vou acompanhada dela e de meu noivo, Guga, um matemático jovial e brilhante que eu conheci apenas algumas semanas depois que abandonei o curso de Direito. Eu estou aflita de voltar àquela cena, mas Cora e Zilá insistem, e também Jorginho, Dante e alguns outros poucos que resistiram e mantiveram amizade comigo depois de tudo o que aconteceu.

Eu ainda não estava em paz, àquela época, e certamente não conseguiria escrever esta história. Eu mal conseguia falar sobre o que havia acontecido e, ao meu noivo, eu havia contado apenas que o Direito não era interessante o suficiente, que eu havia sentido um chamado às artes, talvez ao cinema ou à museologia, o que ele tomou como atraente, como prova da minha inteligência. Mas é difícil esconder a minha agonia naquela noite. Por mais que eu não suporte a ideia de falar com nenhum deles, que eu os odeie e os tema, que eu os queira matar, ao mesmo tempo, eu preciso de alguma interação. E é por isso que eu procuro por Tarso e o cumprimento, para horror de Dorcas. Ele me beija o rosto brevemente e sai sem falar nada, como se eu não agitasse nele nenhuma reação, como se eu não fosse ninguém.

Ao longo da noite, contudo, vejo Carlos, Tarso e Morena juntos, conversando. É chocante ver Carlos e Tarso lado a lado, mas eles agem como se fossem amigos novamente o que, pelo menos da minha perspectiva de tempo, parece impossível e errado. Vejo Morena separar-se de seu pequeno círculo de conspiração e seguir em direção ao meu noivo, que conversa com alguém. Ela dança ao seu redor sedutoramente, provocando-o com exagero e propósito. Ele nem lhe nota. Vejo Carlos e Tarso gargalhando, e também uma menina nova, com cara de caloura, que nunca nem me conheceu, mas a quem eu sou alguma inimiga, algum ser mitológico da história do partido e alguém que ela odeia com sinceridade, eu certamente sei.

PERUADA

Estou travada em uma cena. O Tarso fez um discurso para a polícia antes da Peruada, você lembra? A gente tinha que fazer os policiais entenderem que teria beijo gay, que eles tinham que pegar leve com as drogas... Fiquei pensando nele, um rapaz, dando ordem para uma dezena de policiais... Ele falou tão bem. E depois se virou pra mim, acho que... ele piscou pra mim. Me prometendo: nós exercemos poder. Me prometendo: isso vai ser seu no futuro. Você lembra?
Eu não consigo mais falar sobre isso. Estou tendo pesadelos.
Não precisa falar.
Toda vez que você me pergunta, eu lembro uma coisa nova. Meu médico acha que a minha depressão vai...
Tudo bem, não precisa falar. Dór... Desculpa.
Eu fumei tanta maconha ontem... E fiquei pensando que...
Não, não me conte. Não vamos falar nada.

Na sexta-feira da terceira semana de outubro acontece a Peruada. A festa, descrita pelos franciscanos, com pouca mentira, é "a maior manifestação política, etílica, circense e carnavalesca da cidade". Talvez seja a única tradição da Velha Faculdade que ecoe com alguma força para fora das arcadas, ainda que devido ao seu design, afinal nós rodamos o centro de São Paulo em massa e ensandecidos. A Peruada troca as pompas pelo desbunde e, pelo menos nisso, ainda somos proficientes.

Quem narra a história da Peruada, que já foi recitada mil vezes, mas sem muita honestidade, sempre inclui os mesmos dois anos: 1948, quando estudantes furtaram nove perus que um professor malquisto criava e expunha com orgulho no Parque da Água Branca, incitando um debate local sobre as fronteiras entre "Estudantada e Vandalismo" que, no fim, não atinge filosofias além de alguns moralismos ditos sem muito coração, pelos dois lados; de qualquer maneira, dá-se início à peruada. E 1983, quando, após dez anos de proibição sufocante da ordem militar, finalmente os estudantes gozam uma peruada "clamando por democracia", até porque, como havia de ser, era o clamor mais fashion da época.

Não que eu seja cínica. Sou favorável, quase evangélica, ao vexame pessoal que nós chamamos de político. Mas o revés de participar da organização da peruada, logo no ano de calouro, é que se entende que a transgressão, a infração e a crítica, nas quais os estudantes creem piamente como ápices da sua juventude e agência política e, para muitos, como suas únicas incursões na ousadia, na verdade são todas aprovadas, avalizadas e controladas pelo poder público. Vide o discurso de Tarso aos policiais, comandando-os até contra prisões pelo consumo de drogas, e que eles acataram. A Peruada é institucionalizada. E nem só a versão moderna. A famosa edição de 1983 gerou este artigo no jornal:

"O comércio da Barão de Itapetininga fechou as portas por volta das 13 horas, diante dos boatos de que haveria quebra-quebra. Mas não houve incidentes: os estudantes - junto com desempregados e "boys"que engrossavam a passeata

- paravam, pediam Assembleia Constituinte e cantavam o Hino Nacional. Em seguida, continuava o carnaval. Alguns mais afoitos pediam até a liberação da maconha". Crítica subversiva com Hino Nacional. Um tédio. Ou pior. Agora a Peruada é "parte da tradição cultural da cidade", o que soa benéfico, não fosse a enorme dimensão profana que não escapará a conhecidos: porque é o mesmo que dizer que a Peruada está separada da vida social, que é algo museológico, ou seja, um objeto no qual cabe uma atitude estética de observação, de admiração. Leitor, quando alguém denominar algum produto de seu ofício político como cultura, sinta-se ofendido e quebre-lhe a fuça.

Alguns alunos iriam me corrigir com a Lei de Godwin franciscana, que é sempre proferir nosso moto, Ridendo Castigat Mores, o riso corrige os costumes, em qualquer argumento. Mas o que eles querem dizer é que eles querem rir sem ninguém que os corrija os costumes. E quem não quer?

Assim, o que a Peruada ainda proporciona com êxito é a libertação pessoal. Sim, estamos sob cuidados do Estado, qualquer acidente e seremos carregados ao hospital, se por acaso seu isqueiro quebrar bem quando um baseado gordo te chamar, pode até pedir pros homens acenderem. Mas, ainda assim. Perder a cabeça no centro de uma metrópole é um prazer incomparável.

E também o é vestir-se de drag, ou ir nu, ou ser sexy, ou ser brega, amar e odiar e transar em público. Soltar a lascívia acumulada. Tudo o que é kitsch e exagerado é exuberante e delicioso na sopa da Peruada. Manifestar desejos é uma *exigência*; o que é estranho é ser puritano, monogâmico, comportado. Eu divido com Dante uma pílula de ecstasy logo no metrô a caminho da festa, às 6 da manhã. Depois bebemos a aguardente com maguari que nós preparamos na noite anterior, no porão, enchendo incontáveis garrafas de plástico que, quando terminadas, serão jogadas ao chão, sob a torcida para que alguém tropique, ou que o plástico acople-se a algum animal e sufoque-o, ou que o lixo transborde de tudo.

Mas me adianto.

Durante o início do mês de outubro, eu e Juli trabalhamos em um projeto juntas pela primeira vez, e de minha criação: a *Peru Parade*, uma série de onze estátuas de perus, cada uma com uma crítica política simples. Fazemos o Peru Ladrão, com notas de dólar no lugar das plumas, por exemplo. Não revolucionamos a história da arte com nossas criações, eu sei, mas sabemos que as esculturas pulariam nas mentes de alguns alunos na hora de votar.

Juli, que é talentosa em quase todo ofício artístico, desenha os perus à mão livre e ajuda-me com os temas. Eu faço a produção: acho um carnavalesco da Mancha Verde que topa executar em poucos dias e com pagamento curto e assim parimos onze perus gigantes que ocupam as arcadas na semana da Peruada. Alguns nos criticam o custo, 10 mil reais, mas a maioria tira suas fotos e sente o espírito carnavalesco começar a borbulhar.

Na quarta-feira, fazemos o Grito do Peru, uma tradição onde a diretoria do XI, uma banda de carnaval e o nosso líder, a "Alteza Imperial", um funcionário respeitado da Faculdade que todo ano vai vestido de drag queen ou até mesmo nu, em épocas melhores, invadem as salas de aula para anunciar a iminência da Peruada. A maioria dos professores já conhece a tradição e prepara pequenos teatros de surpresa com a invasão, mas um deles, o mesmo Macci que quase me matou de tédio já duas vezes, tende a lutar contra ela: seu imenso amor ao Largo exige *seriedade*. Ele tenta barricar a sala de aula, trancar as portas com correntes, mas as suas resistências são sempre superadas. Um ano, barricado no Salão Nobre para uma defesa de tese, com uma frota de seguranças, ainda assim nossa Alteza Imperial superou suas barreiras bravamente, rodopiando em fuga dos brutamontes que guardavam a entrada e soltando um peru vivo no Salão, que acabou cagando no centro da mesa da banca de notáveis.

Na quinta-feira, finalmente me dou conta de que eu mesma não tenho fantasia para usar na festa. Para caçar ideias, eu, Morena, Tomé e Jorginho corremos para a Galeria do Rock, o shopping mais eclético e deliciosamente nonsense de São Paulo, onde se encontram desde vinis propositalmente quebrados a bugigangas da cultura colecionista nerd. No fim, nada nos ocorre, então vamos só de roupa bem curta e corpos pintados, o que basta.

A experiência carnavalesca é, a quem a conhece, transcendental, uma excursão ao divino. Não existe linearidade de tempo, ou de eventos, ou regras de conduta ou muito menos leis naturais. Sim, as drogas e a bebida são os barqueiros condutores, os Carontes, mas as águas e o destino são os limites do seu corpo sendo apagados como borracha a lápis. Se a consciência é a experiência subjetiva de como ser alguém, a Peruada é a experiência subjetiva de como é ser coletivo. Nunca senti irmandade mais inflamada do que quando dancei de braço dado com meus colegas franciscanos, sovacos de outros nos meus ombros, umbigos na minha boca, línguas em todos os lugares, e como me movimentei, em passeata elétrica com eles pela cidade: São Paulo, dilapidada e cafona, vibrante e fracassada, como se abrisse-se para nós, alargasse as suas ruas, movesse suas centenas de postes de luz e expulsasse os outros ocupantes que não quisessem ser da nossa massa.

Atravessar o Viaduto do Chá como em uma crista de onda gigante, aterrissar na Praça João Mendes e ter certeza de que o Tribunal de Justiça do Estado quer ser invadido, adentrá-lo pelas janelas e logo ser jogado delas, num voo espetacular, perfeito, até a queda nos braços dos franciscanos que jamais o deixariam cair. Ou talvez mesmo a queda no asfalto, os ossos quebrados. Tudo é bom durante a Peruada.

E chegar ao Largo, escalar as estátuas, beijar Álvares de Azevedo, de língua, e rodopiar e rodopiar até que se acorde em algum lugar, com algumas pessoas, o corpo todo rasgado e o sonho todo acabado. Até o ano que vem.

Um pequeno acontecimento no meio do devaneio: Tábata e Uri envolvidos em alguma briga, alta, escandalosa. Uri busca dois seguranças e parece tentar expulsá-la da festa, o que é absurdo, grotesco, não deve ser verdade, eu mal sei o que vejo. Ou eu sei, mas não quero saber.

Eleição

Até nós, os políticos, descansamos no fim de semana subsequente à insanidade. A Peruada é, para quem faz política, a última chance de ser feliz. Depois vem a eleição interna, e a externa, uma mais cruel e devastadora que a outra. Por muitos anos os partidos políticos que concorriam ao XI faziam primárias, como as americanas, para a eleição da chapa. Nós nos livramos dessa tradição normativa quando percebemos que as brigas internas fazem diminuir a participação eleitoral do aluno médio, comum. Idealistas, os nossos franciscanos, e frágeis.

O Salve, depois do golpe de Tarso, também se ajustou ao inevitável: que o momento do voto é simbólico, os acordos são lacrados às escuras, e ninguém confia mais na eleição interna. De fato, agora todos acham-se capaz de dar um golpe, de angariar promessas e, não fosse pela destreza de Tarso, acho que teríamos tido uma votação nula, ninguém votando na mesma pessoa, de tão divididos que estávamos só em imaginar uma era pós-Tarso. Mas ele, de alguma maneira, convence a todos de que ele está no *nosso* time, de quem quer que seja, de que apoia o *seu* plano pessoal e, assim, ele consegue controlar o resultado final.

O maior golpe que é evitado por essa infiltração é a candidatura de Eric, que consegue apoio da ala da Velha Guarda liderada por João. Tarso promete concordância, mas lhe é insuportável ceder qualquer domínio a João, e, então, ele trabalha incansavelmente contra Eric. Não que este perceba.

Mas Dante hesita. Eu participo de duas ou três reuniões com ele e Tarso. Para Tarso, Dante é agora a única opção viável. Eles são obviamente opositores, brigam por meses seguidos, mas Tarso, acima de tudo, quer vencer. Perder, para Tarso, seria ter a sua gestão toda invalidada. É isso o que ele diz, é o *meu* legado que está na cédula sendo votado. Por todas as contas, Dante parece a melhor aposta.

Eu começo a suspeitar ainda de outro motivo: ele precisa de mais tempo para consolidar alguma artimanha que fez no Fundo do XI. Eu sei que ele é pobre, que não trabalha há anos para fazer política, e acho que o Fundo lhe dá, ou dará, alguns benefícios financeiros, legais ou ilegais. Mas da mesma maneira que eu o vejo recitar suas mentiras para controlar Eric, para controlar qualquer opositor, eu não o contesto ou o exponho.

O silêncio também acomete a Dante, que não consegue se decidir. Eu sei da ambição que ele sente em vencer a presidência do XI. Todos nós a temos. Mas a sua realidade financeira, até algumas restrições da sua criação moral e religiosa, fazem-no temer a responsabilidade em demasia.

Tarso, junto com Abreu e Clemente, propõe uma solução: eles irão montar um fundo com dinheiro do partido para sustentar Dante durante um ano de gestão. Eles acham que conseguem pagar o aluguel de um apartamento no centro e dar ainda um estipêndio mensal. Eu fico aliviada, feliz, mas por um breve momento. Pois Dante revolta-se. Não na frente deles, mas depois, para mim: Zula, da onde vem esse dinheiro? O Salve não tem recursos próprios! Ou vão roubar do XI ou vão pedir para algum partido de direita, os mesmos que vêm implorando para eles lançarem candidaturas a vereadores. Eu não posso dever nada a esses bostas.

A proposta o faz, por fim, decidir-se contra a candidatura. Ele me avisa em um dos nossos encontros no Girondino, já cheio de arrependimento e pesar, com pouca convicção.

Tarso agoniza com a recusa de Dante. Eu vou à casa dele uma noite quente e esverdeada, bem tarde, para conversarmos a sós. Cogitamos, como exercício, cada membro da 106ª Diretoria que não irá se formar nesse ano: Abreu, Jonas, Carlos, Dorcas, Tábata. Abreu é muito ligado à política do PSDB, o Conclave o iria comer vivo. Jonas é uma caricatura, cabeça quente, impalatável. Carlos abdicou. Dorcas? Ela é instável e não gosta de saber das minúcias da administração, provavelmente jamais aceitaria. Só sobra Tábata.

Parece impossível, inaceitável. Ele brinca comigo, você não quer concorrer? Mas obviamente é muito cedo para mim, por mais que a minha ambição, só com essa provocação, pulse e borbulhe. Tábata é a única opção. Vira o nosso mantra: a única opção.

O que Tarso não fala, mas, que seus olhos deixam transbordar, é o óbvio: Tábata não é dominada por ele, não lhe sente enfatuação, de fato, provavelmente nem concorda com grande parte do que ele faz. Eu diria que ela respeita a liderança de Tarso, mas porque ele é a figura que engloba tudo no partido, nas nossas vidas e lhe é impossível escapar.

Mas quando o partido for dela, a gestão for dela, quem sabe o que ela fará?

Outros empecilhos manifestam-se: será que ela aceitará? Ela é crítica, ainda que por meios inconsistentes e esporádicos, da atuação do Salve. Ela, como eu, alinha-se mais à esquerda do espectro político; e, por mais neutro que o Salve se posicione, nunca lançamos um candidato que se entendesse como de esquerda. Será que isso alienará grande parte do eleitorado do Salve, que gosta de vestir-se com os ideais pluralistas e neutros, mas na verdade são os mesmos conservadores de sempre?

Meditamos isso, eu e Tarso, naquela noite, e ele por muitas outras, o tempo inteiro, tenho certeza. Mas é a única opção. Ele faz-me uma promessa, pelo apoio à Tábata: eu vou fazer de tudo para que a próxima candidata seja você. Haja o que houver. E, meu deus, eu acredito nele, e começo a sonhar o mundo prometido que ele me descreve, cometendo, no fim, o mesmo erro de Carlos, de Dorcas, de todos nós. Não me ocorre que ele faça mil promessas a todos os outros membros também, para angariar apoio a alguém não tradicional como Tábata, para apaziguar os egos de Jonas, Abreu, até de Dorcas, porque, no fim, todos querem, sim, ser presidente. Mil promessas voam da língua de Tarso, o oxigênio matando-as como a um vírus, mas nós, cegos, baixamos todas as nossas defesas a elas.

Dante está de coração partido, mas só eu sei. Ele e Tábata combinam de nunca falar ao grupo sobre o apoio inicial de Tarso a ele ou sobre a oferta do estipêndio, já que abalaria a confiança na candidatura de Tábata. Eu odeio esse combinado, mas por Dante, calo-me. Nem à Morena eu conto o que aconteceu.

Tábata me chama para conversar e, com uma felicidade estampada, oferece-me a grande revelação de que será a candidata e que conta com meu apoio. Será mesmo que ela não sabe que eu faço parte das maquinações internas de Tarso, de Dante, ou será que ela dissimula desconhecimento, como um tipo de teste? Tendo a acreditar na primeira opção.

Mas falando com ela, só nós duas, é fácil lembrar do que eu gosto nela, na sua conversa fácil, na inteligência modesta e na nossa capacidade de idealizar planos abstratos juntas, livres de restrições práticas, pelo menos inicialmente. Se Tarso gosta de projetos chamativos, como o Centro de Idiomas e a reforma do porão, ela gosta de ideias mais conceituais que também me atraem, como a Clínica de Direitos Humanos, ou o Roda Viva no Pátio, um circuito de debates com figuras nacionais. Ela é ambiciosa, mas sem exibir, em demasia, sem a arrogância que eu tendo a demonstrar. Ela desarma melhor que eu, penso. Penso até, naquele dia, que posso aprender com ela, que posso vir a gostar de trabalhar para ela. Mas não lhe serei pupila como fui de Tarso, não lhe darei tudo o que tenho, porque ela não conquista o coração, não domina. Mas talvez eu possa lhe ser irmã. Talvez eu até já seja.

Ela me oferece a posição de Secretária de Organização na sua chapa, o mesmo cargo que ela ocupa atualmente. Diz-me isso como se fosse uma honra, olha, você pode ser como eu. Mas mesmo essa sugestão proferida assim, indiretamente, ofende-me. O cargo é pequeno, sem obrigações reais como têm os tesoureiros ou diretores-gerais. E de novo o desgosto. No fundo, sinto-me superior a ela, mesmo que não seja objetivamente verdadeiro: o apoio imenso de Tarso, mesmo que em alguma medida secreto, faz isso, dá-me uma segurança desmedida e, no fim, desequilibrante. Ela também me oferece a posição de representante do Salve no debate dos calouros. Disso eu gosto.

Ocorre-me que isso seja uma negociação, e faço o meu pedido: se eu for bem no debate dos calouros, também posso ser do grupo que falará no debate dos veteranos? Eu propositalmente forço essa formulação modesta no requerimento, "se eu for bem...". Mas ela hesita. Esse mesmo pedido teria agradado imensamente a Tarso, ele veria a minha iniciativa e coragem, mas vejo ocorrer a ela o pensamento de que eu sou arrogante e confiante demais. Ela diz que veremos como eu me saio, mas acha improvável, a tradição é que só veteranos debatam. Até nisso ela erra: Tarso teria sido um político mais habilidoso em sua resposta.

A chapa final inclui Jonas e Dorcas como diretores-gerais; Fábio, um veterano sério, mas gentil, amigo de Tábata, como secretário-geral; eu como Secretária de Organização; e, como Tesoureiras, Juli e Carol, esta última uma menina simpática e quieta, especialmente talentosa em edições gráficas, habilidade que será útil na edição do Jornal do XI e nos informes semanais que enviamos.

Um cargo novo, não oficial, é criado para neutralizar e acalmar Eric: Coordenador de Projetos. Exatamente por ser uma posição inventada, ele imagina mil responsabilidades importantes, e Tábata, eu venho a crer, não o atribui nenhuma responsabilidade real. Aproveitando-se da oportunidade, Tábata tem a boa ideia de criar também uma Coordenadoria Social, dando-a para dois calouros, Uri e Hannah. Hannah, trazida ao grupo por Uri, é uma jovem de olhos claros e dona de uma daquelas belezas que se disfarça com roupas largas e propositalmente descuidadas, exatamente para mostrar que não precisa dela. Tarso parece imediatamente cativo a ela, o que é um pouco desnorteante, ele que eu nunca vi seduzir-se por ninguém.

Todas essas decisões acontecem rapidamente e, quando um novo sol nasce, também temos um novo partido, um novo grupo. João é totalmente ostracizado, o que odeio ver. Dorcas também odeia, ela lhe é boa amiga, e começamos a sair os três para jantar, duas ou três vezes por semana. O clima dentro do partido ainda é dominado pela presença de Tarso, mas é bizarro vê-lo ser interrompido por Tábata, agora com autoridade. E ela decide por si própria, contesta, não só a Tarso, mas a todos nós. Ela não age com destreza. Parece querer mostrar poder dentro do grupo, mas, na verdade, nos deixa desconfortáveis, exaure-nos com seu controle e gerenciamento. Falta-lhe graça e amizade, e esse mesmo clima seco, sem charme, começa a ser refletido na dinâmica do grupo como um todo.

Logo somos tomados pela urgência das eleições. O debate dos calouros é o primeiro grande evento, seguido pelo debate real, o dos veteranos. Os dois têm duas sessões, a matutina e a noturna, e recebemos notícias de que a TV Cultura virá filmar o último debate dos veteranos.

A chapa do Conclave é previsível. Silas, o menino que tentou me recrutar no início do ano, lança-se presidente. Parece-me um erro, assim eles nos dão a cartada de defender uma candidata mulher por questões identitárias, o que invariavelmente atrairá alguns votos de progressistas, de feministas, de esquerdistas. Mas Silas é menos radical em aparência e no seu modo de falar do que outros membros do Conclave, o que talvez os façam apostar que ganharão votos conservadores que se recusem a aceitar alguém como Tábata, caiçara, como Tarso a descreveu há muito tempo. Eu mesma acho que o cálculo está errado, esses conservadores jamais votarão no Conclave.

Outros dois partidos se inscrevem: os Honorários, com Pedro, o antigo inimigo de Tarso, como presidente, e com uma carta programa extremamente formalista, pedante, impossível de ler; e a Escumalha, que lança à presidência um candidato chamado "Cheryl Guevara, a Revoltada". Quando contestamos o uso do pseudônimo, ou nome artístico, eles mostram-nos que o jovem legalmente alterou seu nome.

As campanhas duram cerca de duas semanas, intensamente. Existe uma corrida enorme para ocupar os espaços do prédio em que se podem colar textos e cartazes, e depois a maior parte do tempo nós passamos no Pátio, entregando cartas-programas e falando com os alunos. Até voltamos a dar as caras nas salas de aula para cooptar mais eleitores.

Todo dia eu chego às 5 horas da manhã e vou embora 11 horas da noite, às vezes de madrugada. Meu corpo todo dói, meus pés incham, minha boca parece sempre seca. Mas a atmosfera é vibrante, fazer mil coisas ao mesmo tempo, ao invés de me distrair ou confundir, coloca-me concentrada, capaz. Divirto-me como há muito, como há nunca. Ao todo, são cerca de 2.200 alunos matriculados. Tarso chama alguns de nós da chapa (excluindo Eric, por motivos óbvios, Fábio, Uri, Hannah e Carol, os membros mais novatos) para uma reunião na Salinha do XI anexa, o que sinaliza que ele precisa de privacidade. Ele posiciona todos em volta do computador e abre um documento. Lá, em ordem alfabética, estão listados todos os franciscanos matriculados, do primeiro ao quinto ano. A maioria dos nomes está marcada por cores, laranja para o Salve, vermelho para o Conclave, etc. Ao lado de cada nome, ainda, vem uma breve descrição sobre a filiação política de cada um. Por exemplo, vários estão descritos como "Petista = Conclave", o que eu poderia protestar, mas, a essa altura, já estou anestesiada. Ao Conclave são assegurados também todos os "maconheiros", "feministas", "desleixados". Nós, do Salve, ganhamos os "estagiários", os que "gostam do PSDB", os que "fazem segunda faculdade", os "velhos". Alguns outros franciscanos ganham descrições mais detalhadas, com resumos de conversas que já tiveram com algum membro do Salve, algo como "preocupou-se com o preço do ingresso da Calourada/convenci o imbecil de que a qualidade da festa foi muito melhor do que na gestão dos comunistas", etc. E também uma lista de quem ficou com quem, "Carlos já pegou, ainda baba nele, voto é nosso!"ou "Abreu comeu e não ligou de volta. FODEU". Sobre alguns alunos aparentemente ainda nos importa sua filiação religiosa, vejo muitos judeus, espíritas, até alguns que recebem a classificação de candomblecistas. Como isso afeta o voto, não fica claro, e também não me comovo a perguntar.

Tarso divide entre nós seções de alunos pelos quais seremos responsáveis. A minha lista inclui a maioria dos calouros, também meu irmão, Gigio, e algumas camadas adjacentes a eles, a quem eu poderia exercer influência. Toda conversa que travamos, com qualquer aluno, deve ser reportada à lista de Tarso. É um pouco enervante ter que emitir pareceres sobre as preferências de meus amigos. Tarso pergunta-me de Cora e Zilá, e quando não consigo garantir seus votos, ele grita, exige que eu remedeie a situação imediatamente, que é a minha obrigação.

Eu não aceito a sua lógica, digo que não acato ordem para manipular ninguém. Desde o que aconteceu com Dorcas, dá-me prazer brigar com ele, provocá-lo. Também o culpo pela ascensão de Tábata, ele deveria ter previsto isso há meses e achado uma solução melhor para todos nós.

Quando todos se movem para ir embora, ele me segura pelo braço e me faz ficar na Salinha.

Que teatro foi esse? Eu pergunto o mesmo, desde quando você nos ordena aos gritos? Porra, você tem ideia de quanta merda eu estou engolindo pela Tábata, por esse partido, para tentar dar uma chance para vocês vencerem? Você escolheu a Tábata, ela é sua candidata, a culpa disso tudo é sua! Você não quer ser presidente do XI um dia? Então é bom você começar a tentar vencer essa eleição, porque senão você não vai ter nada, nada, aí quero ver vir me implorar ajuda de novo.

Tarso, você perdeu a cabeça, perdeu o seu pouco talento para a política, porque eu nunca, nunca te implorei nada e prometo que esse dia nunca vai chegar.
Zula, me diz, o que você quer de mim? Do que esse partido precisa que eu não faço, que eu não dou? Vocês acham que eu não preferia estar num escritório já, ou até assessorando um vereador, um prefeito? O que eu deveria estar fazendo às 3 horas da manhã era estar escrevendo minha tese de láurea ou, sei lá, vendo a minha mulher! Eu tenho que me formar em um ano, eu não sou igual a vocês com papais ricos pra ficar me bancando aqui, mas eu estou aqui nesta merda de Salinha há dias escrevendo carta-programa, falando com metade da São Francisco, implorando voto e ainda tenho que ficar confortando dois terços do Salve que odeiam a Tábata! Todos vocês ficam me implorando para cuidar da vida de vocês! E agora você! Quantas vezes eu já falei que você é a pessoa mais próxima de mim, já te prometi que vou fazer o que eu puder para te lançar na próxima eleição, mas você acha que eu não vejo o ódio que você sente por mim! Por causa da Dorcas ainda! Ela que me manipulou, que transou com mil caras, mas eu perguntei se o filho podia não ser meu? Não! Eu resolvi. Eu levantei a grana! Eu vendi minha alma por ela, por vocês todos!
E o que você quer, Tarso?
Estamos com os corpos próximos e eu toco seu peito, as pontas dos seus pelos atravessando a camiseta preta, úmida de suor e de descuido. Ele me beija, com força, seu hálito de café e mentol, sua língua mexendo-se rápido demais. Ele me

segura com mais força ainda, vira o meu rosto e lambe minha orelha, puxa meu seio para fora do meu vestido fino. Nada disso é bom, mas me dá vontade de retornar o mesmo tipo de intensidade, arranho suas costas e aperto sua virilha, por cima do jeans grosso, com força. Força demais, porque ele vai para trás, empurra-me e diz, para, para. Eu não quero te machucar

Estou um pouco desnorteada. Não sinto desejo por ele, mas ser rejeitada assim é como um soco.

Ele parece me entender e diz, não, eu quero, claro, mas isso vai te prejudicar, ninguém vai te levar a sério se você... você vai ser como a Dorcas. Na opinião de todo mundo, eu quero dizer.

Eu acho ridícula essa performance de... O quê? Cavalheirismo? Que na verdade é nojo? O que importa? Engulo o soco da rejeição. Isso é um jogo, e jogar é mais importante que a verdade.

Eu volto a ele como uma vampira, beijando seu pescoço, eu passo a língua do seu peitoral até sua testa, eu viro-o contra a parede, abro sua calça e o masturbo até ele gozar na parede da Salinha.

———

Eu digo, nada muda entre nós, certo?

Claro, claro, ele diz, e me abraça, beija o meu cabelo, dessa vez com suavidade, delicadeza. Fico pensando que eu não sei dizer qual desses jeitos de tocar é o real e qual é dissimulação.

Acompanho-o até seu carro que, na verdade, é o carro emprestado da sua namorada. Ele se oferece para me levar para casa, mas eu decido virar a noite no porão me preparando para o debate. Eu puxo três mesas para o centro do porão, que está vazio e escuro como o breu. Levo todas as minhas anotações impressas, todas as cartas-programas que o Salve já criou, e-mails com alguma instrução de Tarso ou uma boa argumentação de algum membro.

E também muitas anotações que eu venho rabiscando ao longo do ano, detalhes sobre o Fundo do XI, justificativas para os custos da reforma, uma contabilização do número de alunos que se beneficiaram por algum programa novo do Salve, coisas assim.

Concentro-me alternadamente, com furos, releio as mesmas frases, mas nenhum sentido me é esclarecido. É difícil não pensar em Tarso. Ainda sinto a sua força na minha pele com um amálgama de aflição e excitação. A proximidade com ele tende a ser mais inebriante do que revelatória.

Mas, principalmente, ocorre-me estranhamento frente ao meu próprio ser. Junto a Tarso, eu sempre me senti mais sincera do que em qualquer outra instância, pela sua propensão a gostar do que outros chamariam de minhas piores qualidades: ou seja, o desejo pelo poder e a segurança no meu próprio intelecto. Isso está claro há muito tempo. Mas o que me ocorre, pela primeira vez, é que talvez eu deseje essas coisas só *porque* Tarso já as têm. Ou seja, eu exalto e defendo essas características porque ele as possui, como quem quer um carro de luxo porque pessoas ricas o usam, e não por qualquer característica intrínseca ao carro. A ideia atinge-me de maneira direta, sólida, como um touro que joga todo seu peso e raiva contra mim, e me lança ao chão.

Considero um cenário alternativo, uma vida em que eu não conhecesse Tarso, pelo menos não ainda. A minha vontade política teria se manifestado de maneira mais ética, direcionada a causas sociais, à justiça, a causas até idealistas, de maneira mais próxima ao que eu me imaginava, quando mais jovem, fazendo? Se o meu instinto político tivesse sido colocado a serviço de alguma coisa, qualquer coisa, além do meu próprio enaltecimento enquanto líder... Quem eu seria? Seria, então, que nem a minha natureza nem a de Tarso seja particularmente boa ou má, mas sim que eu simplesmente copiei o que supus ver nele? Será que eu me tornei apenas uma mimese de alguma sombra que vi nesse homem, que tanto me impressionou e seduziu?

Eu quero observar essa ideia por mais tempo, mas meus pés começam a agitar-se, lembro-me do debate em algumas horas, e uma ambição começa a coçar nas minhas solas, no meu todo. Volto às minhas anotações, memorizo frases, pratico a fala, estudo.

Um jato de luz entra pelas janelas do porão e sinto o corpo paralisar em terror com a certeza de que estou prestes a ser abduzida por extraterrestres. Mas o pescoço torcido sob a mesa e a coluna dura, dolorida, revelam-me que eu só havia caído no sono e os faróis de algum caminhão ou ônibus da rua devem ter adentrado meus pesadelos.

Sentindo-me um pouco abalada, preciso de ar, mas não sei se devo sair do porão. Só agora percebo o quão vulnerável eu estou, sozinha no centro de São Paulo, na companhia apenas dos outros viajantes noturnos deste lugar violento, sujo, inóspito. Essas paredes que nós reformamos com certa pressa, eu tenho certeza de que cortando algumas etapas e inspeções, serão capazes de me proteger dos perigos que espreitam do lado de fora? O porão parece frágil, de capim, de areia. E, de repente, sinto mesmo que o perigo já entrou e que está logo ali naquela sombra ou naquele canto, que eu não o vejo porque estou tonta e faminta. Subo a escadaria e abro as portas, às pressas, tremendo.

Um mendigo dorme logo na entrada, e antes que eu o note, bato a porta no topo da sua cabeça, com força. Ele encolhe-se de dor, resmunga alto, vira-se como quem vai voltar a dormir. Devo chamá-lo para dentro, dividir meu abrigo? Não tenho coragem. Acendo meu cigarro, duas, três tragadas desprazerosas, e retorno, em silêncio, para o porão, como se eu entrasse em algum esconderijo. Em nenhum lugar, eu penso, há paz.

Eu tenho uma filha. Hoje, muitos anos depois. O corpo liberado de qualquer obrigação que não seja cuidar dela, prezar por ela, servir a ela, limpar ela, segurar ela, chorar por ela. E a mente para contemplar, em paz, em paz.

Estou na Sala João Mendes, uma das que formam um par de salas de calouros no andar térreo da Faculdade. Ela é toda coberta de madeira como grama em um campo de futebol, com um grande auditório inclinado e um palco elevado e engradado. As salas dos andares acima são menores, mais vulgares em sua simplicidade, mas estas grandes, reservadas aos primeiro anistas e visitantes do Largo, emitem a tradição arquitetônica que se espera daqui.

Sento-me à ponta de uma mesa longa, eu e Juli, vestidas de laranja. Na outra ponta então os calouros do Conclave e, entre nós, mais representantes dos outros partidos. O ombudsman media o debate. Ele nos faz perguntas por cerca de duas horas e depois ainda lê outros questionamentos submetidos pela plateia. Nenhum outro veterano autorizado a participar ou ver o debate. As enormes portas maciças estão fechadas e barricadas com cadeiras, para impedir alguma invasão do Escumalha. Eu sei que lá fora está, entre outros, Tábata, com os ouvidos contra a madeira para nos supervisionar. Tarso mandou-me mensagem logo cedo dizendo que ele tiraria a manhã para descansar, pois tinha certeza de que eu iria ganhar.

"O Conclave governa o Centro Acadêmico como um partido político em um governo municipal, estadual, federal: como representantes de uma ideologia própria, que negocia com seus aliados para implementar sua visão ao povo. Essa é uma maneira perfeitamente válida de governar. Mas o Salve acredita que um Centro Acadêmico tem a chance de liderar de maneira diferente, não sob os interesses ou crenças políticas de seus representantes eleitos, mas buscando fomentar as visões plurais de seus associados. E o problema do Conclave é que a esquerda nacional a que eles servem, que eles emulam, não está particularmente preocupada com os problemas internos da nossa Faculdade. Por que estariam? E, então, enquanto o Conclave organiza mil eventos repetindo a agenda política nacional, promovendo mesas de debate entre a esquerda radical e a esquerda-de-centro, as nossas salas de aula ficam sem equipamentos, as nossas tradições são descuidadas, o nosso currículo não é reformado. Eu não sei vocês, mas eu quero trabalhar para melhorar a nossa faculdade e eu certamente não preciso de (in)doutrinação do Conclave para decidir as minhas opiniões políticas!".

As acusações são previsíveis: vocês não acreditam em nada, não praticam política. A ideologia do Salve é um sofismo. Eu rebato com o Beijaço, a defesa dos direitos gays, o plano que elaborei com Tábata de uma Clínica de Direito Humanos.

"Existem momentos que nós somos 2.200 alunos, considerados individualmente, com opiniões próprias, organizados em entidades diferentes, partidos diferentes. E existem momentos em que nós somos um, O Estudante da São Francisco, que é quando a nossa voz sai ao Brasil. Nós nunca abdicamos do que a nós, como juristas, como humanistas, há de ser inabalável: a defesa dos direitos humanos, da ordem democrática, do cumprimento da lei. Nesses momentos, o Salve demonstrou que se levantou, atraiu e comandou a atenção dos brasileiros. Mas o Conclave usa a voz institucional do XI como um palanque próprio. E, ainda, eles acham que o aluno que não acredita na sua ideologia é um empecilho, alguém a ser ignorado, ou (in)doutrinado, ou a ter o seu espaço violentamente invadido. Para mim, um aluno com uma visão diferente da minha não é meu inimigo e eu, enquanto diretora do XI, jamais o trancaria as portas de um recinto e, certamente, jamais jogaria a polícia para cima dele, para ainda, depois, usar da minha plataforma como representante do XI e gritar opiniões que nem representam a maioria dos franciscanos".

Eu e Juli estamos bem preparadas quanto à rede de detalhes burocráticos e financeiros que o ombudsman tenta nos enrolar, e sobrevivemos aos seus questionamentos. Ganhamos aplausos altos, é evidente que nós vencemos.

Recebemos congratulações de amigos, ela e eu extasiadas, sob um clima de vitória e empolgação. Tábata está logo à porta, abraça Juli e depois a mim, parabéns, parabéns, e me diz: Zula, só uma dica: não fale "eu", e sim "nós".

Para o debate da noite eu tenho uma ideia, que deixo em segredo. Inicio minha fala de abertura contestando as regras do debate.

"Respostas de dois minutos, seguidas de réplica de 60 segundos, tréplicas ainda menores. Isso não é um debate! Nós deveríamos poder examinar uns aos outros, com rigor, com questionamentos reais. A plateia, os alunos, deveriam nos examinar como testemunhas em uma corte. Se meus colegas representantes dos outros partidos toparem, eu proponho que nós tenhamos um debate de verdade, sem constrições que possamos usar para nos esconder, para evitar responder o que é desconfortável".

Os outros partidos protestam que isso é um teatro, que poderíamos ter decidido isso na comissão de debates que estipulou as regras, que seria um caos. Juli e outro calouro do Escumalha votam a favor, mas vejo que estão todos indecisos, confusos. A essa altura eu já venci.

O debate dos veteranos é outro bicho, dura de quatro a cinco horas, com torcidas organizadas, interrupções altas e nenhum controle. Sentimo-nos conspiratórios e odiosos. A atmosfera é de violência iminente. Eu me delicio como nunca. Tábata não me permite debater pelo Salve. Vão ela, Dante, Abreu e Tarso. O Conclave questiona por que nenhum outro membro da chapa do Salve está debatendo, insinua que o partido acabará com a saída de Tarso, que no máximo seremos marionetes da velha guarda. Não é um argumento ruim, e então Tábata reformula a estratégia para a noite: saem Tarso e Abreu, entram Dorcas e Jonas.

É um desastre. Dorcas faz apenas uma pequena fala contestando o prejuízo de alguma festa que o Conclave nos acusa de tentar esconder. Jonas está menos vitriólico do que de costume, porque parece intimidado pela baderna e pela iminência da possibilidade de receber alguma sapatada na cara. Desperdiça todo o seu tempo de fala reclamando da desordem, clamando pela intervenção de algum poder imaginário para conter o caos. Parecemos uns covardes. Dante e Tábata têm alguns momentos bons, mas só nos pontos esperados, ao falar da invasão, ao defender as conquistas materiais da gestão atual. Em todas as vezes que se exige improviso, sagacidade, retórica, eles gaguejam.

Membros da plateia também podem falar e uma longa fila forma-se para ter uma vez no microfone. Mas é preciso empurrar-se contra quem está na frente, tomar o microfone das mãos dos outros e conseguir argumentar enquanto está sendo atacado. Fábio e Uri fazem incursões de fala. Uri recita alguns clichês sem imaginação, gestão descamisada, pluralidade, etc., e Fábio treme como uma folha em tempestade, não aguenta poucos segundos até que outro o expulse, risadas gerais ribombando. Tarso, esse sim, interpõe-se, toma o microfone, fala bem, mas os apoiadores da oposição organizam gritos de zombaria, falam que ele está na reserva, que foi aposentado sem pensão. São incessantes e animalescos. Ele não fica tão desmoralizado quanto agoniado com Tábata que, ainda assim, recusa recebê-lo à mesa do palco.

Quando o caos está sufocante, quando a diversão se torna exaustiva, quando a maioria dos alunos parece mesmo querer ir embora, eu falo, da plateia:

"Eu acredito que sempre existiu um equilíbrio consensual entre a política nacional e o movimento estudantil: que os dois são relacionados, mas não idênticos, porque nosso poder é diferente do outro: o movimento estudantil funciona como se estivesse acima da sociedade e da política, e assim nós gozamos da liberdade do comentarista que forma opiniões públicas, do... bobo da corte, que expõe e zoa a ambos. O que o Conclave propõe, sem entender, é abdicar dessa função, porque o sonho deles é brincar de gerir o Brasil por meio de seus congressos e protestos vazios no Pátio. Só eles não entenderam ainda que o poder do XI de Agosto é outro, e que na verdade ele é maior".

Recebo muitos aplausos, e também vaias, a oposição está bem organizada. Os Honorários estão com suas camisetas rodando no ar como helicópteros gritando "gestão descamisada!". Mas eu sei que é o melhor momento do debate.

Tarso me aperta o ombro em congratulação e, do palco, Dante gesticula "uau!".

No dia seguinte, somos tomados pela necessidade de estimular a participação eleitoral, pelo menos a dos nossos apoiadores. Dezenas de apoiadores do Escumalha vêm fantasiados de "Schutzstaffel em Drag", e trazem bastões nas mãos na forma de pintos gigantes. Eles tentam impedir a entrada de alunos na Sala dos Estudantes para votar, ameaçam dar tiros nas urnas, criam uma prisão, como se faz em Festa Junina, e levam à força os comunistas, que são obrigados a lutar fisicamente contra eles para fugir. É cômico e maravilhoso, mesmo quando eu tenho que cumprir minha obrigação de me meter nas brigas que envolvem nossos apoiadores, de escoltá-los, de fingir repreender o Escumalha.

Quando a votação se encerra, às 19 horas, nós selamos as janelas e as grandes portas da Sala dos Estudantes com cordas de ferro, barbantes, cadeados e milhares de adesivos, que são colados nas quebradiças das portas para garantir que nenhum partido adentrará a Sala até o dia seguinte, quando será feita a contagem. Aí se inicia a Vigília, quando dezenas de nós, os politiqueiros, sentam-se frente à Sala até o sol raiar. A essa altura eu não como, ou durmo, há quase 72 horas. Dorcas me oferece cochilar em seu carro, que está no estacionamento logo à frente do porão e, depois de muito protesto, eu aceito. Durmo o sono dos justos porque eu, como Tarso, já sei o resultado das eleições.

PRESIDENTE

A posse de Tábata e sua diretoria acontece em dezembro. Vereadores, antigos presidentes do XI de Agosto, o prefeito e o governador de São Paulo, dois ministros do Supremo Tribunal Federal e três senadores comparecem. Eu tento com afinco garantir a presença de Lula, por meio do meu primo, mas depois de alguma negociação recebo a confirmação de que ele não virá. Suspeito que os membros do Conclave mais ativos no PT tenham argumentado contra o Salve.

Apenas Tábata sobe ao palco durante a cerimônia na Sala dos Estudantes. Nós, da diretoria, ficamos em cadeiras reservadas na frente. Na plateia estão poucos alunos, já que a maioria, de férias, já foi embora. Nossas famílias ocupam o restante do espaço. Meus pais e irmãos comparecem, hospedam-se em um hotel em São Paulo e minha mãe organiza o seu rito tradicional quando temos qualquer evento: leva-me a um cabeleireiro caro, e depois ao shopping para comprar uma roupa nova. Vejo-a gastar mais de mil reais em algumas horas. Ela está feliz, orgulhosa.

Todos os convidados honorários falam, recontam a história do XI, enaltecem-nos por conquistas históricas e atuais, falam de democracia e liderança. Em algum momento, eu e Tábata nos encontramos os olhos e é impossível não chorar, as duas. Desde o debate nós entramos em uma trégua agradável. Ela reconhece que eu contribuí para a conquista de quase três quartos dos votos dos calouros, de acordo com nossa contabilização não oficial, e que minha fala também ressoou bem entre os veteranos. Recebo seus parabéns quase sem sentir raiva, e recebo também congratulações de quase toda a velha guarda do Salve, até de um que hoje é chefe de gabinete do prefeito.

De novo, eu decido não retornar ao interior para as férias de verão. Eu, Dorcas, Tábata e Morena passamos o réveillon juntas, em uma balada cara, com os meninos do Centro Acadêmico da Politécnica. Depois da briga na peruada, Tábata e Uri não estão mais ficando exclusivamente, e ela volta a se envolver com os meninos da Poli. Dorcas também acha um namorado entre eles, o presidente, de estatura enorme, torso cheio e temperamento jocoso e um pouco altivo, mas do jeito que aos homens é permitido ser.

Logo na primeira semana de janeiro, Tábata exige que toda a nova diretoria volte ao trabalho. Ela institui reuniões duas vezes por semana, mais que o dobro do que tínhamos na gestão de Tarso, argumentando que quer mais democracia nas decisões. Outra mudança é que para essas reuniões a Velha Guarda não está convidada. Nada é feito abertamente, claro, mas Tábata cria um novo grupo de e-mail que não inclui ninguém de gestões passadas. A mim, ela pede que organize os tópicos que precisam ser discutidos em cada reunião e que escreva a ata. Inicialmente eu me irrito com o pedido, parece banal, mas eventualmente fica claro que, nas minhas conversas cada vez mais frequentes com Tarso, eu acabaria fazendo uma ata de qualquer maneira, pois ele exige saber o que está sendo decidido.

Trabalhar durante as férias de janeiro é um júbilo que eu não havia tido antes. Surpreendo-me com o prazer desse estágio de planejamento, e descubro que eu tenho mais facilidade com exposições filosóficas e criativas, do que com a implementação prática das coisas. Eu consigo articular bem algumas ideias, envolvo o grupo nos meus planos, Tábata me confere a liderança de alguns projetos, junto com ela, é claro. Novamente sentimos o prazer de pensar e trabalhar juntas.

Alguns dias antes das aulas voltarem, Tábata convoca uma reunião geral com a Velha Guarda no porão. Tarso chega atrasado, e coberto de suor. Ele conta que veio correndo, mais de 10 km. A mim, que só tenho ouvido sua voz em um telefone por semanas, é chocante ver a transformação pela qual ele passou. Não está exatamente magro, mas seu rosto afinou visivelmente, sua barriga murchou. Ele parece mais novo, mais bonito, menos dominante.

Ele age como se mal prestasse atenção na reunião. Conta piadas, sai no meio para ir buscar um suco em alguma padaria. É deferente à Tábata, fala pouco. Mas a mim, e eu acho que aos outros membros que viveram a gestão passada, é impossível ignorar uma medida de saudosismo. Tarso sempre parecia ter planos secretos cozinhando, alguma coisa sagaz e inteligente que todos nós procurávamos desvendar, entrar no círculo dos que sabiam, e o clima era tenso e excitante.

Com o passar dos dias, fica claro que Tábata é seu oposto. O clima de competição e segredo é substituído pela *transparência* que, no fim, descobrimos não ser assim tão sexy. Ela exige saber de minúcias do nosso trabalho, de um jeito que

Tarso jamais investigou. Ela ainda demora-se em decisões, é incerta e influenciável, fala antes de pensar. Nada nela é secreto, mas também nada é certo, sólido.

Algumas pequenas incursões de Tarso no porão, irregulares e singelas, ainda assim são como um feitiço, uma maldição. Finalmente temos um primeiro confronto entre os modos de liderar dos nossos presidentes: um e-mail do Primo, enviado a toda Faculdade, exige esclarecimentos sobre o Fundo do XI. São as mesmas reclamações que ele vem anunciando há meses, desde a gestão de Tarso; ele chegou até a protocolar no XI pedidos de resposta oficial, os quais nunca respondemos. Tarso havia decidido responder e-mails individuais de alunos que repetissem as mesmas exigências, assim removendo Primo das conversas, evitando um debate.

Tábata, contudo, professa a crença de que podemos nos explicar aos outros e sermos compreendidos. Sozinha, ela escreve um longo texto de esclarecimentos. Envia-nos para comentário e respondemos com insegurança: o texto está clichê, vago, repetitivo. Hannah a apoia, Juli resolve oferecer sugestões de redação. Mas, sem o apoio de mais nenhum membro do partido, o texto é lançado via Informe Eletrônico.

É uma enxurrada de críticas. Os valores monetários mencionados não fazem sentido, questões sobre quais tipos de investimentos devem ser feitos são levantadas por centenas de estudantes que se acham especialistas e, novamente, o Conclave nos acusa de alguma suspeita vaga de corrupção. É o mais vulnerável que nós já estivemos enquanto grupo.

Ela ainda nos deixa frágeis mais uma vez, quando ela e

Dante decidem que o XI de Agosto deve se posicionar contra a extradição de um preso político estrangeiro que se encontra sob a tutela do Estado Brasileiro. Eles argumentam que extraditá-lo seria um açoite contra a democracia, afinal o preso havia sido acusado de terrorismo pela Ditadura Militar, a típica acusação que qualquer opositor recebia à época. Mas o que eles ignoram é que o debate, a nível nacional, dividiu-se entre os dois partidos políticos mais fortes, PT e PSDB. Ao posicionar o XI, eles alinham-se demais ao lado do Partido dos Trabalhadores. Nossos apoiadores nos acusam de politicagem, de agir como o Conclave, de comunismo.

Não exige muito tempo, talvez a partir do segundo ou terceiro mês da gestão, que o ódio contra Tábata no grupo transborde até ficar escancarado. Morena, Uri, Tomé e eu lhe somos insubordinados, insolentes e cruéis. Interrompemos sua fala em reuniões, não executamos suas ordens, questionamos tudo o que ela pensa. Os outros da diretoria parecem oscilar, mas nem eles estão completamente confortáveis com a liderança de Tábata.

Dorcas tenta mediar alguns conflitos, representar a posição de Tábata quando fazemos nossas reuniões sem ela, mas a mim, em segredo, ela confessa que também está exaurida com a gestão. A única que se mantém abertamente aliada à Tábata é Hannah. No tempo em que eu e Dorcas passamos juntas, as duas parecem forjar uma amizade íntima. Vemos quando almoçam juntas quase todos os dias, até pego-as saindo da Câmara dos Vereadores um dia, meu antigo reduto com Tarso. Imagino se elas também se sintam à vontade para juntas abandonar o moralismo, mas acredito que elas não têm a irreverência necessária, a ousadia, a inteligência. A revolta contra Tábata agora é organizada. A maior força de liderança sou eu, o que significa dizer que também é Tarso. Ele me sussura que ela não pode registrar a ata da Assembleia Geral sobre o Fundo do XI e eu repito sua ideia nas reuniões do grupo. Ele é contra a mudança do contrato com o bar do Russo que ela tenta implementar, e eu faço a mesma defesa ao partido. Isso desgasta minha relação com Tábata ao ponto de guerra aberta, mas naquele momento isso me dá grande prazer: arguir contra ela, convencer a maioria do grupo, mesmo que eu nem entenda por completo o que motiva Tarso, e que eu saiba apenas de suspiros sobre algum acordo pessoal de Tarso com os administradores do Fundo, com Russo, com mil partes sobre as quais eu nem procuro conhecer a verdade.

Ele sopra em mim a raiva contra Tábata e eu a exponen-.cio como um amplificador. Eventualmente, depois de muitas semanas, ela parece pressentir esse fato e tenta manipulá-lo com pequenos encontros em cafés, finge lhe pedir conselhos. Ele vê tudo isso com clareza, e desabafa comigo, incessantemente. Quem mais eu poderia ter escolhido, ele me diz desolado, não havia outra opção. E eu acredito em tudo o que ele me conta, sem questionar, pois as chamas em mim contra ela estão cada vez maiores, e eu começo a perder o controle.

Se Tarso é a voz nas sombras, Uri é a voz insolente que me excita. Ele é particularmente bom em zoar a aparência de Tábata, os cabelos queimados de chapinha, a coluna encurvada, a bunda caída. E o mais cruel é que ele nos fala tudo isso, a mim e à Morena, e termina com: e agora olhem isso. E ele vai até Tábata, puxa-a para si, beija-a, e ela se entrega completamente, não importa o que ele esteja interrompendo, não importa o quão patético fique para a sua imagem que ela esteja em amassos no meio do porão durante o dia. Eu e Morena caímos na gargalhada, uma vez até choro de tanto rir. Esse clima de ódio e insolência, de insurreição, é espirituoso. Temos a experiência de uma enorme união entre nós, os rebeldes. Quando Tábata é contra nós, jocosos, exigimos uma votação, discorrendo em favor da representatividade e da democracia, citando os mantras do Salve em tons irônicos. Como somos a maioria, nós controlamos a navegação da gestão, comigo na direção. De fato, por um curto tempo, sinto-me já na presidência.

Em um domingo tão quente que as portas do inferno só podem ter se aberto e ganhado a Terra, eu e Dorcas deitamos na sua cama deixando o ar-condicionado nos refrescar o corpo. A máquina zune e geme em desespero. Uma ou duas horas se passam enquanto a televisão roda os shows de auditório que eu amava ver quando criança e agora me parecem patéticos, vulgares, mas de um jeito bom, reconfortante. Sinto-me mole, pesada, estou para dormir quando o frenesi começa.

O celular de Dorcas vibra como um Hermes afoito, como um pandeiro no carnaval. Puta que o pariu, ela grita, tentando levantar, mas o calor é como uma manta espessa que tem que ser empurrada. Ela finalmente alcança o aparelho, atende sem ver, põe no viva voz, QUE FOI, PORRA.

É a Dorcas que fala?
Sim! E você quem é?
Aqui é a Rosa, a mulher do Tarso.
Rosa, quanto tempo.
É...
Posso te ajudar?
Só me fala a verdade. Sobre você e o Tarso. Sobre o dinheiro que eu dei pra ele.

Eu começo a pular na cama de excitação, de nervosismo, estou segurando uma risada monstruosa. Fico gesticulando choque e pânico para Dorcas, que se põe de pé e mira-me pelo espelho. Mas ela se mantém concentrada. Imagino que ela está preparando uma mentira, ponderando cada palavra com cuidado. Mas o que ela responde é:

Se você está me perguntando, é porque já sabe.
Ele nunca vai me falar a verdade.
Provavelmente, não.
Então me fala você. Eu sei sobre vocês... Sobre muitas meninas... Agora acho que tem uma nova, Hannah.
Sim.
Mas e o dinheiro? O que ele fez?
Dorcas pausa, hesita.
Eu não vou mentir para você, mas eu não vou te falar. Isso tem que ser uma conversa entre vocês dois.
Você sabe como ele é, ele nunca vai admitir, ele vai me convencer...
Você mesma falou, você já sabe de mim, das outras. Pode confirmar para ele que eu falei que era verdade. Quem sabe assim ele te conta.

Ouço uma convulsão, um soluço de Rosa, mas que se contém.

Posso te ligar de volta, depois que eu falar com ele? Para você... Confirmar?

Sim, estarei esperando. Boa sorte.

Dorcas parece uma estátua para mim, segura, solene. Não me contenho, pego a sua mão esquerda e lhe dou um beijo curto, nos dedos. Você é uma idiota, ela diz, sem rir.

───────

Não passam nem vinte minutos e o celular volta a chacoalhar. Mas é só Tábata. Sinalizo para que Dorcas coloque no viva voz de novo.

Oi, eu não posso falar agora.

Dorcas, a Rosa te ligou?

Como você sabe?

Eu estou aqui com o Tarso, no carro, estávamos indo para uma reunião e ela ligou para ele, desesperada.

Você e Tarso, juntos? Qual reunião?

(Exatamente o que eu quero saber).

Sobre o Fundo do XI, o escritório do pai do Uri nos chamou do nada... eu ia contar para todo mundo na próxima reunião...

Acho bizarro você ir para uma reunião sem seus diretores-gerais, sem ninguém da sua gestão.

Dorcas... o que você falou para a Rosa?

Se o Tarso quer me perguntar alguma coisa, manda ele me ligar.

Ela desliga.

Não faz sentido nenhum, eu digo, os dois juntos assim. Dorcas olha-me como se dissesse, eu te avisei, ele não está do seu lado. Mas eu acho que ela tem ciúmes da minha amizade com ele. Racionalizo que ele deve estar odiando ter que passar tempo com Tábata e que, de alguma maneira, tudo isso vai ser usado a nosso favor. Tento fazer o cálculo político que ele deve ter feito, mas não consigo. Meus pensamentos ficam inarticulados, desorganizados, vou os perdendo assim que eles começam.

Depois de algum tempo, Tarso liga para Dorcas. Tenho um pensamento, uma ideia breve de que se passou tempo demais, de que nesse tempo ele só poderia estar... Conversando com Tábata. Talvez eles estivessem brigando, eu penso, mas meu coração não se acalma. Tudo isso é estranho.

Dorcas, você falou para ela do aborto?

Não.

Não minta para mim!

Eu não falei, Tarso, que merda.

Ela disse que você contou tudo.

Eu não menti, nem para ela nem para você. Eu não falei do aborto nem do dinheiro.

O que você falou?

Ela já sabia que a gente tinha ficado. Mencionou outras mulheres. Falou da Hannah.

Então você contou para ela! Puta que o pariu, quem você pensa que é, sua vadia? Sai da minha vida! Tudo isso por ciúmes! A gente só transou, Dorcas, grande merda!

Eu nunca o vi tão descontrolado, insano. Dorcas começa

a chorar, a gritar xingamentos, que ele retorna em dobro. Não consigo me segurar e grito ao aparelho:

Cala a boca, Tarso! A Dorcas não falou nada, ela te protegeu! Ela não falou do dinheiro nem do aborto!

A surpresa da minha presença, que até então não havia sido anunciada, coloca a todos em silêncio. Tarso fala mais baixo, mas acredito que com mais ódio do que antes:

Que amizade estranha essa, Zula e Dorcas.

Implícito está o segredo de que eu e Tarso ficamos.

Como a de Tarso e Tábata, eu respondo, mil abelhas no meu peito, no corpo todo.

Isso o cala.

Eles desligam.

Eu e Dorcas estamos tremendo. Mas ela pega o telefone e disca o número de Tábata. Por quê? Eu lhe exclamo, agora também chorando. Não tenho mais forças nem coragem para falar com eles. E estou apavorada que Tarso conte à Dorcas o que aconteceu. De tudo o que eu já fiz ao lado de Tarso, todo o mal, esse é o pior, uma traição à Dorcas que eu jamais conseguiria encarar.

Dorcas não precisa colocar no viva voz porque só ela fala dessa vez:

Tábata, você sabe a verdade. Você, mais do que ninguém, sabe o que eu passei.

E desliga.

Dorcas

É domingo. Não ouvimos de ninguém. Estamos frenéticas. Dirigimos por São Paulo, acelerando demais, cortando carros, entrando em brigas. Paramos para comer, mas não conseguimos decidir o que pedir, saímos de novo. O único jeito de sobreviver é continuar naquele carro, eu fumando mil cigarros, derrubando cinzas nas minhas pernas, ferindo-me feio, falando e falando e falando, queimando a gasolina toda.

Nem Tábata nem Tarso nos atendem. Dorcas quer ir até a casa de um deles, eu estou apavorada, não quero, convenço-a. Finalmente o celular toca, no visor aparece "Tarso - Casa".

Alô.

Dorcas, é a Rosa.

Pode falar.

Você mentiu? Sobre ter tido um caso com Tarso?

Você disse que já sabia. Eu te falei a verdade.

A Tábata disse que é mentira, que é tudo mentira.

E por que eu mentiria?

Ela disse que você está com raiva dela, ciúme da presidência... Que isso é para prejudicar o Tarso e ela.

Ela e Tarso não são aliados, isso não faz sentido nenhum. Se eu quisesse prejudicar ela, por que eu inventaria alguma coisa sobre o Tarso?

Ele disse que não aconteceu nada de mais, só uns beijos entre vocês, em uma festa... Foi isso? Vocês ficaram em uma festa? Eu transei com ele na casa dele, onde você está agora. Quer que eu descreva o quarto, a cama? Não? Quer que eu descreva o pinto, do que ele gosta?
Você é louca! Eles têm razão!

———

Meu deus, meu deus, por que a Tábata mentiu? Eu estou assombrada. Mas Dorcas age como se já previsse isso há tempos, declama sua raiva, sua certeza da idiotice de Tábata. Mas logo também urra, perde o controle.

Eu começo a ficar exausta com tudo, com a presença de Dorcas, com seu apartamento claustrofóbico. Parece que se eu não achar alguma solução, meu corpo vai entrar em colapso. Mando uma mensagem de texto à Tábata, com o aval de Dorcas, chamando-a para uma conversa no porão.

Encontramo-nos a noite, só as três. Eu me ofereço para deixá-las a sós, faço como se eu não quisesse ser mais intrusa do que já fui. Mas, no fundo, estou com medo de que Tábata agora saiba sobre o incidente entre eu e Tarso. A ideia me assola como um tiro: talvez ele tenha lhe oferecido isso, uma arma contra Zula, em troca de seu apoio a ele.

Mas Dorcas implora que eu fique e não tenho como negar. De um jeito ou de outro, Tábata não parece se importar, o que me acalma levemente.

Dór, você é minha melhor amiga. Eu não fiz isso para te machucar, não fiz como uma vingança contra você porque estamos um pouco afastadas recentemente, não foi por nada disso. Eu só vi o Tarso em pânico, eu ouvi a voz da Rosa no telefone e... Eu não consegui falar para ela a verdade. Isso ia acabar com a vida dele, Dorcas, e com a dela. Vocês dois sabiam que o que estavam fazendo era errado, você sempre soube que ele tinha uma namorada.

A dor de Dorcas é expansiva, como nadar em um oceano sem conseguir ver a praia, sentindo que só sairá dessas águas morto, devorado, despedaçado.

Na nossa frente, ela redige uma mensagem de texto para Rosa contando do aborto e dos 4 mil contos. Tábata levanta-se, faz como se fosse correr, mas para onde? Ela não parece saber, mas eu leio seu pensamento, ela quer correr para Tarso, avisá-lo. Mas não há tempo.

Rosa escreve de volta: você é mais louca do que eu imaginei. Não me procure mais.

———————

Dorcas e eu vamos para a minha república. Ela faz aparecer dois comprimidos de xanax da sua bolsa e apaga. Eu roubo-lhe duas pílulas para mim, empurrando-as com a cerveja quente que encontro na minha escrivaninha, sentindo o plástico duro prender na minha garganta. Depois noto que a garrafa estava tomada por pequenas formigas, que agora as sinto nos meus lábios, braços. Eu vomito na privada, passo a noite em claro, mas ainda assim como imersa em um pesadelo.

Dorcas fica uma semana comigo, sem sair do meu quarto. Cuido dela como uma filha, mas me sinto inadequada, frágil demais. Ligo para seus pais, comento que ela parece um pouco depressiva, não dou detalhes mas, mais do que nunca, sinto-me uma criança que precisa de socorro. Eles exigem falar com ela, mas ela os convence de que não é nada, só terminou com um cara, está tudo bem. Promete que vai achar uma psicóloga para conversar e eles já lhe depositam na conta uma quantia para a consulta.

Morena, como eu, preocupa-se, mas eu não posso lhe explicar exatamente o que aconteceu pois ela não sabe do aborto. Metemos-nos a criticar Tábata dia e noite e eu, às vezes, entendo que estamos nos perdendo em um labirinto de ódio. Mas esse é o nosso oxigênio agora.

Finalmente Dorcas vai embora. Ela parece mesmo ter forças. No fim do dia ela me liga, pede que a acompanhe até o porão. Eu não quero, eu mesma não vou à Salinha faz oito ou nove dias, não sei ainda como vou encarar aquela vida de novo. Mas não posso a abandonar. No carro ela me entrega um papel impresso, com sua renúncia da 107ª diretoria do XI de Agosto. Por sorte, o XI está vazio; apenas o funcionário administrativo que é nosso contratado está em seu computador. Dorcas entrega-lhe a renúncia, ordena-o que faça o protocolo. Eu quero isso nos registros oficiais do XI, ela anuncia. Não deve ir para uma gaveta.

Deixamos o porão às pressas, de braços dados, rezando para não cruzar o caminho com mais ninguém.

Insônia

Tarso me professa lealdade, garantias, promessas. Nossos encontros são escondidos de Dorcas, de Tábata, afastados do Largo, do porão. Sua fala é um sacerdócio no qual eu creio, mesmo quando eu vejo todo o rito pelo que ele é: um truque. Entro e saio do feitiço como quem entra e sai de um sono conturbado.

Não que eu saiba mais o que é o sono. Passo cinco, seis, sete noites sem dormir, e aí roubo mais pílulas de Dorcas, ou, quando elas acabam, tomo antialérgicos, novalgina, chás infundidos com cannabis. Quando funciona, o sono não é um colapso, uma caverna, mas apenas uma água rasa, a que tudo perturba. Um pouco de luz, uns passos do vizinho, um carro, um pássaro, tudo me traz de volta. E, acima de tudo, algum pensamento sobre o porão, um rosto de alguém do Salve, um sonho em que apareça alguma arcada, ainda que incidentalmente, sem importância, e eu já estou de volta, suada, o coração disparado.

Por quase um mês eu trabalho no XI, fomentando alguma briga com Tábata, mantendo a minha insurreição viva. Eu provoco as pessoas do grupo a irem umas contra as outras, eu invento divergências sobre nada, eu os enfeitiço com sussurros de que Tarso tem um plano que só eu sei. Quando eu fraquejo demais, Morena e Uri tomam as rédeas, com caridade e afinco, impulsionados pela mesma confiança cega que eu sinto por Tarso, em mim.

Na república, eu tiro o colchão pesado do meu quarto e levo-o ao lixão no meio de uma noite particularmente insuportável. E começo a deitar-me no sofá duro da sala, a assistir DVDs, centenas e centenas de horas em frente à televisão, dormindo finalmente alguns minutos por noite, quando minha mente se envolve na história do filme, da série. Mas assim que retomo a consciência de quem eu sou, de qual vida eu vivo, eu acordo.

Tudo já está mesmo difícil demais de carregar, de entender. O meu controle sobre os fatos, sobre a política e sobre quem é aliado de quem, sobre o que é real, estremece-se, perde-se.

_____

Em um dia de junho, em que uma geada noturna cobriu toda a cidade, Tábata me intercepta logo na Rua Riachuelo, antes que eu possa descer ao porão. Podemos conversar? Ela implora. Eu faço que sim e vamos para o pátio. Sentamos embaixo de uma arcada, o banco e as pedras cobertos pela umidade fria.

Eu não posso continuar governando assim, ela começa. Me fala, por favor, me fala o que você quer que eu faça para melhorar a gestão para você, para todos.

Como assim, quem sou eu para te falar isso, eu rebato, dissimulada.

Você é uma voz forte contra o que eu tenho feito.

Tudo me ofende. Que ela me caracterize como "uma voz", que ela ache, ainda, que a gestão é dela, que ela tente me manipular com a mesma tática de pedir conselhos sob uma falsa modéstia, como fez Tarso por um tempo. Não que eu ainda saiba o que ela fala com ele. Faz dias que ele não me procura.

Percebo que nós estamos exatamente sob a mesma arcada que uma vez eu sentei-me com Tarso. Logo após a eleição de Tábata, eu escrevi-lhe uma carta e entreguei-a em mão. Ele parecia-me então um pouco perdido com a iminência de perder o poder, e eu escrevi-lhe uma metáfora sobre os trabalhos de Sísifo, a quem a maldição obrigava repetir a mesma tarefa difícil e inútil todos os dias. O prazer, eu o havia dito; o prazer está exatamente nisto, entender que o trabalho é difícil, impossível até, que ele jamais será concretizado de alguma maneira completamente satisfatória, mas que nós, eu e ele, conseguimos achar prazer e sentido na luta, na empurração da pedra maldita subida acima. Ele a leu na minha frente, parecendo emocionado. Onde estaremos em dez, vinte anos, ele me perguntou, e eu respondi, você será deputado, eu, quem sabe, vereadora; estaremos na mesma subida que estamos agora, com a mesma pedra pesada.

Eu calculo se devo ser abertamente insolente ou se devo confundi-la negando qualquer problema. O último caminho é mais confortável, com mais mentiras, então sigo por ele.

Tábata, é normal a gente discordar internamente, mas estamos fazendo bons projetos, você não acha? O Conclave não nos ataca há semanas. Tudo está correndo normalmente.

Ela continua em silêncio.

Eu acho que você poderia relaxar um pouco a gerência de cada pequeno detalhe. Talvez, dar mais responsabilidade aos outros, e também mais congratulações. Mas não é nada de mais, não sei por que você parece tão nervosa.

De fato, seu rosto parece contorcido em raiva.

Ontem à noite, eu falei com o Tarso e com o Dante. Eu sei que você está muito mais... Brava comigo do que está mostrando agora. E eu sei que você acha que eles são seus aliados, mas talvez eles não sejam.

Um frio me sobe a coluna, como se a geada estivesse entrando em mim.

Tarso não é aliado de ninguém, eu ofereço de volta.

Hahaha, isso é verdade, ela diz. Mas e Dante? Qual a sua relação com ele, mesmo? Eu nunca entendi vocês dois.

Ele é meu amigo. Meu melhor amigo.

Hum.... Só isso? Por que eu ouvi dizer que vocês já ficaram, que estão ficando ainda.

Ouviu de quem? Ninguém sabe nada sobre a nossa relação.

O Tarso, Zula, me contou sobre você e o Dante. É isso que motiva a sua... Raiva contra mim?

Você é uma péssima líder!

Sabe o que é engraçado? Eu saí com o Dante ontem. E o que ele me falou é que vocês são amigos e nada mais. Mas você está deixando alguma coisa implícita na sua resposta... Algum dos dois está mentindo? Zula, se vocês estão ficando, você deveria me contar. Você é minha amiga? Já foi? Como poderia esconder isso?

Nós nunca ficamos.

Foi o que ele falou! E ele falou que vocês nunca ficariam, que não é isso que existe entre vocês...

Eu odeio o que ela acaba de falar, que ele teria afirmado

que nunca existiria algo romântico entre nós. De repente, eu preciso nos defender.

A gente se ama. O que a gente faz não é da sua conta. As palavras saindo de mim como o ar que sai de um pulmão.

Ela parece mais ofendida por isso do que por tudo o que eu já fiz contra perde-se.

Não acontecem imediatamente, a minha saída do grupo, a retomada de poder por Tábata. Por um tempo, o meu time, meus aliados, estão cada vez mais fortes. Uri nos conta tudo o que Tábata faz, conta de reuniões secretas com Tarso, que ela convocou até Clemente para aconselhá-la. Mas nada disso nos importa, eu não sinto medo de mais nada, nem de Tarso. Como uma nota longa no fim da composição, eu me estico, minha influência vibra e eletrifica.

Tábata está completamente na defensiva. Ela argumenta contra toda opinião da diretoria, é incapaz de acatar qualquer ideia sem alguma resistência, sem alguma mudança que ela proponha, por mais preciosa ou inútil que seja. Ela luta para manter o controle. Uma reação natural para quem sente as rédeas soltarem da carruagem que comanda, e que no fim inflama ainda mais a nossa revolta.

Eu deveria estar feliz que a maior parte do grupo me apoia, que eu destruo a gestão de Tábata, mas na verdade estou cada vez mais deteriorada. Não existe mais nenhum clima jovial no grupo, nenhum prazer ou alegria, nenhuma aliança ou amizade. Estamos todos miseráveis; eu mais que todos, e só faço aumentar a minha dor ao fumar, cheirar, pirar, fritar, injetar, tudo, todo dia e a toda hora. Às vezes eu acordo no meio de uma reunião sem saber como eu cheguei lá. Tudo é cada vez mais insuportável.

Reunião

Uma escuridão me envelopa. Eu estou no porão com alunos que mal conheço, já vomitei duas vezes, minha loucura completamente exposta. A diretoria está em um evento que eu organizei, um debate com algum senador na Sala dos Estudantes, mas eu não consigo me concentrar, preciso voltar ao porão como quem precisa de ar. Vou mijar, a urgência doendo minha bexiga. Entro no banheiro novo e a estranheza daquele lugar é quase como um choque. Não estou mais no pequeno banheiro do meu trote, embalada pela embriaguez prazerosa, intransigente. Não, agora estou como naquela noite que não achei meu prédio: perdida, alucinada.

Para não entrar em pânico, eu penso, descreva onde você está. Estou em um box novo e limpo. Só pode ser o banheiro da reforma! O alívio, então, da compreensão, da memória.

Então noto o buraco da fechadura, que já está vandalizado, o que me acalma. Mas um olho curioso parece espremer-se pelo pequeno buraco. Eu sei que é uma alucinação, algum distúrbio visual, mas me aproximo, sem medo, antes que ela suma. É um olho negro, como uma jabuticaba madura, impossível distinguir a íris da pupila. Tarso, eu penso, é o olho do Tarso. E me ocorre um pensamento lúcido: o plano dele sempre foi esse, isolar Tábata de todos, destruir sua gestão, para que ela tenha que recorrer a ele. Para que ela só *confie nele*.

Tão claro, e simples, parece que estou olhando para um

pequeno riacho transparente, distinguindo os peixes, o barro, as pedras coloridas. Como me custou tanto chegar aqui?

Sou tomada por uma urgência. Quero encontrá-la, confessar, ajudar. Atravesso o porão, ansiosa, abro a Salinha, mas ninguém me recebe. Começo a correr para a Sala dos Estudantes, mas, no topo da escada do porão, eu paro. Sei que minha aparência está abismal, eu cheiro a vômito, a mijo, pareço insana. Melhor fazer isso com cautela.

Volto pra casa, lavo-me e como um prato de comida. Ligo para Tábata, minha respiração audível, mas ela não me atende. Desapontada, ligo para Dorcas e volto a me excitar, falo o que me ocorreu. Eu não sei, eu acho que não, eu acho que Tarso realmente a odeia, ela responde-me. Mas mesmo que você esteja certa, ela nunca vai acreditar em você.

Ela está absolutamente certa. Qual credibilidade eu tenho agora com Tábata? Tudo entre nós está destruído.

Penso em falar com Dante, mas depois do que Tábata me contou, sinto-me envergonhada dele. Resolvo caminhar, como sempre gostei de fazer, para pensar. Mas eu nem cheguei à Paulista e já estou ansiosa, sacudindo a cabeça, tentando expurgar esse ou aquele pensamento, não consigo decidir o que fazer.

Ligo para Cora e, assim que ouço a sua voz, eu caio no choro. Choro por minutos, não consigo formular nenhuma explicação, nem sobre a minha agonia. Ela só fala, "chora, chora". Depois de um tempo, quando ganho o chão de volta, ela diz, vem aqui na minha república, tenho uns amigos aqui.

A companhia de Cora e de seus amigos é agradável, mesmo que eu não tenha nada para falar com ninguém, que esteja um pouco deslocada. Mas o silêncio é pacífico, até a timidez que eu sinto é prazerosa, como se eu fosse novamente uma criança. Algumas horas se passam sem nenhuma exaltação. Como a pensar que talvez eu possa simplesmente esquecer tudo, voltar às aulas, à Cora e Zilá.

E então, Hannah chega na festa. Ela é amiga de alguns deles?, eu questiono em silêncio, não sabendo responder. Mas todos somos simpáticos com ela, falamos sobre filmes, livros e nada sobre política, nada sobre o XI. Sinto-me bêbada, aliviada, os contornos de onde estou e das pessoas se dissolvendo como fumaça.

Hannah então apoia a mão no meu braço, suavemente, e diz baixo, Zu, você quer ir tomar um café comigo? A estranheza do toque, da sua voz cuidadosa, acordam-me. Eu olho o rosto dela e é como se eu lesse suas intenções exatas. Por que eu sempre consigo ver a maldade com tanta facilidade?

Mas eu, finalmente, sei o que fazer.

Ela sugere o Girondino, mas eu não tenho estômago para poluir mais um aspecto da minha vida.

Não, vamos só ao café aqui na frente, eu digo, já tenho que ir embora.

Ela conduz a conversa com enorme inabilidade, tudo o que ela fala é clichê, desconfortável à sua língua. Você é tão boa, ela diz, com certeza você será a próxima presidente, certo? Você tem o apoio de Tarso? É o que todo mundo acha.

Eu hesito. Talvez eu possa lhe ser sincera, dizer que o que importa agora é consolidar uma liderança sem Tarso, que a única possibilidade é fortalecer Tábata. Mas ela acreditaria em mim? Não. Ela reportaria à Tábata que eu adivinhara-lhe as intenções de espionagem e as duas concluiriam que eu estava mentindo, mais uma vez.

Penso novamente em Tábata, vejo em minha frente o pequeno apartamento onde ela cresceu. Eu mesma só fui lá uma vez. E me ocorre que eu não sei nada sobre sua mãe, que nunca me ocorreu perguntar.

Só existe uma única coisa que eu posso fazer por ela, eu decido. Explodir-me.

Sim, Tarso me apoia para presidente, claro. Ele sempre fala isso, mas não conte a ninguém. A Tábata é burra, incompetente, ninguém mais vê isso ainda, mas isso vai mudar, eu vou continuar organizando o grupo, vou trazer Uri, Morena, Tomé, todos para o meu lado. É só questão de tempo. E você, claro. Tarso me prometeu apoiar até um impeachment contra Tábata, se vier a ser necessário.

E falo muito mais coisas odiosas e insanas. É quase uma Peruada do ódio, e eu estou fantasiada rodopiando pela cidade, a máquina da civilização parada para me dar passagem. Em alguns momentos, eu sou sincera, durante a raiva, na descrição da incompetência que afiro à Tábata, na descrição do meu próprio ego e, nessas horas eu me perco, a fresta da lucidez diminuindo cada vez mais. Parece que se passam horas que eu estou falando; minha boca está um deserto, meu anseio por estar em um lugar fechado, sentada, fecham-me os pulmões. Mas aí eu volto a mim, volto a falar com algum controle, e foco em discorrer elevando a mim mesma, que é o que ela, Tábata, precisará ouvir para que isso dê certo. Ela precisa acreditar que tudo isso é devido somente a uma ambição insana minha, que ninguém mais está de acordo, que os que me apoiam agora mudarão de opinião com o tempo.

Meu presente à Tábata é esta formulação de defesa: somente Zula é contrária a mim, vamos nos unir para parar essa divisão, recomeçar o grupo sem ela. Tarso nunca a prometeu nada, como ele poderia, que poder ele tem para escolher sucessores? Ela perdeu a cabeça e ela é a doença. Se apenas cortarmos esse membro infectado, o todo voltará a funcionar. Eu saio do café tremendo. Não estou em condições para andar, mas percebo que minha carteira está vazia. Eu poderia pegar um táxi, tentar a sorte com a história da jovem rica e bêbada, quem sabe até roubar outro cheque de Morena. Mas, essa noite, falta-me o coração para mentir. Sigo a pé.

Um homem de 40 ou 50 anos mexe comigo, assovia para mim, grita vulgaridades. Cruzo a rua, mas ele insiste por minha atenção e começa a me seguir. Paro e me viro, olho-o na cara, diretamente. Meu deus, eu penso, eu não sinto nenhuma gota de medo. Continuo sem correr, nem mesmo apertar o passo. Sinto-me completamente sólida, impenetrável. Atravesso a Praça da Sé, ziguezagueando pelo labirinto de minas explosivas que são as barracas dos mendigos, o corredor certo da ala do crack e o perigoso, a entrada do metrô que da rua parece aberta mas que eu sei que vive com as escadas rolantes quebradas. Saber quem é inimigo e quem não é.

A escuridão e o centro estão ao meu lado, são meus. O homem logo se perde.

Eu consigo pensar pela primeira vez. Eu tento imaginar quem seria Tábata para mim se não existisse Dante, Dorcas ou Tarso. Relembro a posse, em como choramos juntas, em como ela abraçou meus pais. E também revivo os dias de festa no porão, a irmandade que sentíamos, o trabalho lado a lado, a solidariedade transcendental que, em alguns momentos, compartilhamos por estarmos no mesmo grupo. Penso nela deitada no chão da minha sala, divagando sobre a faculdade, sobre o XI. A ela, assim como a mim, existia a simbiose possível entre a atuação política da esquerda e o Salve Arcadas. Ela talvez fosse a única que via o Salve como eu, para além dos slogans e burocracias vazias, como uma oportunidade de fazer política de algum jeito novo. Mas nem ela nem eu, teríamos a força para materializar essa visão.

(É fácil pensar que ela se vendeu à máquina, ao Tarso, e eu escolhi o martírio idealista. Mas nenhuma dessas explicações é verdade. A verdade é que nós tomamos a minúcia, nas teias pessoais em que Tarso prendia a todos, como a realidade, e nos perdemos nela, sem ver para onde íamos. Ou talvez as teias fossem minha criação).

Existe uma falha enorme no plano que eu acabei de iniciar com a minha confissão à Hannah: Tarso continua intacto. De fato ele será o primeiro a consolar Tábata, a propor um plano de ação, a elucidar como ela poderá livrar-se de mim. Eu poderia ter feito mais para machucá-lo, até para destruí--lo? Talvez. Estou nas antecâmaras também dessa ideia, mas eu resolvo não a explorar mais. A verdade é que eu ainda anseio por ele, de alguma maneira que eu não entendo.

Muitos anos depois eu veria vídeos dele como padrinho de casamento de Tábata. Por alguns anos os dois seguiram com carreiras políticas paralelas em partidos de centro-direita, como assessores, até candidatos, mas não chegaram muito longe. Mas se mantêm aliados. Ele, é claro, queima-se com a loucura do golpe contra Dilma e Lula e, de repente, encontra-se em companhia dos piores ideólogos e fanáticos religiosos que já fizeram política no Brasil. Eu prevejo ele voltando à São Francisco como cátedra, ele que realmente personifica o moço franciscano como ninguém, que merece viver e morrer ali, consumindo e sendo consumido. Pois o fogo, que sempre volta a pegar nas Arcadas, destruindo, de anos em anos, essa ou aquela ala da faculdade, esse fogo queima dentro dele e, inevitavelmente, escapa-lhe. Dele e de muitos moços e moças da São Francisco que lhe são irmãos.

Naquela noite, na escuridão de São Paulo, eu ainda não vejo esse futuro. Sinto-me leal protegendo Tarso, como se fosse a prova de algum resquício da minha integridade.

Mas existe outro que eu não suporto proteger, que eu não posso deixar escapar: Uri. Preciso achar alguém neutro com quem conversar, alguém que Tábata não vá desconfiar de uma aliança secreta comigo. Ligo para Juli.

Ela atende surpresa. São 2 ou 3 horas da manhã. Eu estou afobada, mas tento me controlar. Zula? Sim, sou eu. Que foi? Quer dizer, está tudo bem? Sim, tudo bem, e você? Eu estava dormindo, estou na casa do Jonas. Você consegue falar? Consegue falar só eu e você, sem ele? Sim, ele está dormindo. Vou para a sala, calma aí.

Juli, você sabe que eu não morro de amores por Tábata, que tudo está... destruído no grupo por causa disso. Eu percebi, ela responde com cautela. Eu acho que eu consegui remediar isso hoje. Eu vou sair. Do Salve, da Sanfran, fiquei tempo demais, mais do que eu queria. Calma, Zula, você não precisa abandonar a faculdade! Nós podemos resolver as coisas entre você e Tábata, não é assim... Não, tudo bem, obrigada. É o que eu quero, eu deveria ter saído no primeiro ano, mas, você sabe, me envolvi um pouco demais com o XI, haha. Sim, nós duas. Lembra quando a gente falou sobre a Academia de Letras? A gente devia ter feito só aquilo, mais a nossa cara. É, é verdade.

Juli. Eu estou te ligando para falar do Uri. Ele é... estranho. Cruel. Ele odeia a Tábata, mas fica com ela. Eu não sei explicar, mas acho que ele é... sacana.

Eu a ouço suspirar. E então:

Zula, ele bate nela. O Jonas que me contou. Outros sabem.

O quê? Como assim? Eu não sabia!

O pessoal mais velho que sabe. Jonas, Tarso, até João, eles fizeram uma... intervenção com o Uri. Ele disse que não vai acontecer de novo, que foi uma briga que saiu do controle. Mas parece que o pai dele pegou ele enforcando ela na cama outro dia, há pouco tempo.

Meu deus, e ninguém vai fazer mais nada? Ninguém vai chamar a polícia, não sei, mais nada?! Alguém falou com ela? Você falou?

O Tarso falou. Ela diz que ele está doente, mas que pode

melhorar... eu não sei bem. Ela não está pronta para deixar a relação.
Meu deus, isso é loucura.
Eu sei.
Ficamos vários instantes sem falar nada.
Zula, o que você fez? Para resolver a questão com a Tábata, você falou que fez alguma coisa.
Você vai ficar sabendo em alguns dias. Nos falamos depois? Obrigada por me atender.
Obrigada por me ligar. A gente devia... ter se falado antes. Eu nunca disse nada, mas eu sempre achei você brilhante.
E sempre pensei o mesmo de você.

Obviamente eu estou engasgada, em choque. Chego à república e mando uma mensagem para Dorcas: quando você acordar, passa aqui, precisamos conversar. Por incrível que pareça, eu pego no sono imediatamente, durmo por 11 horas.

Dorcas demora a chegar, tem mil coisas para fazer antes, manicure, trocar o estepe do carro, ir à biblioteca. Quando ela aparece, parece mais feliz e relaxada do que eu já a vi em dias. Ela gosta de estar ocupada, de seguir em frente, de ter um dia cheio. Aperta-me a garganta ter que pedir a ela o que estou prestes a falar, mas não tenho outra opção, eu queimei todas as minhas pontes.
Eu preciso te contar uma coisa sobre a Tábata.
E falo sobre Uri, que já bateu nela em pelo menos duas ocasiões, que os pais dele sabem, e também os meninos do

Salve. Tento deixar claro que Tábata não está ouvindo a ninguém, que o último recurso só pode ser ela, Dorcas.

Mas ela não se comove. Ela me escuta calada e depois ri a mesma risada que a vi dar no fim de semana que decidimos seu aborto. Ela é uma idiota, ela diz. Nós a avisamos, lembra, aquele dia no meu apartamento? Mas ela sempre escolhe os homens antes que a gente. Tarso, Uri. Eles sempre vão importar mais para ela do que eu. Que se foda, que apanhe. Você vai me dizer que ela não merece? Pelo que fez comigo?

Você não pensa isso, está chateada, com razão, é claro...

Não. Eu quero que ela apanhe. Aposto que vai ficar com ele por anos, apanhando e se convencendo que ela é uma grande vítima. É tudo o que ela quer! A gestão está uma merda? É por causa do machismo! Eu renunciei? Só pode ser por ciúme dela! Você não vê?! Mas ela não é vítima porra nenhuma, ela é BURRA, ela escolheu tudo errado, mil vezes, sempre escolhendo o errado. Bem feito. Eu juro por deus, Zula, é isso que eu penso, bem feito.

Fico quatro dias sem sair de casa, dou tempo para que Tábata consiga se organizar. Juli me liga no segundo dia. A Tábata marcou uma reunião secreta, todo mundo menos você e Morena. Eu imaginei, eu digo. Eu te conto depois o que foi falado? Não, não precisa. Eu sei como vai ser. O que você vai fazer agora? Vai se transferir para outro curso da USP? Eu não sei.

Faço a anotação mental de que precisarei desvencilhar Morena de mim, para que ela sobreviva. E uma pequena surpresa: Uri me manda uma mensagem de texto contanto tudo sobre a reunião, sobre como me culparam por tentar dar um golpe, sobre como Tarso e Tábata me chamaram de insana. Parece até que Tarso faz uma pequena esquete cômica, me imitando bêbada e discorrendo sobre a falta de sono, como uma enlouquecida. Por que Uri me escreve? Penso que ele acha que eu ainda tenho força o suficiente para voltar dessa, que ele prefere manter alianças com todos os lados. Não lhe escrevo de volta, nem eu tenho estômago para interagir com ele.

E aí eu vou ao XI, para dar a cara a tapa.

Recebem-me como se nada tivesse acontecido. Mas é incrível como eu sempre sei quando mentem para mim. Ou não sempre, mas esses amadores são facílimos de ler, como se todos seus pensamentos estivessem escritos em suas faces, eles que não são proficientes na arte da mentira como eu. Como Tarso. Hannah chega a me abraçar, nossa, você sumiu, está tudo bem? Até Tábata me cumprimenta e logo me pergunta se posso lhe passar todas as informações sobre os projetos em que estou trabalhando, ela só quer "se inteirar".

Passo algumas coisas, a agenda, o que já está feito, mas não tudo, as ideias mais conceituais, mais interessantes eu guardo para mim. Sinto-me possessiva, de repente, sinto que já dei demais para esse lugar. Eu preciso de algumas migalhas para sobreviver.

Tento tirar alguma satisfação em saber que o meu plano deu certo, mas a verdade é que tudo dói. Eu não conheço ninguém nesta faculdade além das pessoas que eu deixo na

Salinha, odiando-me. Cora e Zilá tem uma vida cheia, que não me inclui. Dante está trabalhando e logo vai se formar, como Dorcas. Até Morena terá que se desligar de mim. Fico tonta, não consigo respirar, mas não me tranco no banheiro do porão, esse não me é mais hospitaleiro. Não, faço o pior, que é entrar em pânico na rua, na frente de estranhos. Alguém me ajuda de alguma maneira, não me lembro. Nas semanas seguintes eu obviamente não posso mais ir para o XI, mas também me falta coragem para ir à faculdade. Ouço rumores que até trocaram as chaves do porão por minha causa. Eu sou a galinha que corre com a cabeça descolada do pescoço, teimando em viver quando já lhe é impossível.

E o pior é que eu preciso da dor. Eu preciso sofrer, porque a alternativa é não sentir nada ou ficar em silêncio, e o silêncio é impossível, aterrador, destruidor. Eu procuro por Tarso, que me recebe e mente descaradamente, promete-me mil soluções, pelo menos algumas vezes, até que também para de falar comigo. E por que não? Eu não lhe tenho mais nenhuma utilidade. Dante e Dorcas não suportam ouvir sobre o XI, dói-lhes demais, e os dois me avisam, ou falamos de outra coisa, ou acaba nossa amizade.

E então eu volto a frequentar o porão. A Salinha está fechada para mim, mas o bar está aberto para qualquer aluno. Tento novas amizades, grudo em Cora, mas todos são agradáveis demais, saudáveis demais, não entendem que aqui é a maldade que a gente preza e a bondade que a gente zomba. Eu já falei isso antes? Sim, sim, mas agora ninguém me entende, ninguém se solidariza, ninguém pira junto.

E que mais eu vou fazer? Não consigo formular o próximo passo, estou incerta, começo a bolar jeitos de voltar ao Salve. Talvez Tábata acredite se eu lhe contar a verdade? Ou talvez até eu possa formar outro partido, eu traga comigo os dissidentes, os descontentes? Isso seria estúpido. E além do mais, no que eu acredito, o que eu penso? Não sei mais dizer.

IRMÃO

A única que se mantém ao meu lado é Morena. Eu lhe digo, você tem que me deixar para se manter no grupo. Ela fala, foda-se o partido. Voltamos a sair as duas, vamos ao bar em frente à república, em busca de festas com estranhos, que às vezes encontramos. Ela fica comigo em São Paulo em julho, quando descobrimos o Parque Ibirapuera, alguns museus, algumas livrarias. Dorcas e João também vão aos jantares comigo. Mas tudo isso me agoniza. Eu não consigo me relacionar com eles, com ninguém, sem a cobertura da minha ambição no XI. Quero ficar só, mas isso também é intolerável.

Finalmente somos despejadas da república. Um ano e meio atrasando o pagamento do aluguel, fazendo festas barulhentas, fumando e vandalizando. A dona do imóvel vai fazer uma vistoria e enquanto a recebo, pela primeira vez noto o quão sujo está o apartamento. Insetos colonizam toda a cozinha, centenas de larvas habitam uma forma que alguém esqueceu no forno. Horas depois recebemos a ordem de saída.

Morena, Tomé e o namorado dele decidem morar juntos e me chamam. Eles acham um pequeno apartamento na Saúde, de dois quartos, moderno e esterilizado. Eu aceito, assino o contrato.

A suposição deles é: há vida na São Francisco fora da política; é, você pode sobreviver; é, nós lhe daremos abrigo.

Mas o que eu não articulo para eles é que eu não consigo

mais aceitar os princípios básicos da vida. Que o tempo passe como em marcha, que as nuvens pairem no topo dos prédios, que eu me movimente sobre o chão e que o vento toque a minha pele, nada disso parece-me aceitável, ou certo, ou tolerável.

Eu preciso de mudança, mas de outra. Caminho até o Paraíso, onde mora meu irmão mais velho. Não o vejo há meses. Posso morar aqui, eu pergunto imediatamente, e ele diz, sim. Posso me mudar hoje? E ele me ajuda a arrumar as malas, esvazia o segundo quarto de suas coisas bagunçadas, cede-me espaço.

Tentamos varrer o quarto, mas toda a poeira que levantamos volta a se assentar em novos lugares, o cheiro de mofo continua sufocante depois das janelas abertas por horas. Também precisamos comprar uma cama nova, mas na loja que vamos não tem nada para entrega imediata. Meu irmão compra então só um colchão, que colocamos no chão, e deitar-me nele dá-me um estranho conforto. Penso que a queda sempre será menor se eu posicionar-me perto do chão.

Morena fica irada por eu quebrar o nosso combinado, por deixá-la com o contrato, o aluguel aumentado. Tento me explicar, mas ela acha que tudo é uma afetação minha. Finalmente rompemos.

Eu passo meses naquele quarto. No início, a vergonha de que meu irmão perceba como eu me sinto me força a, toda noite, sair como se eu fosse à faculdade, tomar a linha azul do metrô, mas ao invés de seguir em direção ao Tucuruvi e descer na estação Sé, vou à direção contrária, ao Jabaquara, e desço no metrô Santa Cruz. A estação tem uma saída dentro de um pequeno shopping de compras. Vou ao seu cinema, uma franquia da empresa Cinemark que passa filmes americanos, alguns brasileiros. Toda a noite eu tiro dinheiro no caixa para não registrar na conta do meu pai o que faço, compro uma pipoca com manteiga gigante, uma coca-cola e um chocolate. Assisto ao Transformers, Avatar, A Era do Gelo 3, X-Men, Velozes e Furiosos, toda a programação, várias vezes o mesmo filme. Aguento o tempo que a pipoca dura, e depois é insuportável estar ali, parada, sozinha. Saio angustiada, vou ao banheiro do cinema e vomito tudo o que eu comi, minha mão inteira na minha garganta. Por um breve instante, sinto-me só--lida. E aí volto ao apartamento, tranco-me no meu reduto, liquefaço, não saio ou como até a noite seguinte. Meses assim.

Eu não tenho no que pensar. Essa é a minha única realização.

Eu troco mensagens com Dante e com Dorcas, centenas e centenas de pequenos textos enviados uns aos outros, e eles não me percebem a solidão, a dor. Eles acham que eu estou bem, escrevendo, bolando alguns planos. E eles estão mesmo ocupados com a corrida para se formarem, para tapar a lacuna que suas atuações políticas causaram nos seus estudos, para enganar alguma tese de láurea que pelo menos lhes dê o que mais querem, que é sair logo da São Francisco.

Em outubro, o Salve lança Uri como candidato a presidente. Fábio me escreve um e-mail, pede-me conselhos. Ele é mais velho e considera-se amigo de Tábata, achava que a candidatura seria dele. Eu respondo que Uri não ganhará, que a gestão de Tábata é um desastre, mas que, no fim, eu não posso lhe ajudar, que eu estou ocupada com mil outras coisas. Mas o que sei eu? Não tenho instinto nenhum, não entendo de mais nada. Apenas essa breve troca de e-mails me tira o sono por noites.

Recebo também outros e-mails, agora com acusações mais fundamentadas contra a administração do Fundo do XI, provas materiais de que Tarso, e também Tábata, designaram-se Agentes Autônomos de Investimento e recebem remuneração através de um chamado "rebate", alguma taxa de administração, uma percentagem dos milhões abrigados no Fundo. Parece ocorrer algum levante na Faculdade, Assembleias Gerais são convocadas e o impeachment é votado, sai nos jornais e na televisão. Mas o consenso é que o impeachment veio logo no fim da gestão, que o melhor é deixar Tábata concluir o mandato para não manchar a história do Centro Acadêmico XI de Agosto. Eu deleto meu e-mail da USP e também o pessoal que eu usava, apago todas as conversas e todos os arquivos que guardei. Rasgo a lista de contatos que ainda morava em alguma gaveta. Não há vitória possível para mim.

Na terceira semana de outubro, chega a Peruada. Jorginho vem me visitar. Ele é o único que entra no apartamento, no meu quarto. Você me ajudou tanto ano passado, você lembra? Com o Beijaço? Eu nunca esqueci. Vamos comigo à peruada, eu fico com você o dia todo. Ele até me traz uma fantasia de "a prostituta de Berlusconi". É boa, faz-me rir. Eu aceito ir.

A manhã da festa está um dia bonito e vibrante, há gotas de chuva da noite anterior, como se pequenos espelhos prontos para refletir as mil cores que estão para tomar o centro de São Paulo. Olho-me no espelho fino e vertical de dentro do armário do meu irmão. Faço cachos no meu cabelo, habilmente contorcendo a chapinha em espirais até que os fios façam o mesmo, ponho o vestido tubinho prateado e reluzente que Jorginho me comprou, faço uma maquiagem de carnaval. Não estou modesta ou minimalista, o disfarce que eu empreguei no trote e em tantos dias depois, na verdade estou feminina, sexy, engraçada. Mas meu coração falha. Mando mensagem a Jorginho, não posso ir. Ele liga-me mil vezes, vem ao prédio, toca o interfone incessantemente, mas eu não atendo.

Na noite seguinte, vou ao cinema e encontro um filme brasileiro nas opções, À Deriva, de Heitor Dhalia. É uma beleza translúzente e táctil, que nem a mim caberia a força de negar, como um pequeno poema que imediatamente transforma a realidade em algum sonho-realidade, no qual a ficção é mais real do que a vida material, em que toda experiência é uma cifra para a... arte. Não entendo, além disso, mas assisto até o fim, com o corpo todo formigando, acordando.

Fogo

Volto a ler. Faço o exercício surreal de fechar os olhos frente a uma sessão da livraria, estender a mão e ler até o fim o livro que atrair a minha sorte cega. O primeiro é "Sincronicidade", de Carl Jung. É uma proposição teórica curta, breve e elegante. Eu não lhe entendo particularmente bem nem me converto, mas ainda assim lembro-me da beleza que existe além de mim. De certa maneira, é a mesma experiência que tive quando li pela primeira vez Dostoiévski, Alice Munro, Margaret Atwood, Margaret Laurence, Toni Morrison, Lily King, Graciliano Ramos, Gogol, Emily Dickinson, Guimarães Rosa, Mary Oliver, Walt Whitman, William Carlos Williams, Jane Austen, Machado de Assis, José Saramago, George Eliot, Jorge Amado, Kafka, John Steinbeck, tantos, tantos e tantos. Como eu me esqueci disso?

Estou fortalecida, levo o Jung à Faculdade para mostrar à Cora. Conversamos no Pátio das Arcadas, as duas sentadas no chão, uma de frente para a outra, os pés esticados à frente do corpo e tocando-se, como se fôssemos crianças. Ela interessa-se, quer que eu lhe conte tudo o que pensei enquanto li. Vejo Morena de longe, acompanhada de meninas que eu não conheço, e Uri apressado, cortando o pátio para ir ao porão, certamente, mas eles não me veem. Nenhum incidente particularmente desagradável acontece.

Cora me acompanha até a secretaria. Converso com Marco, um funcionário que eu já subornei muitas vezes para me aprovar em disciplinas que eu nunca tinha visto uma aula, ou feito uma prova. Ele acha que eu consigo retomar os estudos sem atrasar minha formatura. Apenas três anos e eu poderia sair dali, viva e com um diploma poderoso. Discutimos em qual área eu poderia me especializar, Cora e Marco apresentam--me uma a uma como se eu fosse uma estudante de colégio curiosa com o Direito, o que de certa forma sou. Eles concluem que o Direito Internacional seria adequado, alguma posição no Rio Branco e eventualmente na ONU, um dia, seria a minha cara, na opinião conjunta deles. Eu amo a expressão. Penso em que cara é preciso ter para o Direito Internacional, um nariz longo, umas sobrancelhas grossas? Acho engraçado, aceito, inscrevo-me nas matérias adequadas ao meu novo futuro.

Vamos à pequena livraria que fica dentro da Faculdade. Cora quer me comprar um livro de Direito Internacional para marcar a ocasião. Todos os títulos parecem hermenêuticos, secos, difíceis, obscuros, mas os afiro, ou melhor, afiro-me uma atitude literária, são todos literatura, afinal, e concebo que eu poderia desvendá-los, que o seu estudo concentrado poderia ser um gesto puro, magnífico.

Tomamos um café na livraria, saímos carregando sacolas de livros. Paramos na esquina, encostando as costas na parede de pedras geladas da Faculdade para acender um cigarro cada. Nós duas vestimos vestidos curtos, é uma primavera quente, mas não infernal, e o jeito que o vento bate e mexe as barras dos vestidos envoltas pela fumaça do tabaco... Cora diz com seus dentes bonitos, parece um momento cinematográfico, não? E eu penso que sim, e quero chorar de prazer.

Mas logo a fumaça do tabaco está espessa demais, não faz sentido. Sinto as minhas fronteiras da sanidade piscarem novamente. O que está acontecendo? Cora me pega pelo antebraço esquerdo, meu deus, Zula. Viro-me e vejo a Riachuelo inteira coberta por fumaça branca, do asfalto aos céus. Mais alguns instantes de pavor e chega a compreensão: o porão pega fogo.

Eu quero entrar, ajudar, mas os bombeiros tomam conta, nos expulsam do perímetro com rispidez e impaciência, como se o porão não fosse nosso.

Eu estou fora dos e-mails institucionais, mas até eu sei o que está para acontecer. Uma Assembleia Geral, na semana das eleições, com mil acusações contra a gestão. Mas o que há de provas? Não haverá tempo hábil para uma investigação forense, não até a eleição.

Eric me liga ao mesmo tempo em que eu penso em ligar para ele. Sincronicidade, eu lhe digo. O quê?, ele responde. Nada. O que podemos fazer? Nós precisamos de provas.

Ele hackeia os seis computadores do XI. Um por um, investigamos todas as pastas, lemos todos os arquivos. Chamamos Dante, Dorcas e João ao apartamento de Eric, delegamos a investigação, unimos os cérebros. Nada. Você consegue entrar no e-mail de Tarso?, pergunta João. Eric responde que pode tentar também o de Tábata. Não há tempo, diz Dorcas, se existir alguma coisa, vai estar no de Tarso.

Eric consegue com tamanha facilidade que me faz pensar que ele já fez isso antes. Téc-téc-téc boom.

E-mails e e-mail de Tarso com vereadores, com o gabinete do prefeito, com divagações sobre o adiantamento de licenças de construção e com sugestões para burlar inspeções de segurança. Tábata copiada em alguns, muitas vezes Tarso a encaminhou e-mails meses depois, provavelmente quando ela iniciou a gestão, ou não, ainda depois, quando ela se aliou a ele. Tudo é circunstancial, faz uso de uma linguagem propositalmente vaga, mas seria suficiente em uma Assembleia. Seria suficiente para destruir o Salve, indefinidamente.

Estamos exaltados, abrimos vinhos que tomamos da garrafa. E um terror começa a subir. Finalmente Eric fala o que todos nós já começamos a pensar: o que fizemos também é um crime. Se tiver uma investigação policial, confiaríamos que o hack de Eric não seria descoberto?

Eles falam em círculos, para se acalmarem. Todos eles vão se convencendo contra qualquer ação, o instinto de autopreservação dominando o de vingança, o de justiça. Eles engavetam esse episódio como mais uma de suas dores permanentes, um arquivo de traumas contra o qual eles clamarão até o fim de suas vidas, mas que também usarão como justificativas para um futuro cheio de fracassos, derrotas. Não que o futuro daqueles meus quatro amigos será particularmente desastroso ou não. No fim, nada disso importa, não existe uma contabilização, ninguém ganha ou perde, há apenas momentos em que estamos próximos uns dos outros, ou de nós mesmos, e momentos de imensa solidão. O que importa é como suportamos o movimento do pêndulo, e com isso os três sofreriam agudamente por todos os anos em que eu os conheci.

O único jeito de contar a verdade, eu decido em silêncio, para mim mesma, é mentir.

Eu vou dizer que eu estou a par de acordos criminosos que Tarso e Tábata celebraram para acelerar a reforma do porão. Que eu participei de reuniões, que ouvi menções a e-mails que provariam o meu depoimento. Outra explosão, que diferença faria. O Direito Internacional seria impenetrável, a mesma escuridão de sempre, eu me convenço.

Nas 30 horas que precedem à Assembleia Geral, eu recebo ligações de todos os partidos da São Francisco. Escumalha, Conclave, Honorários e até um novo, o Povo, formado por alguns maconheiros amigos da Cora. Notícias que eu havia me desligado do Salve vazaram há muito tempo, confirmadas quando eu não saí candidata à presidente. Zilá me conta que o Conclave achava que era mentira, alguma jogada minha e de Tarso para desestabilizar Tábata, o que, claro, é uma suposição razoável. Aquele dia todos os meus antigos inimigos oferecem-me acolhimento, garantias, cargos à presidência no ano que vem, se eu quisesse, se eu pudesse oferecer provas, testemunho, alguma coisa, contra o Salve.

A todos eu falo não.

Eu não vou à Assembleia matutina. Seria demais ter que me destruir nas duas edições e, também, eu não queria dar ao Salve a oportunidade de se reagrupar. Um tiro, fatal, seria a única opção.

O calor da manhã, produzido pelos franciscanos, perdura no início da noite. Espero no saguão pela abertura das portas

da Sala dos Estudantes. Uma menina jovem e fina, alguma caloura que eu nem reconheço, carrega o molho de chaves, sobe ao palco, procura pelos fios e papéis que eu sei onde estão. Durante a espera, ouço alunos falando sobre uma lista de controle do Salve que vazou, com informações sobre as preferências políticas de todos os franciscanos e instruções para contato e coação. Eric, eu imagino.
Acocoro-me no chão, perto da porta. Assim que reconheço as pernas que passam por mim, pego-as pela panturrilha. Cora. E depois Zilá. O partido Povo acaba sentando-se perto de nós, porque Cora tem agora algum pequeno romance com o candidato deles à presidência. Nem Dorcas, Eric ou João comparecem. Mas Dante vem. Ele me vê, abaixa-se a mim, pede, senta comigo ali? Não, vou ficar aqui. Ele resigna-se, senta-se ao meu lado, entrelaçamos os braços. O que você acha sobre a lista, vai virar a eleição? Ele me pergunta. Eu duvido; talvez até faça o Salve parecer mais profissional, mais sério. Que brasileiro que não gosta de esperteza, de golpe, de manobra? E que franciscano que não gosta de insolência e de maldade?

O grupo do Salve que sobe à mesa do palco é Uri, Tábata e Tarso. Fábio e Jonas ficam mediando o microfone da plateia. É horrível ver Tábata ao lado de Uri, conspirando com ele ao pé do ouvido, e também o é vê-la perto de Tarso. Mas a quentura da pena por ela que eu sinto hoje também não me acometeu lá. Eu estava em algum limbo onde as águas ainda eram raivosas, turbulentas.

Tábata é a primeira a falar, afinal ela ainda é a presidente.

Ninguém se machucou e ainda não temos estimativa dos custos para restauro do porão. E também não temos um relatório conclusivo do que causou o incêndio. O corpo de bombeiros suspeita de que o fogo tenha se iniciado no bar, mas se foi por negligência ou falha de equipamento, não é possível saber ainda. Qualquer especulação é irresponsável.

A gritaria é vulcânica e imediata. A suspeita sobre o bar não foi apresentada na Assembleia da manhã. Os alunos acusam a gestão de enredar uma culpa ao Russo, de especularem quando lhes é conveniente, etc.

A guerra continua por cerca de três horas. A mesa não tem mais nenhuma fala sem interrupção. Uri parece tomado pela raiva, levanta-se e expele acusações contra a oposição, quase completamente incoerente. Tarso, claro, soa convincente, verdadeiro, inteligente, mas por sorte os urros dos franciscanos o abafam o som da voz, limitando o alcance de seu feitiço.

Não que eu pudesse ser enfeitiçada. Sinto-me anestesiada contra todas as paixões daquele dia. Sou tomada por uma tristeza pela falibilidade das ideias, pela deselegância retórica, pela... juventude de tudo aquilo.

E, então, eu não quero mais nenhuma destruição. Estou assustada, sou covarde, mas a verdade é que eu me cansei da guerra.

Sussurro a Dante o meu plano, e confesso que agora decido pela inércia. Eu falo, ele diz, eu falo por você. Não, por favor. Você não sabe o que isso poderia te custar.

Sinto Tábata nos olhando, e não o toco. Cansei até da performance da nossa amizade, do nosso amor, feita para ela. Eu entendo, finalmente, que alguma coisa terá que quebrar-se entre Dante e mim.

―――――

A experiência do desamar viria a ser inesperada: o afeto anestesiado pela distância física que as minhas viagens nos impõe, claro, mas só mesmo nulificado quando Dante me confessa, anos e anos depois, ser gay. Eu não reajo bem. Abandono-o no pequeno restaurante japonês na Liberdade que ele escolheu para nossa visita. Vejo como uma traição que ele não tenha me contado antes, me poupado da dor. Ele me implora, explica-se, uiva que a dor dele foi muito maior, um homem gay que não se conhecia, que não podia se aceitar. Vamos ao seu apartamento, brigamos por horas e horas. Mas de um jeito passivo, manso: estamos temerosos da destruição que nos escapa. No fim da noite, reconciliamos. Mas ele nunca mais entendeu o meu coração nem eu o dele.

―――――

Eu penso em sair. Mas quem serei eu, fora desse prédio, se eu sempre fizer o que é covarde, corrupto, imoral? Preciso de uma prova, para mim mesma, de que eu ainda sou humana. Puxo Carlinhos, do Povo, o namorado de Cora, e conto o que sei. Eu não tenho provas materiais, eu digo, mas eu ouvi as conversas, imagino que Tarso tenha e-mails com essas pessoas. Ele me implora que eu fale ao microfone, paixão e senso de justiça transbordando-lhe da boca, dos poros. Ele não entende como eu posso me recusar a fazer o que é certo. Olho-o, então, como o olho ainda agora, como um personagem pelo qual me

Ninguém se machucou e ainda não temos estimativa dos custos para restauro do porão. E também não temos um relatório conclusivo do que causou o incêndio. O corpo de bombeiros suspeita de que o fogo tenha se iniciado no bar, mas se foi por negligência ou falha de equipamento, não é possível saber ainda. Qualquer especulação é irresponsável.

A gritaria é vulcânica e imediata. A suspeita sobre o bar não foi apresentada na Assembleia da manhã. Os alunos acusam a gestão de enredar uma culpa ao Russo, de especularem quando lhes é conveniente, etc.

A guerra continua por cerca de três horas. A mesa não tem mais nenhuma fala sem interrupção. Uri parece tomado pela raiva, levanta-se e expele acusações contra a oposição, quase completamente incoerente. Tarso, claro, soa convincente, verdadeiro, inteligente, mas por sorte os urros dos franciscanos o abafam o som da voz, limitando o alcance de seu feitiço.

Não que eu pudesse ser enfeitiçada. Sinto-me anestesiada contra todas as paixões daquele dia. Sou tomada por uma tristeza pela falibilidade das ideias, pela deselegância retórica, pela... juventude de tudo aquilo.

E, então, eu não quero mais nenhuma destruição. Estou assustada, sou covarde, mas a verdade é que eu me cansei da guerra.

Sussurro a Dante o meu plano, e confesso que agora decido pela inércia. Eu falo, ele diz, eu falo por você. Não, por favor. Você não sabe o que isso poderia te custar.

Sinto Tábata nos olhando, e não o toco. Cansei até da performance da nossa amizade, do nosso amor, feita para ela. Eu entendo, finalmente, que alguma coisa terá que quebrar-se entre Dante e mim.

_____

A experiência do desamar viria a ser inesperada: o afeto anestesiado pela distância física que as minhas viagens nos impõe, claro, mas só mesmo nulificado quando Dante me confessa, anos e anos depois, ser gay.

Eu não reajo bem. Abandono-o no pequeno restaurante japonês na Liberdade que ele escolheu para nossa visita. Vejo como uma traição que ele não tenha me contado antes, me poupado da dor. Ele me implora, explica-se, uiva que a dor dele foi muito maior, um homem gay que não se conhecia, que não podia se aceitar. Vamos ao seu apartamento, brigamos por horas e horas. Mas de um jeito passivo, manso: estamos temerosos da destruição que nos escapa. No fim da noite, reconciliamos. Mas ele nunca mais entendeu o meu coração nem eu o dele.

_____

Eu penso em sair. Mas quem serei eu, fora desse prédio, se eu sempre fizer o que é covarde, corrupto, imoral? Preciso de uma prova, para mim mesma, de que eu ainda sou humana. Puxo Carlinhos, do Povo, o namorado de Cora, e conto o que sei. Eu não tenho provas materiais, eu digo, mas eu ouvi as conversas, imagino que Tarso tenha e-mails com essas pessoas. Ele me implora que eu fale ao microfone, paixão e senso de justiça transbordando-lhe da boca, dos poros. Ele não entende como eu posso me recusar a fazer o que é certo. Olho-o, então, como o olho ainda agora, como um personagem pelo qual me interesso, e só. Não, eu respondo. Para mim, acabou. Ele fala, conta a minha história no microfone, sua voz ressoa até o saguão, voa até a Rua Riachuelo, de onde eu escuto-o.

Uri ganha. A mancha da invasão dos movimentos sociais ainda pesa sobre o Conclave, como Tarso previu e orquestrou, mais do que a minha história pesa ao Salve.

Não sei dizer o que acontece com Uri nos anos seguintes. Sei que ele não caiu em desgraça, que mantém amigos franciscanos, que o segredo do que ele fez à Tábata foi de alguma maneira abafado, perdoado até. Mas sei que sua gestão foi um fracasso, escândalos desestabilizaram o Salve e que, por alguns anos depois dele, o Salve seguiu como um partido pequeno, em desgraça. Mas com o tempo tudo foi esquecido, reinventado. Hoje uma nova ideologia abriga-se no slogan do Salve Arcadas, algo mais politizado, mas ainda raso, desimportante. Sei que eles fizeram uma campanha contra o fumo dentro do porão, alguma tolice do tipo.

De Uri eu sei um fato, o qual eu não presenciei, mas que chegou a mim por diversos rasgos que foram surgindo dentro do partido. Eu estava em um aeroporto em Dallas esperando um voo para Paris quando recebi ligações, mensagens e e-mails de Juli, e depois de Fábio, Carol, Dorcas, Eric, Dante e, por fim, João, todos me contando o mesmo segredo. Em uma reunião de domingo da diretoria, no porão, as mesmas as quais eu frequentei, talvez mais de cem vezes, o pai de Uri entrou irado, interrompendo, segurando-o pelo braço, exigindo que ele saísse e, quando esse recusou a humilhação, seu pai deu-lhe um soco e depois outro e outro, até ele sangrar. E depois ele falou, este lugar está deixando todos vocês doentes. A suposição é que ele tenha descoberto mais agressões à Tábata, que eu ouvi dizer que escalaram durante esses últimos meses. Talvez ela mesma tenha procurado o sogro, a sogra, para pedir socorro, para conseguir vingança. Não sei.

Não sei também por que esse fato abalou tanto o grupo, mais do que qualquer escândalo que os assolou, ou as maldades que eles geraram. Talvez porque os tenha feito se sentir como crianças, levando broncas dos pais, talvez porque todos sabiam quem Uri era, mas não puderam ou quiseram o confrontar e, agora, o confronto os havia alcançado mesmo assim.

Enquanto a Assembleia segue a bradar, vou até a escadaria que dá para o porão e olho para baixo.

O cheiro de madeira e carvão, adocicado como o de um verniz viscoso. Uma mancha preta nas paredes visíveis a mim, como uma tinta preta voando para a horizontal de uma tela abstrata. As faixas amarelas da polícia, como em um filme americano. As dezenas de flores que os jovens deixaram nas portas em homenagem ao que morreria junto com o porão. Os pichos e os rabiscos cobertos pela fumaça preta, mas visíveis assim que alguém lhes toca com a mão, limpando-lhes a sujeira, como eu faço.

Biografia:

Luiza Berthoud nasceu no Vale do Paraíba. Estudou na Faculdade de Direito do Largo São Francisco até que encontrou as artes, concluindo graduação em História da Arte na San Francisco State University e mestrado na University of California, Davis. Trabalhou em grandes museus e centros culturais dos EUA e Brasil. Vive, em paz, com seu marido e filha.

© Luiza Berthoud 2021
© Numa Editora 2021

EDIÇÃO
Adriana Maciel

PRODUÇÃO EDITORIAL
Marina Mendes

PROJETO GRÁFICO E CAPA
Fernanda Soares

REVISÃO
Laryssa Fazolo

CIP-BRASIL CATALOGAÇÃO NA PUBLICAÇÃO
SINDICATO NACIONAL DOS EDITORES DE LIVROS, RJ

P832

Berthoud, Luiza
O porão/ organizado por Luiza Berthoud. - Rio de Janeiro: Numa Editora, 2021

274 p., 14cm x 21 cm

ISBN 978-65-87249-41-4

1. Literatura brasileira. I. Berthoud, Luiza. II. Título.
2021-2537   CDD 869.8992   CDU 821.134.3(81)

Índice para catálogo sistemático
1. Literatura brasileira 869.8992
2. Literatura brasileira 821.134.3(81)

Elaborado por bibliotecário
Odílio Hilário Moreira Junior   CRB-8/9949

contato@numaeditora.com
@numaeditora
numaeditora.com